COLLECTION SÉRIE NOIRE
Créée par Marcel Duhamel

Nouveautés du mois

2193 — ARRÊTEZ LE FOLKLORE !
(JOHN DOUGLAS)
C'est la Symphonie en Crime Majeur.

2194 — ADIOS PESETAS !
(JACK BARNAO)
.. et pourtant il y en avait un paquet à ramasser.

2195 — C'EST PAS DE JEU !
(ROBERT B. PARKER)
On traque la trique ?

2196 — POINT DE CHUTES
(J. A. JANCE)
Et si, justement, et d'un 43e étage encore !

2197 — HISTOIRES CHAUDES
(LOREN D. ESTLEMAN)
Quand on cause pas, on tue.

TOM TOPOR

L'orchestre des ombres

TRADUIT DE L'AMÉRICAIN
PAR NOËL CHASSERIAU

nrf

GALLIMARD

Titre original :

CODA

Il n'existe pas dix personnes dans le monde dont la mort me couperait l'appétit, mais il y en a une ou deux dont la disparition me briserait le cœur.

T. B. Macaulay

1

Les ennuis débutèrent au lit.

J'étais adossé aux oreillers, les yeux clos, en train de me demander si j'aurais la force de me traîner jusqu'au salon pour chercher une cigarette et quelque chose à boire. Fiona Shaw était couchée à côté de moi, la tête sur ma poitrine et la main droite entre mes cuisses. Toutes les dix secondes, elle grattait doucement et gloussait.

— Kevin...

— Ummmmmmmmm.

— Tu serais disposé à me faire bénéficier de tes services ?

Comme elle était de dix ans ma cadette et aussi infatigable qu'un castor édifiant un barrage, j'envisageai aussitôt quelque marathon acrobatique, un décathlon de la volupté qui me laisserait aussi tortillé qu'un bretzel et m'expédierait tout tremblotant au service des infarctus du New York Hospital.

— Ummmmm, répondis-je prudemment.

Elle dut sentir mon hésitation, car elle se redressa, rit et précisa :

— Tes services professionnels, Kev. J'ai besoin d'un détective.

— Oh, avec plaisir, dis-je. Je vais chercher à boire et je t'écoute.

Je sortis du lit et me dirigeai vers le salon.

— Tu peux me regarder, Kev, dit-elle. Tu n'en mourras pas. Tu n'es pas vieux à ce point-là.

Je me retournai. Elle pouffa, distendit les coins de sa bouche avec ses deux petits doigts, loucha affreusement et tira la langue. En même temps, elle cambra les reins et écarta les jambes.

— Ça te plaît ?

— Ummmmm.

— Je t'en prie, réfrène ton enthousiasme, dit-elle.

A mon retour, elle était enroulée dans le drap, et quand je tendis la main pour lui caresser l'épaule, elle s'écarta vivement.

— Tst-tst. Maintenant, on parle affaires.

J'allumai une cigarette et attendis.

— Tu as entendu parler de l'orchestre d'Auschwitz, Kev ? (Je secouai négativement la tête.) Les nazis avaient besoin de distractions, alors ils avaient formé un orchestre de prisonniers. (Elle montra mon verre du doigt.) Je peux en avoir un peu ? (Je lui passai le verre, elle siffla la moitié du whisky et fit la grimace.) Pouah, du bourbon. L'un des musiciens de l'orchestre était un pianiste nommé Max Weill. Ça te dit quelque chose ? (De nouveau, je secouai la tête.) Il était très célèbre. Quoi qu'il en soit, il a été abattu par les nazis juste avant la libération du camp et enterré. C'est du moins ce que disent les archives.

Elle renifla le bourbon, en but une petite gorgée et me regarda.

— Continue, dis-je.

— Sa veuve vit à New York, dans le haut du West Side.

— Hon-hon.

— Elle est arrivée ici en 1949, après avoir cherché son mari dans toute l'Europe pendant quatre ans.

Elle fit une pause théâtrale. C'était un tic professionnel. Il y avait si longtemps qu'elle était journaliste qu'elle ne pouvait plus raconter une histoire sans en tirer le maximum d'effets dramatiques.

— Elle ne s'est jamais remariée. (Fiona pencha la tête et sourit.) Il faut croire qu'ils s'aimaient d'amour. Tu as déjà entendu ce mot, Kev : amour ?

— Une ou deux fois, répondis-je. Je n'ai pas réussi à comprendre ce qu'il signifiait.

— Dommage. Elle est serveuse dans un restaurant de la Soixante-douzième Rue, et c'est là que j'ai fait sa connaissance, en venant déjeuner. (Elle s'arrêta pour reprendre son souffle, et je compris qu'on allait entrer dans le vif du sujet.) Elle croit avoir aperçu son mari dans la rue.

— Hon-hon.

— A plusieurs reprises. Elle pense qu'il est toujours vivant.

— Hon-hon.

— La dernière fois, c'était sur la Promenade du Rockefeller Plaza.

— Il patinait ?

— Ne fais pas le pitre, Kevin. A quarante ans, ce n'est plus de ton âge. (Elle me prit la main.) Elle est convaincue qu'il est vivant.

— Hon-hon.

— Tu pourrais faire des recherches ?

— Tu sais, dis-je, ça m'a tout l'air d'une histoire de vieille dame qui a la vue basse et la tête pleine de souvenirs ; elle entrevoit un type dans la rue et elle voudrait que ce soit le mari qu'elle a perdu il y a trente-cinq ans. (Fiona retira sa main.) Je suis navré, mais c'est l'impression que ça me fait

— Elle n'a que soixante-neuf ans, et ses yeux sont excellents. (Fiona s'enveloppa plus étroitement dans le drap.) Je l'aime bien, Kev. Elle m'intéresse beaucoup.

— Je n'en doute pas, dis-je. Il est évident qu'elle ferait un bon papier.

— Bon sang, Kev, je ne considère pas cette femme comme un sujet d'article.

— Tu prétends que, si je dégote son mari, tu ne fonceras

pas sur ta machine à écrire pour raconter l'histoire de la pauvre petite serveuse immigrée qui a enfin retrouvé l'élu de son cœur après l'avoir cherché pendant trente-cinq ans à travers deux continents ? Tu voudrais me faire croire que tu n'écriras pas un article là-dessus ?

Pendant un instant, elle s'efforça de prendre un air offusqué, mais elle n'y parvint pas et sourit.

— Eh bien... c'est de la bonne copie...

— Tu désires donc que je cherche ce pianiste pour que tu puisses pondre un article et décrocher un nouveau prix. C'est ça ?

— Non, ce n'est pas ça ! Je t'ai dit que cette femme m'intéresse beaucoup.

— Pourquoi ?

— Peu importe pourquoi ! Je m'intéresse à elle, c'est tout. Cela ne te suffit pas ?

Effectivement, cela ne me suffisait pas. J'essayai de me rappeler la dernière fois que j'avais cru quelqu'un sur parole, mais le moment était mal choisi pour fouiller dans mes souvenirs. Je scrutai le visage de Fiona pendant une seconde pour essayer de lire dans ses pensées, mais sans grand succès. Il est difficile de percer quelqu'un à jour à travers l'écran de son propre désir.

— Tu pourrais faire des recherches ? demanda-t-elle une fois de plus.

— D'accord, dis à ta petite vieille de me passer un coup de fil.

— Kev, elle n'a jamais téléphoné à un détective privé. Pourquoi n'irais-tu pas la voir ?

Je m'apprêtais à lui fournir un tas de bonnes raisons — qu'aller voir un client me mettait en position d'infériorité car il s'imaginait que je courais après le boulot, et en profitait pour marchander âprement mes honoraires ; que j'aimais le recevoir derrière mon bureau parce que cela me conférait une aura d'autorité, que je n'aimais pas le haut du West Side et que les petites vieilles me cassaient les pieds — lorsqu'elle posa sa main sur la mienne.

— Tu veux bien, Kev ?

Sa voix était assez posée, mais elle avait une expression tendue et des yeux implorants. Fiona Shaw n'avait rien d'une mauviette — elle mesurait près d'un mètre soixante-dix et pesait une soixantaine de kilos —, et l'imploration n'était pas son style. Elle avait plaqué un mari pour venir à New York, en avait épousé un autre, l'avait quitté à son tour et avait gravi tous les échelons menant aux plus hauts sommets du journalisme. Un soir de cuite, elle m'avait raconté que, après avoir remporté le prix Pulitzer, elle était décidée à continuer à grimper pour devenir la première femme rédacteur en chef du *New York Times*. Non, Fiona n'avait rien d'une mauviette.

Mais ce matin-là, enveloppée dans mon drap, elle en avait l'air. Il m'était arrivé de répondre « non » à des gens plus chétifs, plus vulnérables, mais jamais alors qu'ils se trouvaient dans mon lit. Sans maquillage — mes baisers l'avaient fait disparaître —, avec ses yeux noirs écarquillés, enveloppée dans le drap qui ne laissait apparaître que son cou et sa tête, elle ressemblait à une pauvre petite orpheline affamée. Comment voulez-vous répondre « non » à une pauvre petite orpheline affamée ?

— D'accord, j'irai lui parler.

Elle sourit et fit descendre lentement le drap jusqu'à sa poitrine. Le bruit du tissu glissant sur sa peau me donna la chair de poule. Elle m'adressa un clin d'œil et abaissa le drap au-dessous de ses mamelons, puis le remonta, l'abaissa à nouveau, le remonta encore, jusqu'à ce que ses bouts de sein commencent à durcir.

— Regarde, dit-elle. Et, en plus, ils changent de couleur. Tu vois, ils passent du rose au rouge. (Elle baissa les yeux.) Ils ne durcissent pas à la même vitesse. Touche.

Je tendis la main droite et, du petit doigt, frôlai son sein gauche. Elle s'empara de ma main gauche, lécha mon pouce et mon index, et les posa sur son mamelon droit.

— Presse, dit-elle. Doucement.

Je commençai à serrer, et nous nous rapprochâmes pour nous embrasser. Sa bouche était fraîche. Fiona pouvait avoir bu ou mangé n'importe quoi, elle avait toujours l'haleine fraîche. Même le matin, au réveil, sa bouche était invariablement fraîche. Quand je l'embrassai, elle ferma les yeux, ce qui n'était pas dans ses habitudes, et je faillis lui demander de les rouvrir. Mais je ne le fis pas.

Pendant l'heure qui suivit, nous fîmes l'amour... non, elle me fit l'amour. Il y eut des moments où j'y sombrai presque, mais, la plupart du temps, j'avais l'impression d'être un poste de radio et qu'elle était en train de me réparer. Je m'en voulais de cette impression : est-ce que Fiona se donnait beaucoup de mal ou est-ce que je me crispais parce que je croyais qu'elle se donnait beaucoup de mal. Je n'arrivais à me prononcer. J'aurais dû arrêter les frais et m'expliquer avec elle, mais les explications n'avaient jamais été mon fort, c'était même mon point faible, alors je laissai courir et essayai de me détendre. Mais sans succès.

Juste avant de partir pour se rendre à son travail, Fiona nota le nom et le numéro de téléphone de la serveuse sur un bout de papier et le posa sur la table de nuit.

2

Elle s'appelait Lilli Weill et, lorsque je lui téléphonai, espérant qu'elle serait sortie, elle décrocha à la deuxième sonnerie.

— Madame Weill ? demandai-je.

— Fiona dit que vous téléphonez, alors vous êtes sûrement le remarquable monsieur Fitzgerald, répondit-elle. Vous comprenez ce que je dis ? Mon mauvais accent est pas trop mauvais ?

— Je vous comprends parfaitement... vous n'avez presque pas d'accent.

Elle rit.

— Un vrai gentleman. Quand vous venez me voir ?

— Mercredi ? suggérai-je.

— Mercredi ? Mais c'est seulement lundi, aujourd'hui. Dites, vous mangez, le soir ?

— Si je mange le soir ?

— Je vous ferai des *latkes*... des crêpes de pommes de terre. Des vraies, pas celles qu'on sert dans les restaurants. Voyons, il est deux heures... Vous voulez venir à six heures ?

— Aujourd'hui ?

— Bien sûr, aujourd'hui. Il faut que vous dîniez, non ? A moins que vous dîniez pas le lundi soir ? Venez un peu plus tôt, si vous voulez.

— Mais... (J'avais pour principe de ne jamais me rendre

au domicile des mes clients.) D'accord, acquiesçai-je. Je serai là à six heures.

— Bien. Vous préférez sauce aux pommes ou crème aigre ? Peu importe, j'achèterai les deux.

— Madame Weill, est-ce que vous possédez une photographie de votre mari ? (Pas de réponse.) Madame Weill...

— Oui, j'ai photos. Mais vieilles, très vieilles. Peut-être elles peuvent pas vous servir... sûrement elles peuvent pas vous servir. (Son accent était plus prononcé.) Monsieur Fitzgerald, peut-être c'est pas une idée tellement bonne, cette enquête. Peut-être je vous demande... comment dit-on, *auf English ?* Je vous demande de courir après la lune. C'est possible, oui ?

— Oui, approuvai-je d'un ton neutre. C'est possible.

— C'est pas toujours agréable, de courir après la lune...

— Ce ne serait pas la première fois, dis-je.

Elle rit.

— Ah, alors il faut venir voir les photos de mon Max. Vous avez l'adresse, oui ? Bien. Je vous attends à six heures. (Elle hésita.) Monsieur Fitzgerald, je... je suis pas riche. C'est ennuyeux pour vous ?

— Je serai là à six heures.

— Merci.

Lilli Weill habitait au neuvième étage d'un immeuble des années 20, au coin de Broadway et de la Quatre-vingt-unième Rue. Il y avait un portier, mais il n'appartenait pas à la vieille école des concierges du West Side : pas d'uniforme impeccable, pas d'épaulettes, pas de sourire, pas de salutations. Au lieu de se lever d'un bond lorsque je pénétrai dans le vestibule, il resta vissé sur sa chaise, le nez dans son *Post.* Il devait estimer que la caméra de télévision en circuit fermé qui couvrait le hall ferait le travail à sa place. Il avait probablement raison.

— Weill ? lui demandai-je, et il me désigna d'un index

languissant la liste des locataires affichée à côté des boîtes aux lettres.

Lorsque je sonnai à l'appartement 10 J, Mme Weill ouvrit son judas, entrebâilla sa porte et inspecta prudemment le palier. Elle avait des yeux marron foncé, tout ronds et aussi curieux que ceux d'une gamine de six ans.

— Fitzgerald, dis-je. Le remarquable monsieur Fitzgerald.

— Bien sûr, dit-elle et elle sourit.

Son sourire aussi était celui d'une gamine de six ans. Elle décrocha la chaîne de sûreté et recula d'un pas pour ouvrir la porte toute grande. J'entrai, et elle me serra la main.

— Excusez-moi, dit-elle. Je dois pas avoir peur ici, en Amérique, mais... je suis pas une femme brave. (Elle renversa la tête en arrière pour me regarder.) Un chapeau. Oh, je suis contente. Sans chapeau, un homme est pas vraiment habillé. Max sort jamais sans chapeau. Donnez-le-moi.

Elle gratifia mon couvre-chef d'une petite chiquenaude avant de le déposer soigneusement sur une étagère, dans un placard de l'entrée. Pour ce faire, elle dut se hausser sur la pointe des pieds, car elle mesurait à peine un mètre quarante. Ses jambes étaient rondes et robustes, mais striées de varices : des jambes de serveuse. Elle portait une robe rouge foncé qui semblait avoir été transformée et retransformée, des chaussures noires toutes simples à talon plat et une ceinture de cuir noir. Ses cheveux, gris et bouclés, coupés court, semblaient bien assortis à son visage : une figure poupine, lisse et joufflue, due à l'abus des tranches de pain et des platées de riz et de pommes de terre. Ses mains étaient courtes et tavelées. Son seul bijou était le mince anneau d'or qui encerclait son annulaire gauche.

Le logement (une grande pièce et une kitchenette) était encombré d'une multitude de statuettes et de bibelots sans valeur : pas un coin de meuble où ne fût posé un chien, un chat, un éléphant, une tortue ou un panda. Contre l'un des murs se dressait une bibliothèque. Deux de ses rayons étaient occupés par un tas de vieilles revues illustrées : *Life, Colliers, Look,* le *Saturday Evening Post.* Les deux autres contenaient des livres, et je m'approchai pour regarder les titres. Tous les ouvrages avaient trait à l'Holocauste.

Elle vint se placer derrière moi.

— C'est stupide d'être obsédée, mais je suis sans doute une femme stupide. (Elle prit un livre sur le rayon et me le tendit.) Celui-ci est bon. Il raconte comment les nazis ont massacré les juifs, toute l'histoire, depuis le début jusqu'à la fin. (Elle me reprit le livre et le remit en place.) Enfin, pas exactement toute l'histoire. Une histoire complète, elle doit expliquer pourquoi, non ? Mais peut-être je me trompe. Peu importe.

Elle me prit par le bras — timidement, comme si elle craignait de me faire mal — et me conduisit jusqu'à ce qui paraissait être un gros meuble recouvert d'une housse. Elle retira la housse. C'était un piano droit, un Steinway brillant comme un miroir. Contre le chevalet à musique étaient appuyées quelques photographies encadrées. Elle en choisit une et me la tendit.

Sur le cliché souriait un homme mince, en habit, assis devant un grand piano de concert.

— Mon mari, Max, dit-elle. Avant la guerre.

Il avait un visage large, avec de grands yeux rieurs et une large bouche gourmande. On aurait dit que le monde lui appartenait, qu'il ne pourrait jamais rien lui arriver de fâcheux. Bien que l'épreuve fût vieille et jaunie, les mains posées sur le clavier étaient parfaitement visibles. Des mains exceptionnellement belles.

— C'est pris à Amsterdam. Son récital a un très gros succès. Beaucoup, beaucoup de rappels. Je suis assise au cinquième rang, et je porte une robe décolletée jusque-là. (Elle posa les doigts sur son sternum et sourit.) A cette époque, je peux porter ce genre de robe. A la fin du concert, après le dernier salut, il met sa main en visière comme un marin pour me chercher dans la salle, et il m'envoie un baiser, comme ça.

Elle se détourna. Quand elle tourna à nouveau la tête vers moi, son visage était calme.

— Je pleure pas, monsieur Fitzgerald. Quand ils me mettent dans le train, je pleure. Et quand j'arrive à Maïdanek, je pleure. Quand ils me disent que Max est mort, je les crois pas, mais je pleure quand même. Et après la guerre, quand je le cherche partout, je pleure. Quand j'arrive aux Etats-Unis, pendant quinze ans, chaque fois que je prends une douche, je lève les yeux et je pense à Cyclone B. Je tiens le savon dans ma main, et je peux pas m'empêcher de le jeter par terre. Et je pleure. (Elle rit.) Maintenant, je prends un bain, avec un savon liquide, et je pleure pas. Maintenant, ceci est seulement un numéro.

Elle remonta sa manche gauche. Les cinq petits chiffres étaient tatoués à sept ou huit centimètres de son poignet.

— Mes amis, ils me disent : « Lilli, fais-le enlever. C'est facile, et les Allemands te le payent. Une journée à l'hôpital, même pas, une heure, et plus rien. »

J'éprouvais le besoin de boire quelque chose, mais je ne savais pas s'il y avait de l'alcool dans la maison. Je jetai un coup d'œil par-dessus la tête de Mme Weill pour voir si j'apercevais une bouteille dans tout ce bric-à-brac.

— Peut-être je parle trop ? dit-elle.

— Non, non, pas du tout, protestai-je. Je me demandais seulement si... (Je fis un geste.)

— Ah, du schnaps. Excusez-moi. J'ai perdu l'habitude de recevoir. (Elle tira d'un placard une bouteille de Rémy Martin et en versa une généreuse ration à chacun de nous.) Ça m'aide à dormir. (Elle rabaissa sa manche.) C'est si bête, au bout de près de quarante ans, de garder le numéro. Mais... (Elle me toucha la main.) Vous me prenez pour une vieille folle, hein ? Une petite immigrée qui n'a plus toute sa tête, qui pense même pas à offrir à boire à un invité. C'est ça que vous croyez, hein ?

— Non.

— Mais c'est la vérité. Je suis une vieille folle. Là-bas, quand je cherche Max, je traverse les villes autrichiennes à pied — nous sommes tous deux viennois —, je marche avec des grands écriteaux sur la poitrine et dans le dos : « Lilli Weill, Vienne. » Comme ça, si quelqu'un le voit, il peut lui dire : « Max, j'ai rencontré ta femme, Lilli, sur la route de Salzbourg. » Je vais souvent à Salzbourg, parce que Max y joue Mozart. Et quand Max joue Mozart, vous riez et vous pleurez en même temps.

Elle me reprit la photo et la reposa sur le piano.

— Comme je dis, les vieilles photos servent pas à grand-chose. (Elle recouvrit le piano de sa housse.) Peut-être qu'ils disent vrai : Max est poussière. (Elle remplit encore mon verre.) Vous aimez Mozart, monsieur Fitzgerald ?

— Un peu. Les opéras.

— Ah, *les Noces de Figaro, la Flûte enchantée*... Nous y allions, quand il ne jouait pas.

Pendant un bon moment, nous restâmes assis sans rien dire. Je n'avais rien mangé de la journée, et l'effet du cognac commençait à se faire sentir. Je n'arrivais pas à me décider à aborder le sujet. Je ne pourrais pas expliquer au juste pourquoi, peut-être parce que j'avais l'impression que l'enquête dont elle voulait me charger ne tenait pas debout, peut-être parce que j'avais envie de foutre le camp loin de son chagrin, peut-être parce que je craignais de lui donner de faux espoirs et de la rendre encore plus malheureuse. Je finis par me décider.

— Combien de fois croyez-vous avoir vu votre mari ?

— Je vous demande pardon, monsieur Fitzgerald ?

— Combien de fois...

— Je l'ai vu six fois. (Elle prit son sac à main sur la table à café et en tira un papier plié.) Voilà.

Sur la feuille étaient tapés à la machine les dates, heures

et lieux de ses prétendues rencontres avec son mari. La plus ancienne remontait à septembre 1957 ; la plus récente datait de mai 1982, une semaine auparavant. Elle me regarda lire en retenant son souffle, qu'elle relâcha seulement quand je sortis mon carnet et entrepris de recopier les chiffres.

— Vous en avez parlé à quelqu'un ? lui demandai-je.

Elle rit.

— Mais bien sûr. Je parle au service de l'Immigration ; je parle au ministère des Affaires étrangères ; je parle à la Croix-Rouge ; je parle à la Fédération juive de philanthropie. Au début, tout le monde est très gentil. On m'écoute, on écrit des lettres, on donne des coups de téléphone. Et puis le temps passe, et on est pressé, on n'a pas le temps d'écrire, ça coûte trop cher de téléphoner. On me demande si j'ai une bonne vue. On me demande de décrire l'homme que j'ai aperçu dans la rue et on me dit — c'est eux qui le disent — que cela ne correspond pas à mon défunt mari. Mon défunt mari !

— Lors de ces rencontres... vous l'avez vu pendant combien de temps ?

Elle sourit tristement. Manifestement, elle pigeait vite les sous-entendus.

— Pas très longtemps, monsieur Fitzgerald. C'est assez court pour que tout le monde, moi compris, doute de ce que j'ai vu. L'un de nous est toujours en mouvement. Je marche, ou c'est lui qui marche ; je suis dans l'autobus, ou il est en taxi. Là (elle désigne une des dates de la liste), il est sur l'esplanade, devant les Nations unies, et je passe dans le bus de la Première Avenue. Je l'aperçois, je bouscule une pauvre jeune fille pour coller mes yeux à la vitre, mais il a disparu. (Elle haussa les épaules.) C'est une belle journée et, quand il fait beau, il y a toujours beaucoup de monde sur l'esplanade des Nations unies.

— A quelle distance de lui vous trouviez-vous ?

— Pas très loin. Pas tout près. De l'autre côté de la

chaussée. Une autre fois, je crie : « Max ! Max ! », mais il ne se retourne pas. Je cours après lui, mais il monte dans un taxi. Un jour, il passe devant le restaurant où je travaille ; je pose mon plateau et je sors en courant, mais il n'est plus là.

— Il ne vous a jamais reconnue, ni adressé aucun signe ?

Elle secoua lentement la tête.

— Je réfléchis à ça et je me dis : « Il est malade ; les nazis lui en ont tant fait voir qu'il a perdu la mémoire. »

— Il était seul ?

— Je peux pas dire, parce que je cherche pas quelqu'un d'autre. Une femme, je remarquerais, mais un homme, c'est pas sûr. La semaine dernière, il est pas seul. Il se lève d'une table, près de la piste de patinage, pendant que l'homme qui l'accompagne paye les consommations. Un grand type, aussi grand que vous, peut-être encore plus grand. Son visage, je sais pas : il porte des lunettes noires.

— Vous avez raconté tout cela aux gens de l'Immigration ?

— Ils me disent que même si Max est vivant, je le reconnaîtrais pas. (Elle sourit ironiquement.) Il a changé, ils disent. C'est vrai. Moi aussi, j'ai changé.

Elle fouilla dans son sac et en tira une photo sur laquelle Max et elle étaient assis dans un canot ; elle le contemplait avec adoration, un sourire extasié sur les lèvres. Je la regardai, je revins à la photo, je la regardai à nouveau.

— J'étais moins laide, dans ce temps-là, dit-elle.

— Ravissante, dis-je, et j'étais sincère.

— Non, rétorqua-t-elle, jamais ravissante. Mais jeune et très amoureuse, ce qui embellit toujours les femmes. Vous m'auriez reconnue ?

— Je ne sais pas. Si j'avais vu vos yeux, peut-être...

— Ah, oui. Mais quand j'aperçois Max, moi, je vois ses yeux. Et ses mains. Les miennes (elle les leva), elles ont changé. Mais pas les siennes. Ses mains, je les reconnaîtrais à cinq cents mètres. (Mon expression trahit mon doute.) Il me touche avec ses mains pendant six ans. Je le sens me toucher, je le regarde me toucher.

Elle baissa les yeux vers le tapis, comme si elle voulait ajouter quelque chose, mais qu'elle n'osait pas.

— Racontez-moi, dis-je.

Elle tourna un peu la tête et je ne vis plus ses yeux.

— Monsieur Fitzgerald, vous croyez à...

— A quoi ?

Elle se retourna et me regarda avec anxiété, comme le gosse qui s'apprête à expliquer qu'il a trouvé la batte de base-ball toute neuve sur un trottoir.

— Max est extra-lucide.

Si je n'avais pas bu autant de cognac, j'aurais essayé de me retirer. Poliment, évidemment, mais catégoriquement. Elle comprit que je décrochais, car elle posa vivement la main sur mon bras.

— Je parle pas de boule de cristal ni de marc de café, dit-elle. Pas ce genre de stupidité. Il lit dans mes pensées. Pas avec précision, mais si, par exemple, je vais quelque part, un magasin, un coiffeur, il y va aussi, sans réfléchir. Je prends l'autobus pour me rendre chez ma mère, et il est dans l'autobus. Je perds quelque chose, une broche, un objet qu'il ne voit pas, et il me dit : « Regarde à cet endroit », et je le trouve. Nous nous réveillons le matin et il me dit : « Raconte-moi ce merveilleux rêve », et c'est vrai, j'ai fait un rêve merveilleux.

Ses doigts se resserrèrent sur mon bras.

— Et pas seulement avec moi. C'est pas parce qu'il m'aime et que je l'aime. Les autres gens aussi, il lit leurs pensées. Non. Peut-être pas leurs pensées. Leurs sentiments. Ça marche avec tout le monde. Parfois, cela me fait peur. « Max, je lui dis, fais pas ça, ça nous portera malheur. » Et il m'embrasse pour me rassurer. A l'Immigration, ils me demandent : « Pourquoi croyez-vous qu'il est ici, en Amérique ? », et je réponds : « Parce que j'y suis. » Ils disent : « L'Amérique est grande, quarante-huit

Etats — à ce moment-là, seulement quarante-huit —, pourquoi pensez-vous qu'il est à New York ? », et je réponds : « Parce que c'est là que je suis. »

Elle se pencha en avant et m'observa attentivement.

— Vous croyez pas ces choses-là, hein, monsieur Fitzgerald ? Pour vous, B vient forcément après A.

Si j'avais bu moins de cognac, je lui aurais répondu que, effectivement, je n'y croyais pas. Lucide, je lui aurais dit qu'une coïncidence est une coïncidence et qu'elle ferait mieux d'oublier son mari et ses merveilleuses mains, de se dégoter un veuf riche et sympathique, et de partir vivre à Fort Lauderdale.

Mais je n'étais pas lucide, et je ne pouvais pas m'empêcher de penser à toutes les occasions, dans mon existence, où s'étaient produites des choses qui n'étaient pas tout à fait rationnelles : à toutes les fois où j'étais tombé, dans le métro, sur quelqu'un qui n'avait aucune raison valable de se trouver là, à toutes les fois où j'avais patiemment rassemblé les moindres éléments d'une enquête sans aboutir à rien et où, en laissant tomber tous les indices, j'avais suivi une intuition et résolu l'affaire. Lucide, je lui aurais dit non, laissez ces histoires-là aux mômes plantés des années 60, aux acteurs qui ont renoncé à la psychanalyse et trouvé la paix en devenant végétariens, aux milliardaires californiens du supranormal, qui prônent le détachement des biens de ce monde tout en acquérant des kilomètres de front de mer, et j'aurais eu raison de le lui dire.

Mais je n'étais pas lucide. J'étais crevé, affamé et à moitié saoul de cognac, et même si je ne croyais pas aux pouvoirs de Max, ni à un amour qui durait la moitié d'une vie, j'avais envie d'y croire. Habituellement, quand une femme me demandait de retrouver son mari (ou vice versa), c'était parce qu'elle (ou il) avait besoin d'un bon flagrant délit pour demander le divorce, d'une bonne tranche de saloperie bien juteuse qui ferait monter (ou descendre) le chiffre de la pension alimentaire. Ceux-là, ou leurs avocats, venaient me trouver avec un visage haineux et une calculatrice de poche à la main.

Je ne pouvais pas comprendre le sentiment de Lilli pour Max Weill, tout comme je ne pouvais pas comprendre ce que représentait pour elle le numéro tatoué sur son bras. Mais j'enviais son sentiment et je souffrais de son refus d'effacer le tatouage. Elle aurait dû être usée, vaincue et plus cynique que moi, alors que, au contraire, elle avait gardé la foi. Garde la foi, Kev, me répétait tout le monde, mais personne ne le faisait jamais.

Je vidai mon verre, me mis debout et jetai un coup d'œil circulaire. Elle sourit.

— Les toilettes sont par là, monsieur Fitzgerald, derrière le rideau. (Je fis deux pas avant qu'elle ne m'arrête en posant sa main sur ma manche.) Monsieur Fitzgerald...

Elle s'était levée, si bien que, en me retournant, je faillis la renverser. La peau de son cou était tendue, et elle battait des paupières comme si elle était éblouie par une lumière trop vive.

— Monsieur Fitzgerald...

Pendant une seconde, j'eus envie qu'elle disparaisse, qu'elle s'évanouisse dans une bouffée de fumée ou une gerbe d'étincelles. J'eus envie de lui dire que je compatissais à son chagrin, mais que je n'étais pas celui qu'il lui fallait, qu'elle avait besoin de quelqu'un de moins endurci et de plus naïf que moi ; que tout le monde avait ses soucis et que j'avais consacré quinze ans de ma vie à sélectionner les catégories de soucis auxquelles j'étais disposé à m'intéresser ; que je m'étais accoutumé à la notion de corruption, vous êtes pourri, je suis pourri, nous sommes tous pourris ; que la bonté était un sentiment qui n'avait plus cours qu'à la télévision et qu'elle ne pouvait plus me séduire, pas plus que je ne pouvais être attiré par une cause juste ou par une femme honnête. J'eus envie qu'elle meure, parce qu'elle n'appartenait pas à mon univers, au monde d'aujourd'hui. Pour elle, il était trop tard. Mais je l'aimais bien et j'aimais bien Fiona.

— Je commencerai par l'Immigration, dis-je.

Elle glissa sa main dans la mienne.

— Je vais vous conduire à la salle de bains. L'interrupteur est pas facile à trouver.

3

Le lendemain matin, avant de me rendre au service de l'Immigration, je passai à ma banque déposer le chèque de quatre cents dollars que m'avait remis Lilli Weill et allai à mon bureau commencer le travail de routine. Je n'en attendais pas grand-chose, mais j'avais une méthode pour rechercher les personnes disparues. Cette méthode s'était montrée payante dans le passé, et c'était un point de départ qui en valait un autre.

Il est difficile de se cacher aux Etats-Unis, parce que, où que l'on aille, on laisse derrière soi une piste de paperasses : formulaires de Sécurité sociale, diplômes, livret militaire, bulletin de mobilisation, carte d'électeur, certificats d'assurances, cartes de crédit et tout le saint-frusquin. La plupart des renseignements concernant tout un chacun sont accessibles moyennant une redevance de dix dollars. C'est pourquoi je sortis mon chéquier et une poignée de formules imprimées, et je me mis au travail.

En utilisant le nom et la date de naissance de Max Weill et l'adresse de Lilli, je demandai au service des cartes grises s'il était en possession d'un véhicule ou d'un permis de conduire ; au registre des inscriptions sur les listes électorales s'il votait et où ; au greffe du tribunal s'il avait jamais fait partie d'un jury ; au bureau de l'Enregistrement s'il lui était arrivé de contracter un emprunt ; à une agence de renseignements commerciaux s'il avait des comptes en banque ou des comptes courants quelque part ; à une centrale d'informations d'Albany s'il avait été accidenté, opéré ou arrêté, et s'il avait fait où que ce soit une demande de quoi que ce soit : mariage, possession d'un chien, ouverture d'un débit de boissons, d'un salon de coiffure, d'une officine de massage, d'une entreprise de pompes funèbres, vente sur les marchés, port d'arme ou permis de chasse.

J'étais en train d'éplucher les annuaires téléphoniques des dix dernières années pour voir s'il y figurait (il n'y figurait pas) lorsque Fiona Shaw m'appela.

— Elle t'a plu ? me demanda-t-elle.

— Elle fait d'excellentes crêpes de pomme de terre, répondis-je. Pas grasses du tout.

Fiona garda le silence une seconde.

— Merci, Kev.

— Ne sois pas ridicule. Je suis payé pour.

— Cesse de jouer au dur, je t'en prie. Pourquoi n'acceptes-tu jamais qu'on te remercie ?

Je devais être de mauvais poil, car je rétorquai :

— Il me semblait que tu m'avais remercié hier soir.

— Salaud, dit-elle. Ce que tu peux être soupçonneux ! Il t'est positivement impossible d'admettre que quelqu'un puisse se montrer gentil avec toi sans que tu fasses quelque chose en échange. Je crois que je comprends pourquoi ta femme t'a plaqué.

— Tant mieux. C'est tout ?

— Oui. On pourrait dîner ensemble, tous les trois ?

— Bien sûr.

— Et tu me diras comment l'affaire se présente ?

— Non. La cliente, c'est elle, pas toi.

Elle raccrocha brutalement. Je reposai le combiné et m'adossai à mon siège. Une boule commençait à se former dans mon estomac, pas une grosse boule, seulement une petite boule bien dure qui prouvait que Fiona avait touché un point plus sensible que je ne l'aurais voulu.

En partant, ma femme avait déclaré qu'elle s'en allait pour quelques jours, le temps de réfléchir. Il faut croire que ses réflexions avaient été décisives, car je ne l'avais jamais revue. Je n'avais plus eu de contacts qu'avec des avocats. A une exception près : elle m'avait envoyé une longue lettre pour m'expliquer l'image qu'elle se faisait de moi et à quel point cette image lui déplaisait. Cette lettre était rangée dans le classeur, derrière mon épaule droite, et, pendant une seconde, j'eus envie de la relire pour connaître une fois de plus mes quatre vérités, ha-ha.

Au lieu de cela, je dressai la liste de tous les gens avec lesquels je devrais me mettre en rapport au sujet de Max Weill. C'était une longue liste, et la regarder déclencha une petite migraine désagréable au-dessus de mon œil gauche. Le soleil brillait derrière les carreaux, les autres affaires dont je m'occupais pouvaient attendre, et je faillis téléphoner à Lilli pour l'informer qu'il y aurait un petit délai, qu'une urgence imprévisible etc. J'avais envie d'aller me balader dans le parc, de m'asseoir devant le lac aux canards et de faire comme s'il n'existait rien de plus important au monde que les arbres, l'eau et les canards. J'avais envie de téléphoner à Lilli Weill et de lui dire que je n'avais pas besoin de ses quatre cents dollars, que je ne pouvais rien pour elle ; que son mari, Max, était au fond d'une fosse, creusée trente-cinq ans auparavant par les S.S., et que même s'il n'y était pas, même si, par miracle, il avait échappé à la fosse, il s'était fait une nouvelle vie quelque part, sous un autre nom ; que donc, de toute façon, il n'existait plus de Max Weill. J'avais envie d'appeler Lilli et de lui dire que, en cas de disparition, une fois les gens partis, qu'ils soient morts ou non, il valait mieux les considérer comme morts. Ils étaient partis, et ils l'avaient fait parce qu'ils voulaient partir, parce que la vie qui les attendait les tentait plus que celle qu'ils quittaient, et les rechercher — et, pire encore, les retrouver — était aussi stupide et aussi douloureux que de s'aventurer dans une maison en flammes.

Mais je ne téléphonai pas à Lilli. Je n'en eus pas le courage. J'appelai quelques-uns des noms de ma liste, prévins mon service d'abonnés absents que je sortais et me dirigeai vers la Ville basse et le service de l'Immigration et des Naturalisations. Je fis une partie du trajet à pied, pensant que le printemps me ferait du bien. C'était une de ces journées de mai où le soleil brille, où la brise est caressante et où tous les passants ont l'air d'imbéciles heureux. Ce n'était sûrement pas le cas, mais ils en avaient l'air. Et comme je n'étais pas un imbécile heureux et que je ne pouvais pas supporter de les voir sous cet aspect, je pris un taxi. Le chauffeur s'appelait Lee Chin et arborait également une expression d'imbécile heureux.

A l'Immigration, le fonctionnaire vers lequel on finit par me diriger s'appelait Julius Frances, et je dus prendre sur moi pour ne pas l'appeler « votre Honneur ». Il n'était ni assez grandement logé ni assez bien situé pour occuper un poste important, mais cela ne l'empêchait pas de se comporter comme s'il était un grand manitou. Puisqu'il s'agissait d'un quelconque scribouillard d'une administration réputée pour son incompétence et sa malhonnêteté, je m'apprêtais à trouver un petit bonhomme tatillon, portant peut-être des lunettes sans monture. Eh bien, pas du tout. Il ressemblait à un footballeur sur le retour, un grand malabar aux muscles avachis et au bedon proéminent. Sa chevelure, coupée à la mode des années 50, évoquait une pelouse fraîchement tondue. Derrière lui, sur le mur, un écriteau encadré indiquait « Prière de ne pas fumer ». J'espérai que l'entrevue serait de courte durée.

Il examina ma carte de visite professionnelle et la posa délicatement au centre de son buvard vert.

— Monsieur Fitzgerald, je suis navré que vous vous soyez donné autant de mal. On aurait dû vous adresser directement à moi. (Il fronça les sourcils.) On ne s'est pas montré désagréable, au moins ? Ici, à l'Immigration, nous sommes très à cheval sur la courtoisie. (Il se pencha en avant et baissa la voix.) Nous nous efforçons de fermer les yeux sur le fait que, techniquement parlant, nous faisons partie du ministère de la Justice. Nous savons tous trop bien que la Justice a une réputation déplorable en matière de courtoisie. Absolument déplorable.

Pendant qu'il m'expliquait à quel point il était poli, j'approchai une chaise métallique de son bureau et m'assis.

— Désagréable, non, dis-je. Plutôt désordonné.

Sa voix baissa encore d'un cran.

— C'est dû au personnel que l'on nous envoie maintenant. Quand j'ai débuté, il fallait avoir des capacités : l'Immigration était un service important. Evidemment, cela remonte loin, au temps où l'on pensait que l'Immigration était presque une vocation. L'Amérique est une grande nation... (Il attendait que j'acquiesce ; j'acquiesçai.) et nous voulons qu'elle le reste, n'est-ce pas ? (Il me sourit, nous étions entre patriotes.) Assez parlé boutique. Vous n'êtes pas venu pour cela.

— Ça ne me dérange pas, dis-je.

Il tendit le bras derrière lui et préleva un dossier sur la pile qui couronnait un classeur.

— Et voilà, dit-il en agitant le dossier. Ce n'est pas comme au ministère de la Justice, ici. Aussitôt informé de vos desiderata, j'ai sorti le dossier. L'Immigration ne redoute pas l'efficacité. Je me suis servi de l'ordinateur hier, et je compte l'utiliser demain. (Il ouvrit la chemise et en tira un formulaire vert clair.) Je n'ai pas le droit de vous communiquer cette pièce, vous le comprenez bien, mais je suis persuadé que je pourrai répondre à vos questions... pourvu qu'elles soient formulées de telle façon que mes réponses n'enfreignent aucune loi.

Il se renversa dans son fauteuil et croisa les mains sur son ventre. Ses ongles étaient grands et larges, coupés au carré, des ongles typiquement américains, à l'exception des petites peaux méticuleusement rongées. Je pesai mes mots, puisqu'il appartenait à la catégorie des fonctionnaires qui s'attendent à être traités avec déférence.

— Une immigrante, une certaine Lilli Weill, pense que son mari est vivant et se trouve à New York. Il s'appelle Max Weill, et il a été déclaré mort pendant la guerre. La Seconde Guerre mondiale.

— Ah oui, Mme Weill, dit-il d'un ton affligé. Mme Weill...

— Mme Weill m'a demandé de rechercher son mari.

Il secoua tristement la tête et émit un bruit qui ressemblait à celui d'un chien grattant à une porte.

— Je connais Mme Weill... une femme charmante, tout à fait charmante. (Il déplaça ses mains pour pouvoir regarder dans le dossier.) Comment vous expliquer, monsieur Fitzgerald... Ici, à l'Immigration, nous éprouvons une immense compassion pour toutes les Mme Weill qui vivent parmi nous. Bien que, personnellement, je n'appartienne pas à la confession hébraïque, beaucoup de mes collègues les plus proches (Il fit un geste qui englobait la totalité de Federal Plaza.) sont des adeptes de cette antique et vénérable religion. Nous avons pleinement conscience du fait que ce que nous avons accompli — ce que l'Amérique a accompli — durant la Seconde Guerre mondiale est loin d'avoir atteint le niveau de nos aspirations les plus élevées. De vous à moi, nous sommes nombreux ici, à l'Immigration, à estimer que le président Roosevelt a trahi les traditions de notre administration en refusant d'accueillir certaines victimes de l'Holocauste. Ce n'est pas notre plus grand titre de gloire, je suis le premier à le reconnaître avec humilité. Les Mme Weill ont souffert, et ça me déchire le cœur.

Il ferma les yeux et laissa son cœur se déchirer pour Lilli Weill.

— Ici, à l'Immigration, nous pensons que toutes les Mme Weill — et celle-ci est désormais des nôtres, puisqu'elle a acquis la citoyenneté américaine, avec tous les droits et privilèges qui s'y attachent — ont, pour des raisons aussi légitimes qu'honorables, refusé de regarder la réalité en face. Mme Weill nous a rendu de nombreuses visites. De très, très nombreuses visites. Je la comprends, sincèrement je la comprends : la perte d'un être cher, l'absence de dépouille mortelle, des documents discutables... Il est naturel qu'un proche fasse des recherches. Si j'étais l'une des Mme Weill qui vivent désormais parmi nous après la perte d'un être cher, moi aussi je ferais des recherches. Je le lui ai dit souvent, très souvent : « Mme Weill, je vous comprends. » Et cependant... et cependant... il s'agit d'une cause perdue. (Il tapota le dossier en cadence.) Une cause perdue.

— Vous croyez qu'il est mort ?

— Monsieur Fitzgerald, les Allemands — non, pas les Allemands, les Allemands sont un peuple exemplaire — les nazis ont accompli un acte sans précédent. Vous savez ce que l'on dit : il n'y a que deux choses certaines, la mort et les impôts ? Eh bien, les nazis ont rendu la mort incertaine.

« Je ne peux pas vous jurer que Max Weill est mort. Personne ne peut le jurer. Là-bas, de l'autre côté de l'Atlantique, dans des landes et des marais désolés, des milliers, des centaines de milliers de victimes des nazis sont ensevelies dans des sépultures anonymes.

« Mon expérience personnelle — confirmée par les quelques maigres documents que nous possédons — me dit que Max Weill est l'une de ces victimes disparues, mais non oubliées. (Il feuilleta les pièces du dossier.) J'ai ici la photocopie d'un registre nazi indiquant que Max Weill, né à Vienne, musicien professionnel, a été enterré en janvier 1945. (Je tendis la main ; il secoua la tête.) Mme Weill possède déjà une copie de ce document.

« Seulement, cette malheureuse femme vous dira que les nazis ont commis des erreurs, que les gardiens ont truqué certaines exécutions, que les tombes restaient souvent vides et que, quand elle est allée chercher la dépouille de son mari dans la nécropole — n° 263 —, elle ne l'y a pas trouvée.

« Il est possible qu'elle ait raison. Mais j'en doute. Je m'occupe de cas de ce genre à longueur d'année. (Il tapota la pile de dossiers posée derrière lui.) Il y a beaucoup de Mme Weill, quel que soit le nom qu'elles portent. Je ne peux pas vous jurer que Max Weill est mort. Mais il l'est.

Je sortis mon paquet de cigarettes ; avant que j'aie pu en prendre une, Frances me montra du doigt l'écriteau encadré.

— Excusez-moi, dis-je, et je posai le paquet sur le bureau. Si Max Weill avait survécu et qu'il était venu ici sous un autre nom...

— Monsieur Fitzgerald, il ne s'agit pas d'un plongeur ou d'un cordonnier, il s'agit d'un pianiste de concert. Vous croyez que si un concertiste faisait brusquement surface, nous n'enquêterions pas ? (Il cligna trois fois de l'œil.) Nous avons retrouvé des immigrants qui essayaient de se cacher sous des noms d'emprunt. Nous ne sommes pas tombés de la dernière pluie.

— Vous estimez donc que je perds mon temps ?

— Monsieur Fitzgerald, je ne vous connais pas, mais je vais être franc avec vous. Lilli Weill est une femme pauvre, une simple serveuse. Il se trouve que je suis un peu au courant des usages de votre profession : vous êtes un expert, et vos honoraires sont ceux d'un professionnel. Ce qui est parfaitement normal. (Il me regarda droit dans les yeux, la franchise personnifiée.) Estimez-vous sincèrement qu'il est honnête de prendre à cette femme le peu d'argent qu'elle possède, alors que vous savez — au fond de vous-même, vous devez le savoir — que vous ne pouvez rien pour elle ? Je vous pose la question d'homme à homme, pas en tant que représentant officiel du service de l'Immigration et des Naturalisations. Comme un homme de cœur s'adressant à un autre homme de cœur.

— Il se peut que vous ayez raison, dis-je. (Je lui souris, ce qui ne me fut pas facile, parce que j'avais envie de lui décocher un bon coup de pied dans sa grosse bedaine.) Je vous remercie de votre aide. (Il se leva à moitié et m'étreignis la main.) Football ? dis-je.

Il baissa modestement les yeux.

— A l'université de Fordham. Pas en équipe première. Pourquoi ne pas dire simplement à Mme Weill que vous êtes trop occupé ? La laisser tomber en douceur, la pauvre femme.

— C'est peut-être ce que je vais faire, dis-je. Passer encore quelques coups de téléphone, pour ne pas avoir à lui rembourser sa provision, et ensuite lui dire que j'abandonne. (Je souris.) J'aurais l'impression d'être un escroc, si je ne donnais pas trois ou quatre coups de téléphone.

— C'est tout naturel, dit-il d'un ton compréhensif. Et maintenant, si vous voulez bien m'excuser...

J'acquiesçai et sortis. Dans le couloir, je voulus allumer une cigarette et me rappelai que j'avais laissé mon paquet sur le bureau. Je fis demi-tour, cognai à la porte de Frances et entrai. Il était en train de téléphoner. Je montrai le paquet de cigarettes. Il y jeta un coup d'œil et me fit signe d'approcher. Lorsque j'atteignis son bureau, il inclina légèrement la tête et dit dans l'appareil :

— Non, je reste en ligne.

En récupérant mes cigarettes, je remarquai qu'il avait déplacé ma carte de visite : elle était maintenant contre le pied de l'appareil. Il avait noté un numéro de téléphone dessus ; je ne pouvais pas voir le secteur, mais les quatre chiffres étaient 0029. Son correspondant vint en ligne, et Frances lui dit :

— Une seconde, je vous prie, je prends congé d'un visiteur.

Il me salua d'un signe de tête et ne dit pas un mot pendant que je traversais la pièce et sortais. Et il ne dit rien non plus durant les trente secondes que je passai dans le corridor, l'oreille tendue.

4

Le numéro de téléphone que Julius Frances avait inscrit sur ma carte de visite me turlupinait, mais je considérais cette suspicion comme une déformation professionnelle. Quand une personne normale voit un homme se baisser et remonter le bas de son pantalon, elle se dit que la chaussette de cet homme a glissé ; moi, je m'imagine qu'il ajuste l'étui à revolver qui lui entoure la cheville. Pour une personne normale, le fait qu'on note un numéro de téléphone sur sa carte de visite ne signifie absolument rien : les gens notent des numéros de téléphone sur le premier bout de papier qui leur tombe sous la main. Une personne normale aurait trouvé parfaitement naturel que le rond-de-cuir garde le silence en sa présence : les gens préfèrent généralement téléphoner en privé.

Je réfléchis à tout cela en appelant le service des renseignements et décidai, n'étant pas une personne normale, de consacrer un moment à rechercher à qui était attribué le numéro en question.

Mais, auparavant, j'avais deux personnes à rappeler : Fiona Shaw et un certain Norman Azenberg, un agent qui s'occupait spécialement des musiciens de concert.

— Je suis en plein bon à tirer, me dit Fiona. Tu peux me rappeler dans un moment ?

— Je vais être assez occupé.

— Il faut que je te parle, Kev... Tu es libre ce soir ?

— Pour l'instant, oui. Je passerai un coup de fil à ton répondeur, d'accord ?

— D'accord. Salut.

Elle m'avait paru inquiète, mais elle avait souvent l'air soucieux. Fiona travaillait à l'Associated Press, et j'avais remarqué un jour, dans un cocktail auquel elle m'avait emmené, que tous les gens qui travaillaient dans cette agence avaient l'air soucieux. Je n'étais pas parvenu à déterminer si l'Associated Press attirait les gens inquiets ou si les gens devenaient soucieux après avoir été embauchés à l'Associated Press.

Je téléphonai à Norman Azenberg, tombai sur la secrétaire et me lançai avec la fille dans la ritournelle new-yorkaise.

— Agence Azenberg, bonjour.

— Kevin Fitzgerald à l'appareil. M. Azenberg a demandé que je le rappelle.

— Voulez-vous me répéter votre nom ?

— Kevin Fitzgerald.

— Et vous dites que M. Azenberg a demandé que vous le rappelliez ?

— C'est cela.

— A quel sujet ?

— Un sujet personnel.

— Ah, un sujet personnel. Eh bien, je suis sa secrétaire personnelle

— Personnel, confidentiel et privé.

Un silence.

— Quand vous a-t-il appelé ?

Je changeai le combiné d'oreille, ce qui m'occupa et valait mieux que d'engueuler la secrétaire.

— Au cours des deux dernières heures.

— Vous ne pouvez pas préciser ?

— Il est là ?

— Il téléphone sur l'inter... Vous attendez ?

— Volontiers, dis-je, mais je suis dans une cabine

publique, au coin de Broadway et de la Quarante-deuxième Rue, et il y a un homme avec un revolver qui s'impatiente devant la porte.

— Je le préviendrai dès qu'il aura terminé. Ne quittez pas.

J'entendis un déclic. Je posai une poignée de pièces de monnaie sur la tablette, sous l'appareil ; j'avais l'intuition que j'allais finir par me sentir chez moi, dans cette cabine. Je venais d'introduire la deuxième pièce dans la fente lorsque la secrétaire revint en ligne.

— Monsieur Fitzgerald ? M. Azenberg va vous prendre. Ne quittez pas, je vous prie.

Une pièce plus tard, Azenberg prit l'appareil.

— Monsieur Fitzgerald ? Norm Azenberg. Désolé de vous avoir fait attendre. J'ai un chef d'orchestre, à Dallas, qui a égaré ses verres de contact et qui me demande de lui en faire parvenir une paire de rechange. Avant le concert de ce soir. Rien que ça. Vous voulez me parler de Max Weill ?

— Exact.

— D'accord, parlons. Vous avez de la chance. Je devais déjeûner avec Renata Tebaldi, mais elle a repris son régime. Où voulez-vous manger ? Pas au *Russian Tea Room*. Retrouvons-nous au je ne sais pas. Ecoutez, il fait beau, on marchera un peu et on décidera. Passez me prendre à mon bureau à midi et demi. Je vous promets de ne pas avoir plus d'un quart d'heure de retard. A tout à l'heure.

Il fut en retard de vingt-deux minutes, mais quand il fit irruption dans la salle d'attente et se précipita vers moi en arborant un grand sourire pavé d'or, je ne pus m'empêcher de lui rendre son sourire.

— Des problèmes, encore des problèmes, toujours des problèmes, déclara-t-il comme s'il comptait ses points au vingt et un. J'ai un ténor à Tully, ce soir, dont la femme vient de filer avec la championne seconde série de l'équipe féminine de la Coupe Davis, alors il est trop bouleversé pour chanter. L'organisateur refuse d'annuler, et je n'ai pas envie de perdre ma commission. Il faut donc que je trouve un autre ténor. Vous connaissez un ténor ? Un ténor célibataire ? Marchons.

Nous descendîmes par l'ascenseur et longeâmes le trottoir de la Cinquante-septième Rue. Azenberg continuait à pérorer : de ténors et de barytons et de sopranos lyriques et de mezzo-sopranos et de violonistes et de pianistes et de chefs d'orchestre ; combien ils gagnaient et combien ils dépensaient ; avec qui ils divorçaient et avec qui ils couchaient ; où ils se produiraient et où ils n'avaient aucune chance de se produire ; et comment lui, Norman Azenberg, consacrait chacune des précieuses minutes de sa courte existence à leur avancer de l'argent et à leur tenir la main. Cela aurait dû être une longue et déprimante jérémiade, mais il débitait cette litanie avec une telle exubérance qu'elle sonnait comme un panégyrique.

Il portait un complet anthracite divinement bien coupé, une chemise gris perle, une cravate en soie bordeaux, des boutons de manchettes anciens, une montre Patek Phillipe et une mince gourmette en or. Tel quel, même s'il n'avait rien dans ses poches, il valait au bas mot cinq mille dollars, et je me sentais pouilleux à ses côtés. Nous atteignîmes le parc, et il me désigna un banc.

— Nous allons parler ici, ensuite nous irons déjeûner. Quand je mange, je me concentre, et je ne peux pas me concentrer en parlant. (Il tira de sa poche un porte-cigarettes et me le tendit ; j'en pris une et cherchai mon briquet pendant qu'il introduisait la sienne dans un fume-cigarette en ivoire.) Six par jour. L'année dernière, j'ai fait ce que mon cardiologue appelle « un léger collapsus respiratoire ». Ne me demandez pas ce que c'est qu'un collapsus. Bref. Six par jour. (J'allumai nos deux cigarettes, et il aspira la fumée avec volupté.) Une façon bien agréable de se tuer. Pas aussi agréable que le caviar ou la bagatelle, mais presque. (Il me regarda. Ses yeux étaient très sombres, presque noirs, et rieurs. J'eus l'impression que c'était leur expression habituelle.) Bon : Max Weill.

— Sa femme vit à New York, et elle croit l'avoir aperçu dans la rue. Six fois.

Une élégante calèche vint se ranger devant nous, et le cheval arqua la queue pour crotter. Azenberg renifla et sourit.

— J'aime l'odeur du crottin. J'ai été élevé dans une ferme. (Il fronça les sourcils.) Si Max Weill était vivant, il travaillerait pour moi. Pas parce que nous étions amis — je ne lui ai jamais été présenté —, mais parce que Norman Azenberg est le meilleur. Quand Hurok vivait, Hurok était le meilleur. Mais Hurok est mort.

Il éteignit sa cigarette en la pinçant entre deux doigts et rangea ce qu'il en restait dans son étui.

— Vous êtes trop jeune pour avoir connu Max Weill, reprit-il. Je vais vous expliquer. Avant la guerre, il y avait quelques très grands pianistes : Horowitz, Rubinstein... vous avez entendu parler d'eux ? (Je hochai la tête.) Dans le milieu de la musique, nous savions — nous n'espérions pas, nous savions — que Max Weill serait un jour leur égal. Il n'avait pas encore atteint le pinacle, mais il était sur le chemin. Il existe quelques enregistrements de lui : la dix-septième, la vingt et unième et la vingt-troisième symphonie de Mozart, avec quelques sonates et un rondo — Weill jouait beaucoup de Mozart —, les *Variations Goldberg,* un fragment du *Clavier bien tempéré,* mais ils sont introuvables. Si quelqu'un acceptait de vous céder un disque, il vous coûterait ce que vous gagnez en un an. On prétendait que Toscanini en détenait quelques-uns. Un accordeur m'a raconté que Bernstein en possédait trois.

« C'est à Paris que je l'ai entendu jouer pour la première fois. Je venais d'arriver de Berlin. Un ami m'a dit : « Ne retirez pas votre pardessus, nous allons écouter un juif autrichien, un certain Max Weill. » Dans ce temps-là, quand on disait qu'un musicien était juif, cela voulait dire qu'il était bon. C'est toujours vrai, seulement on ne peut plus le dire à haute voix. J'y suis donc allé. Cinq rappels. On ne voulait pas le laisser partir.

Un couple monta dans l'élégante calèche, et Azenberg se tut pour l'observer. Lorsqu'il se tourna à nouveau vers moi, ses yeux n'étaient plus rieurs.

— De temps en temps, il apparaît un musicien qui possède un bon doigté et qui sait jouer de la musique. Mais c'est rare. Aujourd'hui, Max Weill serait comme Horowitz : deux ou trois grands concerts par an, quelques enregistrements, des cachets tellement fabuleux que vous ne pourriez pas les compter ; et la musique. (Il tendit ses mains manucurées.) J'étais un pianiste minable. A l'occasion, j'aurais pu jouer de la musique, mais je n'ai jamais eu un bon doigté. La plupart du temps, c'est le contraire. Quand j'ai entendu Weill, je n'étais pas encore impresario, j'étais toujours musicien. Et quand je suis entré dans le métier — avec Hurok, bien entendu —, les nazis s'étaient emparés de Weill.

Il sortit la demi-cigarette de son étui, l'introduisit dans le fume-cigarette, l'alluma et fit la grimace.

— Tout à l'heure, je fumerai l'une des vôtres et je ne la compterai pas. (Il hésita.) Auschwitz... l'orchestre d'Auschwitz. Fantastique... je parle des hommes, pas des femmes. Rien que des professionnels, quelques virtuoses. Et Max Weill. Je ne comprends pas pourquoi ils l'ont tué. Ils auraient pu l'échanger. Les Américains leur auraient donné du chewing-gum, et les Russes de la vodka. D'autres n'ont pas été abattus. Des musiciens de second plan. Je ne dis pas qu'il faut tuer les médiocres, les musiciens de second plan, eux-mêmes ont leur utilité, ils peuvent gagner quelques dollars à Acron ou à Tucson. Mais pourquoi tuer un Max Weill ?

— Vous ne croyez pas qu'il pourrait être vivant ?

— Qui sait ? Tous les jours, on voit réapparaître des

gens qui étaient censés être morts pendant la guerre. La plupart du temps, il s'agit d'un ancien nazi qui tient une teinturerie dans la banlieue ouest. Mais un musicien ? Je n'ai jamais entendu parler de lui et, croyez-moi, j'en aurais entendu parler. A moins qu'il n'ait totalement cessé de jouer, j'en aurais entendu parler. Et comment aurait-il pu cesser de jouer ? Il n'était pas seulement un musicien, un Glenn Gould qui se cache dans le studio d'enregistrement. Weill était un concertiste. Un concertiste a besoin du public, il vit pour le public. Max Weill ne pourrait pas disparaître en Amérique... j'ai des correspondants dans tout le pays. Si un grand pianiste jouait dans un bastringue de Nome, en Alaska, l'un de mes agents me le signalerait.

Pendant un instant, nous regardâmes la circulation s'écouler sur Central Park South. Azenberg battait du pied en cadence, au rythme d'une mélodie qu'il se jouait dans sa tête. Il finit par me demander :

— Comment est sa femme ?

— Elle travaille comme serveuse, dis-je. Charmante.

Il fit tomber sa cendre derrière le banc.

— Weill avait... une certaine réputation... Un musicien de classe internationale attire les femmes... (Il eut un petit sourire.) Les occasions...

Sa phrase resta en suspens dans l'air tiède du printemps, et, à ce moment-là, un quadragénaire d'aspect cossu passa bras-dessus bras-dessous avec une rouquine en tee-shirt qui ne devait pas avoir plus de dix-neuf ans.

— Vous ne connaissez personne qui ait joué avec lui dans l'orchestre d'Auschwitz ? Un musicien installé à New York ?

Il réfléchit un instant.

— La plupart d'entre eux vivent en Europe, et beaucoup ne jouent plus ; quelques-uns donnent des leçons. (Il tapota ses dents de devant avec son fume-cigarette.) Il y avait un violoniste, un Russe, à moins que ce ne soit un Polonais. Il est arrivé ici en 1950. Alexandre quelque chose. Ça va me revenir. Alexandre... Cherkhov, Sacha Cherkhov. Je crois qu'il professait à Juilliard, mais cela remonte à plusieurs années. Cherkhov a joué à Auschwitz.

— Personne d'autre ?

— Donnez-moi le temps d'y réfléchir. (Il se leva.) Je passerai tous les noms en revue. (Il sourit, et le soleil fit scintiller ses dents en or.) Venez. Je connais un restaurant français où ils ne trichent pas sur le vin. Vous me parlerez du métier de détective, et je vous parlerai du métier d'impresario.

Il me prit par le bras, à l'européenne, et me fit remonter Central Park South en direction de l'Est. Ses yeux étaient de nouveaux rieurs, et il avait l'air de faire un petit bond à chaque pas. Brusquement, il s'arrêta pile.

— Vous savez, Sacha a essayé de travailler, pendant quelque temps. Seulement, il était incapable de jouer en public. Il pouvait jouer pour moi, au bureau, mais quand d'autres gens le regardaient, il posait l'archet sur les cordes et... (Azenberg haussa les épaules.) Rien.

Nous reprîmes notre marche.

— Dites-moi, monsieur Fitzgerald, est-ce que vous portez un pistolet sur vous, ou est-ce qu'il vous suffit d'un fulgurant coup de karaté pour neutraliser les méchants ?

5

Alexandre Cherkhov ne professait plus à Juilliard, mais l'école me donna son adresse lorsque j'eus expliqué qu'il avait oublié d'encaisser le solde d'un compte d'épargne et que je le cherchais pour lui restituer son dû. L'adresse n'étant qu'à quelques rues de là, je m'y rendis à pied.

Azenberg m'avait mis de bonne humeur, comme il devait mettre en joie beaucoup de gens, et, pour une fois, je n'éprouvais pas le besoin d'engueuler qui que ce soit, ni d'entrer dans un bistrot boire un whisky. La Cinquante-septième Rue grouillait de piétons, en majorité du sexe féminin, et le temps était suffisamment chaud pour que certaines femmes arborent des chemisiers ultra légers. Lorsqu'elles arpentaient les trottoirs sur leurs talons aiguille, leurs nichons battaient la mesure. Je mis un certain temps à me rendre compte de l'intérêt avec lequel je les observais (je m'en aperçus au coin de la Sixième Avenue, quand une femme sourit en me voyant me retourner pour la regarder), et il me fallut encore un bon moment pour réaliser que, jusqu'au jour où Fiona Shaw était entrée dans ma vie, il s'était écoulé un sacré bout de temps sans que je m'intéresse aux seins, aux fesses, aux cuisses, aux chevilles, aux lèvres ou à toute autre partie comestible de l'anatomie féminine.

Je me demandais si j'étais en train de recouvrer ma virilité perdue ou de commencer une seconde adolescence.

La question ne me parut pas d'une importance primordiale, compte tenu de la quantité de femmes à regarder.

Un après-midi, quand j'avais quatorze ans, mon père nous avait emmenés au zoo du Bronx — il y avait du mérite, car il détestait presque autant les animaux que les bandits — et, pendant que nous regardions la cage des reptiles, une jeune Portoricaine de dix-sept ans environ était passée près de nous. Elle était nue sous sa blouse paysanne, et je n'arrivais pas à décoller mes yeux de sa poitrine. Ma mère, qui adorait les animaux et détestait les Portoricains, m'avait empoigné par un bras, m'avait fait pivoter pour m'obliger à la regarder ; elle avait commencé à crier que j'étais un porc immonde, indigne de fréquenter l'école paroissiale et d'être le fils d'un policier. Et mon père, qui avait cessé de me sourire le jour où j'avais fait mes premiers pas, avait souri, tapoté la joue de ma mère et déclaré : « Laisse-le donc. Cette petite est bien roulée, et ça ne lui fera aucun mal de la regarder, ni à elle non plus. »

Je ne peux pas certifier que cela ne m'ait fait aucun mal, parce que j'avais passé les trois semaines suivantes à rêver de cette fille (que j'avais baptisée Maria Theresa Elena) à longueur de journée et que mes rêveries s'accompagnaient de violents rassis, mais ce fut la première fois que je compris qu'on pouvait reluquer les nichons des femmes et que tout le monde le faisait, y compris mon père, le flic qui ne me souriait jamais.

Lorsque j'atteignis la Soixante-septième Rue Ouest, où demeurait Cherkhov, j'étais tellement absorbé par le souvenir de mon juvénile enthousiasme pour les nichons — et, ultérieurement pour les cuisses et l'entrecuisse — que je faillis dépasser son immeuble. C'était une bâtisse en pierre brune, pas très propre, mais bien tenue : on avait peint le numéro de la maison sur les poubelles alignées devant l'entrée, et leurs couvercles étaient attachés par des chaînes aux barreaux d'une grille en fonte.

Cherkhov occupait l'appartement 3F. J'appuyai sur sa

sonnette et approchai ma bouche de l'interphone. Au bout de quinze secondes, une voix s'enquit avec un fort accent :

— Oui, qu'est-ce que c'est ?

— Je voudrais vous parler de Max Weill, dis-je.

Pas de réponse. Ne l'entendant même pas respirer, je crus qu'il avait coupé la communication. Puis :

— Je ne connais aucun Max Weill.

— Le pianiste, précisai-je. Vous avez joué ensemble à...

— Je sais, je sais, je sais. S'il vous plaît, n'en dites pas plus dans l'appareil. C'est au troisième. Attendez, je vous ouvre.

A l'étage, la porte 3F était entrebâillée, mais retenue par une chaîne. Il devait être caché derrière, car je n'apercevais qu'un mur et des meubles.

— Vous êtes de la police ? demanda-t-il. De l'Immigration ?

— Je suis un ami de Lilli Weill.

— Ah, Lilli Weill, dit-il.

Il décrocha la chaîne de sûreté et ouvrit la porte. Alors que je m'attendais à trouver un homme maigre, il était bâti comme un melon, rond de partout. Chez lui, tout était rose, les joues, le front, le cou, les mains, comme si on l'avait plongé dans une cuve de barbe-à-papa. Vêtu d'un large pantalon de toile marron, d'une chemise blanche, il portait des bretelles rouge vif et des pantoufles de cuir éculées. Le nœud de sa cravate à rayures blanches et bleues pendait à cinq centimètres de sa pomme d'Adam et, lorsqu'il me vit, il se hâta de le remonter. Après quoi il tira un mouchoir blanc de la poche de son pantalon et essuya sa paume droite. Nous nous serrâmes la main protocolairement, comme deux diplomates s'apprêtant à négocier un traité.

— Alexandre Cherkhov, dit-il. On m'appelle Sacha.

— Kevin Fitzgerald, fis-je. On m'appelle Kev.

Il sourit légèrement, me désigna un fauteuil de cuir usagé, devant la cheminée (le logement était un de ces vastes studios hauts de plafond comme on en trouve encore dans le West Side), et dit :

— S'il vous plaît.

Je m'assis dans le fauteuil, et il se dirigea vers une table de travail sur laquelle était posé un violon.

— Vous voudrez bien m'excuser, reprit-il, je suis en train de le remonter. (Il prit l'instrument.) Un Guarnerius. (Mon ignorance dut se voir.) Un très grand luthier. (Il me montra le violon de plus près.) C'est un cadeau de Bruno Walter. Vous avez entendu parler de Bruno Walter ?

— Le chef d'orchestre ?

— Exactement. (Il enroula une corde jusqu'à ce qu'elle soit bien tendue avant de me regarder à nouveau ; ses yeux, gris et fuyants, me firent penser à des nuages de pluie dans le vent.) Mme Weill... elle va bien ?

— Aussi bien qu'on peut l'espérer.

— Evidemment. (Il augmenta un peu la tension de la corde.) Vous dites que vous êtes un ami à elle ?

— Je suis détective. (Il s'immobilisa.) Détective privé. Elle croit que son mari est toujours vivant, et elle m'a engagé pour le rechercher.

Pendant une seconde, j'eus l'impression que ses yeux s'emplissaient de larmes, mais comme il avait la tête baissée, je n'aurais pas pu l'affirmer.

— Il y a quinze ans que je n'ai pas revu Lilli Weill. Non, dix-huit. Nous avions pris le thé ensemble. Non, j'ai pris du thé, elle a pris du café. Elle m'avait demandé si je savais quelque chose sur Max.

Il reposa tendrement le violon et s'assit en face de moi sur une chaise de bois.

— Vous lui avez dit qu'il était mort.

Il regarda, de l'autre côté de la pièce, une photographie accrochée au mur.

— Ils sont venus le chercher pendant la nuit. Quand ils venaient la nuit, cela ne pouvait avoir qu'une seule signification. Il est mort Je l'ai dit à Lilli.

Il alla décrocher la photographie et me l'apporta. Je l'examinai un instant et repérai Weill. Même avec cet uniforme invraisemblable, même avec ses yeux creux et ses os qui semblaient lui percer la peau, il donnait toujours l'impression que le monde lui appartenait. Cherkhov se pencha au-dessus de moi.

— C'est absurde de penser que Max Weill est mort. Il était convaincu qu'il ne mourrait que le jour où lui, Max, l'aurait décidé. (Il se redressa, mais resta à côté de moi. Il sentait la poudre de talc.) Nous autres musiciens, nous étions des privilégiés. Chaque jour, au Bloc Onze, ils tuaient dix mille prisonniers, et nous jouions. C'était notre privilège. Max était le plus privilégié de nous tous. Pour les fumeurs, il obtenait des cigarettes. Pour les buveurs, du schnaps. Pour lui... (Il se tut.)

— Pour lui ?

— Cela n'a plus d'importance.

— S'il est encore en vie, ça pourrait en avoir.

Il hésita, tiraillé.

— Lilli était à Maedenek. Max était à Auschwitz. A Auschwitz, on pouvait se procurer des femmes. (Il haussa les épaules.) Les femmes, pour lui, c'était comme les cigarettes pour vous.

— Comment s'y prenait-il ?

Cherkhov regarda la photographie et se frotta le nez.

— Il était — comment dire ? — un grand sensitif. Il sentait quand il allait y avoir une inspection : « Vite, nous disait-il, cachez cela, ils arrivent. » Il sentait quand ils étaient nerveux... et il devenait le prisonnier juif modèle : oui, votre Excellence, certainement, votre Excellence. Il sentait quand ils voulaient entendre du Wagner plutôt que du Beethoven : il ne dirigeait pas l'orchestre, pas souvent, mais c'était toujours lui qui le programmait, parce qu'il était le seul à savoir ce qui leur ferait plaisir. Tout comme il savait ce qui nous ferait plaisir à nous. C'était un don qu'il avait, comme son talent de pianiste.

— Lilli prétend qu'il était capable de deviner ce que les gens ressentaient.

— Bien sûr. Tous les grands concertistes en sont capables. Mais Max... A l'époque, je le considérais comme un saint. Pas parce qu'il rend des services à tout le monde, quoique c'est pas si mal, de rendre des services à tout le monde. Mais parce qu'il est un si merveilleux ami : il comprend tout. Les choses graves, les choses sans importance, il comprend. Il vous écoute... il vous écoute plus attentivement, avec plus de compassion que Dieu lui-même. C'est le meilleur ami du monde, le meilleur ami de tout le monde. Nous l'adorons tous. Notre Max. Notre saint. Mais il n'est pas un saint. Il est... (Il ne termina pas sa phrase.)

— Lilli dit qu'il était extra-lucide.

— Extra-lucide ? Ah, les femmes ! (Il leva les mains, paumes en l'air.) Ecoutez : un jour, des musiciens se mettent à jouer et, en jouant, ils communiquent entre eux par la musique. Et vous écoutez, vous hochez la tête, et, tout d'un coup, sur une certaine mesure, votre cœur se met à battre plus vite, vos cheveux se hérissent sur votre nuque, et un miracle commence à s'accomplir, un miracle qui vous fait pleurer tellement c'est émouvant. Vous pouvez m'expliquer cela ? Non, vous ne pouvez pas l'expliquer.

« Une fois, un Bavarois, un homme très doux, père de deux filles et d'un fils, a une rage de dents. Une toute petite rage de dents. Un autre homme, un Yougoslave, marche trop lentement. Le Bavarois ordonne au Yougoslave de se coucher dans la boue. Le Yougoslave se couche. Le Bavarois ordonne à tous les autres, des centaines d'autres, de marcher sur le Yougoslave. De passer et de repasser sur lui, encore et encore. (Il glissa ses pieds sous sa chaise.) Au bout d'une heure, il ne reste plus que des lambeaux du Yougoslave, éparpillés dans les flaques de sang. Vous pouvez m'expliquer cela ? Non, vous ne pouvez pas l'expliquer.

« Je ne peux pas vous expliquer Max Weill. Je ne peux pas expliquer son don pour la musique, et je ne peux pas expliquer ses autres dons. (Il me reprit la photographie et l'essuya sur sa manche de chemise.) Un homme merveilleux. Délicieux. J'aimais jouer avec lui... j'étais le *Konzertmeister.* (Il posa la photographie à côté du violon.) Maintenant, je ne joue plus. On m'a demandé — Norman Azenberg n'arrête pas de me demander —, mais les tournées, c'est trop fatigant pour moi : les voyages, les hôtels, les avions, les hôtels...

Je lui offris une cigarette. Il la refusa, mais me regarda allumer la mienne comme un ancien fumeur repenti : avec envie.

— Je regrette de ne pas l'avoir entendu jouer, dis-je.

Il se dirigea vers une étagère, prit une cassette dans un classeur et l'introduisit dans un magnétophone. Il riait.

— Un peuple surprenant, les Allemands. Non seulement ils ont filmé l'incinération des corps, mais ils ont enregistré la musique de ceux qu'ils s'apprêtaient à brûler. Mon héritage d'Auschwitz : une copie de la bande originale.

— Qui se trouve où ?

— Brûlée. (Il appuya sur un bouton, et la musique jaillit des deux haut-parleurs fixés au mur.) Dix-septième symphonie en sol mineur, de Mozart. Pianiste : Max Weill.

Nous écoutâmes en silence, lui sur sa chaise de bois, les jambes croisées et les yeux clos, moi dans le fauteuil de cuir, d'abord penché en avant, la cigarette au bec, ensuite adossé à mon siège, essayant d'entendre la musique sans penser dans quelles circonstances et à quel endroit elle avait été enregistrée. Lorsque la bande s'arrêta, Cherkhov ouvrit les yeux et sourit.

— C'est joli, hein ?

Je me penchai à nouveau en avant.

— S'il était vivant, vous croyez qu'il viendrait à New York ?

— Sans aucun doute. Max aimait l'argent et le confort. Ici, en Amérique, on trouve de l'argent et du confort. Et beaucoup de musique. Ils sont tous là, Horowitz, Rubinstein, Gould, Serkin et les nouveaux, les Russes, la jeune Orientale, ils sont tous là.

— S'il était à New York, vous le sauriez ?

— S'il jouait, évidemment. Tout le monde le saurait.

— Et s'il ne jouait pas ?

— S'il enseignait, peut-être. C'est ici qu'il donnerait ses leçons, ici ou à Los Angeles. Par amour-propre, Max ne prendrait que les élèves les plus doués, et c'est là qu'ils se trouvent.

— Par amour-propre ?

— Le professeur marque l'élève de son empreinte, parfois profondément — l'élève doit alors lutter pour s'en libérer — parfois...

Il se tut, ferma les yeux et fronça les sourcils.

— C'est impossible, mais... quand je professais à Juilliard, il y avait une pianiste, une jeune Noire. Un jour, elle a joué pour nous et elle a interprété une œuvre de Mozart. Pas très bien, mais pas trop mal. Le doigté comportait un certain nombre de mesures, peut-être huit, peut-être douze, et j'ai pensé en moi-même que ces mesures-là ressemblaient au jeu de Max. Est-ce que Max Weill donnerait des leçons à une petite fille noire ?

Une veine de mon cou se mit à battre.

— Vous avez posé la question à la petite ? demandai-je. (Il secoua la tête.) Non, vous ne l'avez pas interrogée.

— Il s'agissait seulement de quelques mesures, et il était mort. Alors... (Il haussa les épaules.)

— Vous savez comment s'appelle cette fille ?

— Non. Cela remonte à plusieurs années.

— Vous pouvez retrouver son nom ?

Sans m'en rendre compte, je m'étais mis debout. Cherkhov leva les yeux vers moi.

— Il ne faut pas vous exciter, monsieur Fitzgerald : quelques mesures jouées à…

— Vous pouvez retrouver le nom de cette fille ?

Il m'observa attentivement.

— Si c'est important pour vous, je peux essayer. Je consulterai mes archives. Le nom doit y figurer quelque part. (Il montra un carton posé dans un coin ; c'était un emballage d'oranges Sunkist.) J'essayerai.

Je lui donnai ma carte.

— Appelez-moi à n'importe quelle heure. On prend les messages. (Il acquiesça.) Quand pourrez-vous vous y mettre ?

— Monsieur Fitzgerald, nous parlons d'une chose qui s'est produite il y a plusieurs années. Je ne peux pas la retrouver en une heure. (Il posa une seconde la main sur mon bras.) Je commencerai demain.

— Vous me téléphonerez ?

— Oui, oui. J'ai votre numéro. Tenez, regardez. (Il glissa ma carte sous le manche du violon.) Je n'oublierai pas. (Il m'accompagna jusqu'à la porte et l'ouvrit.) Je peux vous demander un service ?

— Lequel ?

— Vous voulez bien transmettre mon bon souvenir à Lilli ? Vous lui direz que je n'ai pas oublié notre tasse de thé. Thé pour moi, café pour elle. Vous lui direz… (Il fit une pause.) Vous lui donnerez le bonjour pour moi.

— Comptez sur moi.

Sa main se posa à nouveau sur mon bras.

— Je n'oublierai pas, monsieur Fitzgerald.

6

Je regagnai mon bureau pour passer une nouvelle série de coups de téléphone. En arrivant dans le couloir, j'entendis quelqu'un siffloter, et, après avoir tourné le coin, j'aperçus le siffleur, qui faisait tranquillement les cent pas devant ma porte. Lorsqu'il me vit, il s'arrêta et me sourit. Il avait un sourire plaisant, le genre de sourire qui montre à quel point on est inoffensif et bien élevé.

— Monsieur Fitzgerald ? s'enquit l'inconnu.

— Tout juste, acquiesçai-je et je m'approchai.

— Je m'appelle Richard Kleinman. Julius Frances et moi, il nous arrive à l'occasion de collaborer. (Il me tendit la main. Sa poignée de main ressemblait à son sourire.) Vous pouvez m'accorder quelques instants ?

J'introduisis ma clef dans la serrure, ouvris la porte et le fis entrer. Il jeta un coup d'œil sur la salle d'attente et pénétra dans mon bureau, qu'il examina plus soigneusement avant de s'asseoir dans le fauteuil des clients. J'accrochai mon chapeau à la patère, m'installai dans mon propre fauteuil et, avec mon genou, poussai l'interrupteur situé sur le pied du bureau.

— Que puis-je faire pour vous ?

— Eh bien, en fait, il s'agit plutôt de ce que moi, je peux faire pour vous, répondit-il.

Découvrant une peluche sur son pantalon, il la prit entre deux doigts et la déposa dans le cendrier sur pied placé à côté de son siège. Je ne m'en étonnai pas : il portait un complet bleu marine, et le moindre grain de poussière aurait détruit l'impression qu'il voulait produire. Il me rappela les avocats qui représentaient habituellement le genre de canailles que mon père ne parvenait jamais à coincer : eux non plus n'avaient aucune peluche sur leurs vêtements. Il avait une voix persuasive, plutôt genre présentateur de télé que commis voyageur ; le timbre de voix que votre mère croirait sur parole quand vous lui déclareriez que la guerre n'avait pas encore commencé. Il ne semblait pas être le type d'homme à collaborer avec Julius Frances, même occasionnellement.

— Je me sens un peu gêné de me présenter ainsi à l'improviste, mais comme votre service d'abonnés absents m'a annoncé que vous alliez revenir, j'ai décidé de tenter ma chance.

— Qu'est-ce que vous pouvez faire pour moi ?

— J'irai droit au but, monsieur Fitzgerald. J'ai eu un petit entretien avec M. Frances. Pas toujours très subtil, notre ami Frances, hein ? (Il sourit et poursuivit :) Il m'a fait part de votre conversation. (Il aperçut une autre peluche et la déposa dans le cendrier.) Votre conversation au sujet de... M. Max Weill...

— Hon-hon.

— D'après M. Frances, Mme Weill vous a engagé pour retrouver son mari...

— Hon-hon.

— D'après M. Frances, il vous a dit que Max Weill est mort...

— Il me l'a dit.

— Vous ne faites pas confiance à M. Frances, monsieur Fitzgerald ?

— Ce n'est pas une question de confiance. Je ne peux pas me contenter des déclarations d'une seule personne pour considérer une enquête comme terminée.

— M. Frances ne vous a pas montré un document établissant que M. Max Weill est mort ?

— Monsieur Kleinman, d'un côté nous avons un document qui dit que Max Weill est mort, de l'autre une veuve qui prétend qu'il est vivant. Cela dit, pour être franc, j'aurais tendance à croire le document : la veuve est âgée, la veuve est imaginative, la veuve est désespérée. (Il sourit, et je levai la main.) Mais... c'est la veuve qui me paye, pas M. Frances.

Il hocha aimablement la tête.

— Monsieur Fitzgerald, je comprends parfaitement votre position. Si j'étais à votre place, j'aurais la même. (Il examina ses chaussures et astiqua l'extrémité de celle de droite contre son pantalon.) Seriez-vous éventuellement disposé à poursuivre vos recherches... disons « délicatement » ?

Sa main décrivit une courbe enveloppante, comme si elle caressait la joue d'une fille.

— Délicatement ?

— C'est cela.

— Dois-je comprendre que vous me demandez d'arrêter mon enquête ?

— Pas exactement.

— Approximativement ?

Il rit.

— Eh bien, je conçois qu'il serait malaisé de mettre un terme à vos démarches sans fournir un semblant d'explication à votre cliente.

— Ce serait effectivement malaisé.

— A moins de lui mentir.

— Ce que je ne ferai pas.

— Evidemment. Il vous serait donc difficile d'arrêter.

— Pratiquement impossible.

— Par conséquent, nous ne pouvons pas vous demander...

— Non.

Il croisa les jambes et regarda autour de lui comme s'il espérait trouver une solution sur l'un des murs. Sa coupe de cheveux était aussi impeccable que son complet, et j'eus envie de lui demander l'adresse de son coiffeur.

— Je ne sais pas au juste ce que nous pouvons vous demander, avoua-t-il à regret.

— Avant de me demander quoi que ce soit, dis-je, vous pourriez peut-être commencer par m'expliquer pourquoi vous me le demandez ?

— Ah, ah, dit-il, et il secoua la tête d'un air songeur. C'est embarrassant, hein ?

— Pas pour moi.

— Dans une affaire aussi délicate...

— Savoir si Max Weill est vivant ?

— Oh non, absolument pas. Mais vos recherches pourraient avoir des conséquences... (Il écarquilla les yeux d'un air faussement horrifié.)... dramatiques.

— Vous n'appartenez pas au service de l'Immigration, n'est-ce pas ?

— Ministère des Affaires étrangères.

— Donc, si j'ai bien compris, les Affaires étrangères ne veulent pas que je poursuive mes recherches parce que mon enquête risquerait de me faire soulever des lièvres que les Affaires étrangères préfèrent que je ne soulève pas. C'est ça ?

Il hocha la tête.

— Plus ou moins.

— Eh bien, ce n'est pas une question à traiter à la légère, dis-je. Vous avez des papiers ?

Il sortit un porte-cartes de sa poche intérieure et me le tendit. Sa carte du ministère des Affaires étrangères paraissait authentique, mais on pouvait en dire autant de la demi-douzaine de cartes d'identité que contenait mon portefeuille, et elles avaient été imprimées par un faussaire de Brooklyn nommé Sol Tanen.

Je lui rendis son porte-cartes, souris et dis :

— Qui sait ? On va peut-être finir par s'entendre.

— Ahhhh, dit-il, et on aurait cru entendre un type à la diète qui vient de se taper une omelette norvégienne.

— De vous à moi, fis-je, cette vieille toupie est une emmerdeuse et elle n'a pas quatre sous devant elle. (Je me penchai vers lui et clignai de l'œil.) Et même si elle avait de quoi payer, les juifs trouvent toujours le moyen de vous empiler.

Il rit amicalement.

— Il faut qu'ils marchandent.

— Exact, dis-je. Bon. Commencez par m'expliquer comment vous savez que Max Weill est mort.

— Monsieur Fitzgerald, je vous certifie...

— Ne me certifiez rien, cela ne me fera ni chaud ni froid. Dites-moi comment vous le savez.

— Je crains que ce ne soit une question de...

— Sécurité nationale ?

— Eh bien, oui. Comment le savez-vous ?

— Vous appartenez aux Affaires étrangères, non ?

— Vous voyez donc, monsieur Fitzgerald...

Je l'interrompis en tapant avec mon crayon sur le dessus de mon bureau.

— Essayez de comprendre ma position. Il faut que je sache comment il est mort, sinon je ne peux rien dire à la vieille toupie.

Ses yeux se fixèrent sur le plafond, revinrent à moi, remontèrent au plafond.

— Vous me donnez votre parole que cette conversation restera strictement confidentielle ?

— Vous avez vu une sténo ? dis-je.

— D'accord. C'est très simple. (Il se tut.) Pas de notes, aucune trace dans vos dossiers ?

— Ne vous inquiétez pas, dis-je.

— Max Weill n'a pas été tué par les Allemands à Auschwitz. (Comme il attendait une réaction de ma part, je grognai.) Il s'est évadé et, avec l'aide d'un groupe de résistants, il a réussi à rejoindre une unité de l'armée américaine.

— Quelle unité ?

— Je ne suis pas autorisé à le révéler.

— Une unité d'infanterie ? Une unité de cavalerie motorisée ? Une unité de renseignements ? Une unité d'artillerie ?

— Je ne suis pas autorisé à le révéler. Quoi qu'il en soit, lorsqu'il est arrivé dans cette unité, on l'a interné dans un camp de transit. Bien entendu, il n'était pas le seul détenu de ce camp.

— Bien entendu.

— Une erreur a été commise. Une erreur effroyable, dramatique : on l'a mal identifié et, à cause de cette confusion, il a été...

— Exécuté ? dis-je.

Kleinman hocha lentement la tête.

— Par les Américains ?

Nouveau hochement de tête.

— Evidemment, vous allez me demander pourquoi le gouvernement américain n'a pas informé Mme Weill de cet incident. Des erreurs de ce genre, il s'en est produit d'autres durant la guerre, Dieu sait, et vous pourriez légitimement vous étonner.

— Effectivement, je suis légitimement étonné.

— Ahhhh. Eh bien, malheureusement, l'erreur s'est aggravée. Peu après l'exécution...

— Où a-t-elle eu lieu ?

— Je n'ai pas le droit de vous le révéler.

— Qui était l'homme qu'on devait exécuter ?

— Je n'ai pas le droit de vous le révéler.

— Quel crime avait-il commis ?

— Monsieur Fitzgerald, dit-il sur le ton d'un maître d'école s'adressant à un élève arriéré. Monsieur Fitzgerald...

— Excusez-moi, dis-je, c'est plus fort que moi.

— Peu après l'exécution, donc, lorsque l'armée a découvert que Max Weill n'était pas celui que l'on croyait, il s'est produit... comment dire ? Les autorités concernées, au lieu de rapporter exactement les faits, ont établi un compte rendu fallacieux. Plusieurs documents ont été... rectifiés, et beaucoup de témoignages ont été... truqués. En raison de la complexité de la hiérarchie militaire et de la gravité de l'incident, de nombreuses personnes ont signé ces documents.

Il posa les mains à plat sur mon bureau et me regarda.

— Et plusieurs d'entre elles sont encore en vie, dis-je . (Il acquiesça.) Et certains sont toujours dans l'armée. (Nouvel acquiescement.) Voire au Pentagone. (Troisième acquiescement, cette fois affligé.) Et il se pourrait même que quelques-unes aient fait carrière aux Affaires étrangères...

— Monsieur Fitzgerald, il s'agit d'hommes qui, depuis la guerre, sont parvenus à des situations éminentes. (Il soupira.) Cette affaire risque de ruiner plusieurs existences. A cause d'une erreur unique, compréhensible... d'une supercherie remontant à trente-cinq ans...

— Autrement dit, vous tenez à ce que je m'arrête ?

— Je suis désolé, mais... oui, nous y tenons. Evidemment, se hâta-t-il d'ajouter, nous ne vous demandons pas de le faire gratuitement. Nous sommes tout disposés à vous verser... (Il évalua le mobilier du bureau.)... disons cinq mille dollars.

— Cinq mille dollars ?

— Oui. (Je fredonnai quelques mesures d'*Amour à vendre*, et il précisa d'un ton doucereux :) Je suis certain que nous pourrions nous arranger pour que cette somme soit nette d'impôts.

— Parfait, dis-je.

— Vraiment, monsieur Fitzgerald ?

— Bien sûr. Cinq mille dollars... (Je souris.)... et une déclaration sous serment expliquant de quelle manière Max Weill a trouvé la mort.

— C'est hors de question.

— Je vous remettrai une déclaration sous serment certifiant que votre déclaration sous serment ne sera lue que par deux personnes : Lilli Weill et moi-même.

— Impossible.

Je pris un ton implorant.

— Soyez raisonnable. Je ne peux pas me présenter devant Mme Weill les mains vides : il faut que j'aie un document à lui présenter, sinon elle m'accusera de mensonge. N'oubliez pas que cette vieille toupie est obsédée. On ne l'abusera pas avec des salades. En revanche, elle croira un acte officiel, surtout s'il émane du ministère des Affaires étrangères et comporte un beau cachet et une signature illisible.

— Il me paraît impensable que l'on m'autorise à faire une chose pareille.

Je secouai la tête l'air déçu.

— Dans ce cas, je continue.

— Je suppose qu'il serait inutile de faire appel à votre patriotisme..., dit-il.

— En 1984 ? rétorquai-je. Après Nixon ? Après Ford ? Après Kissinger ? Après Carter et Reagan ?

— Oui, je vois ce que vous voulez dire. (Il tambourina sur le bras de son fauteuil.) Dix mille dollars... ?

— Et la déclaration.

Il soupira bruyamment.

— Il faudrait que j'en parle à mes collègues.

— Allez-y.

— Cela prendrait un certain temps.

— Tout le temps que vous voudrez.

Il cessa de tambouriner.

— Vous arrêterez les frais jusqu'à ce que je vous contacte ?

— J'arrêterai les frais quand vous m'apporterez l'argent et la déclaration. Jusque-là, je poursuis mon enquête. (Je souris ironiquement.) Vous avez intérêt à vous manier le train.

— Vous ne me simplifiez pas les choses, monsieur Fitzgerald.

— Lilli Weill s'est adressée à moi en toute bonne foi et m'a payé comptant pour que je retrouve son mari. Vous venez me trouver avec une carte d'identité, une histoire et une proposition — pas de l'argent, une proposition —, et vous me demandez de trahir ma cliente. Notez bien qu'il est possible que votre histoire soit vraie — elle paraît vraie — et que votre proposition soit sincère, mais il est également possible que votre histoire soit du bidon et votre fric une vue de l'esprit.

« Admettons que vous soyez de bonne foi. D'accord, je partage votre point de vue : ce n'est pas normal de briser des carrières à cause d'une faute commise il y a trente-cinq ans. Seulement, fournissez-moi des preuves. Témoignez-moi autant de confiance que Lilli Weill. Il ne suffit pas de me brandir le drapeau sous le nez et de me faire de vagues promesses pour que j'accepte d'entuber une cliente.

Il se leva et lissa les faux plis de son pantalon. C'était l'attitude d'un homme qui se donne beaucoup de mal pour montrer à quel point il est calme.

— Vous aurez ma réponse sous quarante-huit heures, soixante-douze heures au plus. Je ne peux rien vous garantir, évidemment, mais je pense pouvoir convaincre mes collègues de voir les choses sous le même angle que vous. (Il s'inclina courtoisement, mais ne me serra pas la main.) Merci encore pour le temps que vous avez bien voulu me consacrer.

Il pivota sur ses talons et sortit. Il n'avait pas atteint le palier que j'avais déjà ouvert le magnétophone dissimulé sous le bureau, extrait la cassette et glissé l'enregistrement dans ma poche.

7

Ce soir-là, Fiona Shaw nous reçut à dîner, Lilli Weill et moi, et il faut croire que l'un de nous — probablement Lilli — l'avait inspirée, car ce fut le premier repas convenable que je fis chez elle. Elle avait mis les petits plats dans les grands : chandeliers, deux sortes de vins, un cognac encore plus vieux que moi et un ragoût de veau dont je ne parvenais pas à me rassasier. C'était la première fois que je voyais Fiona se donner du mal pour faire plaisir à quelqu'un — habituellement, elle se comportait comme si, quoi qu'elle servît, on serait automatiquement ravi —, et, au début, cela me rendit méfiant et soupçonneux.

Mais, au fur et à mesure que nous mangions, que nous buvions et que nous nous racontions des histoires drôles, je remarquai que Fiona témoignait à Lilli Weill une affection qu'elle n'avait jamais gaspillée à mon égard. Et il ne s'agissait pas d'une affection de commande : elle ne se forçait pas pour être gentille avec Lilli, ni pour rire de ses anecdotes ; elle ne la dorlotait pas non plus à cause de son âge. Non, la bienveillance ruisselait spontanément de Fiona en direction de Lilli, et, après notre troisième cognac, une partie de cette bienveillance s'écoula également vers moi.

Cela me faisait tout drôle de me sentir à l'aise, ce qui ne paraît pas être le signe d'une remarquable santé mentale, mais je n'avais pas éprouvé cette sensation de bien-être depuis des années. L'ambiance était chaleureuse. Chacun de nous semblait avoir pour les deux autres une affection beaucoup plus profonde que l'on n'aurait logiquement pu s'y attendre. C'était peut-être dû aux vins et au cognac, ou alors Lilli avait le don de nous faire donner le meilleur de nous-mêmes, à Fiona et à moi. Je ne sais pas. J'allais descendre avec Lilli pour la mettre dans un taxi lorsque Fiona posa sur le pick-up les *Contes de la Forêt viennoise*, et nous dansâmes tous les trois une valse échevelée.

Dans la rue, Lilli m'embrassa gentiment, hésita et finit par dire :

— Non, je demande pas. C'est une trop bonne soirée.

Je faillis lui répondre que tout ce que je pourrais lui apprendre ne ferait que la bouleverser, mais cela me parut totalement inutile.

— Vous avez raison, dis-je, et je l'aidai à monter dans le taxi.

Quand je regagnai l'appartement, Fiona regardait le journal du soir à la télé, dans la chambre à coucher. Je servis deux nouveaux cognacs et vins m'asseoir à côté d'elle. Aussitôt les dernières nouvelles terminées, elle éteignit le poste, pivota sur elle-même et sourit. Elle avait retiré ses souliers et son collant ; ses cuisses paraissaient très blanches sur le vert de sa jupe. Elle se glissa près de moi et m'embrassa sur la paupière.

— Bonsoir, toi.

— Bonsoir.

— Le dîner t'a plu ?

— Hon-hon.

— Tu es content d'être là ?

— Hon-hon.

— Je t'ai manqué, aujourd'hui ?

— Par moments. J'ai eu une journée chargée.

— Quand est-ce que je t'ai manqué ?

— Entre midi et midi vingt.

— Tu as eu envie de faire l'amour avec moi ?

— Entre midi et midi vingt.
— Tu en as envie en ce moment ?
— Hmmmmmm.
Elle retroussa sa jupe jusqu'à la taille. Elle ne portait rien dessous.
— Tu en as envie en ce moment ?
Je tendis la main derrière moi pour prendre une cigarette et l'allumai.
— Je croyais que tu voulais me parler.
— Ça peut attendre, Kev.
— J'ai l'intuition que si nous ne parlons pas tout de suite, nous ne parlerons pas du tout. Pas ce soir, en tout cas.
— Tu n'as pas envie de moi ?
— Hon-hon. Est-ce que le sujet de notre conversation risque de diminuer cette envie ?
Elle m'observa, se souleva un peu et rabattit sa jupe.
— Quelles sont tes intentions ? demanda-t-elle.
— C'est de ça que tu veux me parler ?
— Oui.
— Nous en avons déjà parlé, dis-je. A maintes et maintes reprises.
— Tant pis, dit-elle. Parlons-en une fois de plus.
— D'accord, fis-je sans chercher à dissimuler mon agacement. Tu voudrais tenir une grande place dans ma vie, avec toutes les conséquences que ça comporte. Exact ? (Elle hocha la tête.) Bon. (Je bus une gorgée de cognac.) Ce n'est pas ce que je souhaite.
— Pourquoi ?
— Parce que je m'y suis déjà laissé prendre une fois, toi aussi, et que nous savons tous les deux...
— Je ne sais rien du tout.
— Eh bien, moi, je sais.
— Alors, qu'est-ce que tu veux, bon Dieu ?
— Je ne veux pas me faire engueuler.
— Encore une réponse négative. Monsieur Négatif.

Merde. (Elle flanqua un coup de poing dans l'oreiller.) Tu n'as aucune affection pour moi ?

— Si, j'ai de l'affection pour toi, et...

— Merci.

— J'ai de l'affection pour toi, et je souhaite que tu en aies pour moi. Je veux être bien avec toi, et je veux que tu sois bien avec moi. Si tu as besoin d'aide, je désire t'aider, et j'en attends autant de ta part. (Je posai mon doigt sur sa paume.) Et je veux faire l'amour avec toi.

Elle réfléchit un instant avant de dire :

— Mais tu ne veux pas m'aimer, et tu ne veux pas que je t'aime.

Ma poitrine se serra. Je respirai à fond.

— Je ne demande pas mieux que de t'aimer, dis-je, mais je ne veux pas que tu deviennes le centre de ma vie. Je ne veux pas que toute mon existence tourne autour de Fiona Shaw.

— Je n'en demande pas tant. Je...

— Si, c'est ce que tu souhaites. Tu t'exprimes comme une femme émancipée, Fiona, mais tu sors tout droit du siècle dernier : Tu veux être tout, la seule, l'unique, le Soleil, la Lune et les étoiles. Tu dois te mordre la langue douze fois par jour pour t'empêcher de réclamer toujours plus d'attention. Tu t'accommodes de moi et de mon indifférence parce que tu sais que je ne couche avec personne d'autre et que...

— Tu me le jures ?

— Et que ça me rend supportable. Tu veux tout. Je ne parle pas de mariage et autres balivernes, mais tu veux le Grand Amour.

— Et alors ? Quel mal y a-t-il à ça ?

— C'est stupide. Regarde Lilli Weill et ses quarante années de souffrance. On ne peut rien faire de plus bête que de sélectionner un être humain parmi tous les autres et de déclarer : voilà, ça y est, c'est sur celui-là que je concentre tous mes sentiments. Personne ne peut t'en donner autant. Tôt ou tard, tu tends la main et elle reste vide, parce qu'on n'y dépose plus rien. Tôt ou tard, tu te retrouves au tapis, K.O. Pas parce que l'autre cherche à te faire du mal, pas parce qu'il est mauvais, mais parce que tu as été assez bête pour baser toute ton existence sur lui.

— Oh, foutaise, Kev.

— Ecoute. Tu as un copain avec lequel tu aimes jouer au billard, un autre avec lequel tu aimes boire un verre, un troisième qui peut te procurer des billets pour le base-ball et un quatrième qui est bien placé pour te sortir de taule. Mais ce sont des gens différents. Personne ne peut être tout pour quelqu'un d'autre. Tu auras beau faire, tu pourras te donner autant de mal que tu voudras, personne ne sera jamais tout pour toi.

— Au poil, dit-elle. Tu as misé gros sur une fille, tu as perdu, et maintenant c'est moi qui paye les pots cassés. Plus question de prendre des risques, rien que les avantages. Epatant. Rationnel. Logique. Foutaise.

Je voulus me lever, mais elle me retint par le bras.

— Ne t'en va pas.

— Je vais chercher à boire.

— Seigneur, dit-elle. Tu ne pourrais pas cesser de jouer les durs à la mie de pain ? Mâchoire carrée et regard froid, symboles de bravoure sans limite. Qu'est-ce qu'on en a à foutre ? Tu serais prêt à affronter tous les dangers, mais tu n'es pas fichu de rester assis sur un lit et de parler d'amour. Si ce n'est pour déclarer que tu ne veux aimer personne.

— Fiona, je peux parler d'amour, je peux en parler en quatre langues et de dix-huit manières différentes, mais je ne sais toujours pas ce que cela signifie. Ce que je sais, c'est que, à partir d'un certain âge, il faut choisir entre l'intimité et la commodité. Cette année, je choisis la commodité.

— Ça, au moins, c'est rationnel.

— D'accord, tu as raison : je ne suis pas rationnel. Je ne suis qu'un pauvre minable entre deux âges, sentimentalement constipé, qui s'efforce de le cacher en ramenant tout à la raison. Tu préfères ça ? Maintenant que j'ai reconnu être un salopard sans entrailles, tu te sens mieux ?

Elle extirpa une cigarette de mon paquet, l'alluma et se mit à tousser. Ellc n'était pas une vraie fumeuse, mais elle aimait utiliser les cigarettes comme accessoires. Pendant qu'elle toussait, j'allai remplir nos verres dans la pièce voisine. A mon retour, elle ne me regarda pas, aussi je m'assis et fermai les yeux. Il y aurait eu beaucoup de choses à dire, mais il y avait trop de colère dans l'air pour qu'aucun de nous se risque à les dire à haute voix.

Nous gardâmes le silence pendant un moment. Ce fut moi qui le rompis.

— Maintenant, je comprends pourquoi Lilli te plaît tant.

Elle se détourna légèrement pour que je ne puisse pas voir ses yeux.

— Tu sais que mon père s'est suicidé ?

— Hon-hon. Tu m'as raconté ça.

— Apparemment, ça te laisse froid.

— Je ne l'ai pas connu.

Je ne pouvais pas lui révéler que mon propre père s'était fait sauter le caisson dans la salle de bains, avec son Smith et Wesson réglementaire, en éparpillant sa cervelle sur tous les murs. Cela aurait été trop brutal... et mesquin.

— Il t'aurait plu, fit-elle. Il écrivait des sketches pour la télé, pour tous les grands comiques. Le soir, il venait me trouver dans ma chambre avec ses brouillons et il me disait : « Allez, mon chou, dis-moi ce que tu penses de ça. » Et il testait ses gags pour voir mes réactions. J'étais la seule élève de l'école qui se couchait en riant. Quand mes parents recevaient, je m'asseyais près de ma porte — que j'avais entrebâillée de quelques centimètres — et j'écoutais mon père et ses confrères échanger des potins sur les gens pour lesquels ils travaillaient. Mon père était le seul acteur comique à ne pas être juif, mais il se débrouillait mieux en yiddish que tous les autres. Et il était plus drôle. Ma mère détestait ces soirées et avait horreur des blagues. Sa grande distraction, à elle, c'était de prendre l'avion pour Dallas et d'aller s'acheter une robe chez Nieman-Marcus. (Elle se pinça le nez jusqu'à ce qu'il blanchisse.) En 1956, mon père s'est tué. J'étais à l'école. Il a fermé toutes les fenêtres et ouvert le gaz. Dans ce temps-là, le gaz était un poison, ce n'était pas du gaz naturel comme aujourd'hui, et il est mort assez rapidement.

« Ma mère a craqué et s'est retrouvée à l'hôpital. Quand elle en est ressortie, elle paraissait normale... c'est-à-dire qu'elle était capable de faire la cuisine et le ménage, ce genre de choses, mais, de temps en temps, elle rentrait à la maison en déclarant : « J'ai vu ton père, cet après-midi. Une fois de plus, il traversait au vert. Pourquoi n'attend-il jamais que le feu passe au rouge ? Il se fera écraser, un de ces jours. » Comme ça. (Elle se retourna pour me faire face.) Tu comprends ?

— Pas très bien.

— Je me fiche que Max Weill soit mort ou vivant. Ce que je veux, c'est que Lilli sache à quoi s'en tenir. Parce que je n'avais pas une passion pour ma mère — elle nous avait toujours considérés comme de la crotte de bique, mon père et moi —, mais je ne pouvais pas supporter de la voir dans cet état, et je ne voudrais pas que Lilli passe par là. Tu comprends ?

— Hon-hon.

Elle se rapprocha un peu.

— Tu as découvert quelque chose ? (Je levai la main et croisai les doigts.) C'est vrai, Kev ?

— C'est vrai.

Elle battit des mains comme une petite fille.

— Oh, Kev ! Oh, Kev ! (Elle plongea le doigt dans son cognac et traça un X sur mon front.) Quand mon père me racontait une blague et que je riais, il faisait ça. C'était sa façon de dire merci.

— Il n'y a pas de quoi.

Elle se blottit contre moi.

— Je me sens mieux, maintenant. (Elle sourit.) J'aime bien causer avec toi, bien que tu sois un ignoble salaud.

— Arrête, dis-je, tu vas me faire rougir.

Elle colla sa bouche contre mon oreille.

— Et toi, tu te sens mieux ? (J'acquiesçai.) Dans ce cas, monsieur Fitzgerald, accepteriez-vous de faire l'amour avec moi ?

— Hmmmmmm.

— Tu me déshabilles ? Très lentement, en m'embrassant chaque fois que tu retires quelque chose ?

— Hmmmmmm.

— Tu me mordras les cuisses, et tu me lècheras jusqu'à ce que je hurle, et... (Un silence.) Merde, je suis indisposée.

— La branche paternelle de ma famille est originaire de Transylvanie, dis-je, aussi avons-nous l'habitude de boire du sang.

— Vulgaire, Kev, vulgaire, dit-elle, et elle passa ses bras autour de mon cou. Tu connais l'histoire de la fille qui est enlevée par un gorille ?

Je ne la connaissais pas, et Fiona passa le restant de la nuit à essayer de me la raconter.

8

Le lendemain matin, j'appelai le ministère des Affaires étrangères, à Washington, pour savoir si Richard Kleinman y travaillait. Il y travaillait, dans le service des relations publiques du secrétariat aux Activités culturelles et éducatives.

Une standardiste m'informa qu'il était absent, il se trouvait à New York, mais il téléphonerait dans la journée, est-ce que je désirais lui laisser un message ? Non.

J'étais surpris que Kleinman soit un agent de presse — il paraissait trop sûr de lui et trop évolué pour appartenir aux relations publiques —, et ce fut en ruminant cette idée que je glissai la cassette dans le magnétophone pour réentendre notre conversation de la veille. Un de mes amis, dont le métier consistait à transcrire des émissions de radio et de télévision, m'avait dit un jour que, en écoutant les gens plusieurs fois de suite, il pouvait dire à quel moment ils mentaient.

Après avoir repassé la cassette cinq fois, je n'avais rien repéré du tout. Ou bien j'étais incapable de déceler la supercherie, ou bien Kleinman n'avait pas cessé de mentir d'un bout à l'autre. J'appuyais sur le bouton de réenroulement pour faire une nouvelle tentative lorsque Sacha Cherkhov m'appela.

— Monsieur Fitzgerald, dit-il joyeusement. J'ai retrouvé

mes papiers, et je pourrai bientôt vous donner le nom de la *schwartze...* de la petite pianiste noire.

— Quand ça, bientôt ?

— A midi, j'ai une leçon. A une heure et demie, j'emmène Mme Silverman faire sa promenade dans le parc : elle est dans un fauteuil roulant, et sa fille vient seulement le dimanche ; son fils, le *mamseh,* ne vient pas du tout. Bon. Je serai de retour à deux heures et demie, et je m'y mettrai tout de suite. Vous pourriez m'appeler vers trois heures et demie, quatre heures. Ce sera suffisant ?

— Impeccable.

— Ah, impeccable. Il me dit « impeccable ». (Il toussota.) Monsieur Fitzgerald...

— Je vous écoute.

— Heu... vous aimez entendre jouer du violon... des récitals, des concerts, ce genre de manifestation ?

— Certainement.

— Je me disais que peut-être, un soir... Monsieur Fitzgerald, je ne suis pas un salaud parce que je ne suis pas mort avec les autres. Je ne suis pas un salaud parce que j'ai fait de la musique pour eux.

Je gardai le silence. Je sentais qu'il avait autre chose à me dire.

— Il y a des gens qui pensent que je suis un salaud, reprit-il. Ils sont très fâchés que nous ne soyons pas tous morts dans les chambres à gaz. Je ne dis pas à tout le monde que j'ai joué du violon pour eux. Croyez-moi, on pouvait faire pire que de jouer du violon. Certains ont fait bien pire pour rester en vie, croyez-moi.

— J'imagine.

— Monsieur Fitzgerald, c'est agréable d'être en vie, n'est-ce pas ?

— Certains jours, dis-je.

— Ah, oui. Certains jours. Nous en reparlerons.

Le jour de l'anniversaire de mes vingt et un ans, mon père, qui venait de participer à l'arrestation d'une bande de néo-nazis, m'avait emmené arroser ma majorité dans un bar de la Douzième Avenue. Nous ne nous étions pas dit grand-chose — nous ne nous parlions jamais beaucoup —, mais, au moins, je lui avais tenu tête en vidant autant de verres que lui, et cela avait paru lui faire plaisir. Quand on avait fini par nous virer, sur le coup de cinq heures du matin, il pleuvait, et, pour ne pas nous faire rincer, nous étions partis en titubant nous réfugier sous le viaduc de la voie express du West Side. Pour couvrir le chuintement des voitures qui passaient au-dessus de nos têtes, mon père avait entonné *Blue Moon*. Comme toujours, il avait oublié la moitié des couplets, et, comme toujours, il s'était arrêté de chanter et avait levé vers le ciel un regard de reproche comme s'il soupçonnait le bon Dieu d'être personnellement responsable de ses défaillances de mémoire.

Pour rompre le silence, je l'avais interrogé sur les néo-nazis. M'ayant mal compris, il m'avait empoigné par un bras et avait rugi : « Je t'ai déjà dit que je ne voulais pas parler de ça. Les combats, d'accord, mais les camps, non. Combien de fois faudra-t-il te répéter que ça me fait dégueuler de penser à ça ? » Et il s'était tu, avait détourné la tête et vomi en arrosant copieusement ses chaussures et les miennes.

Le lendemain, dans la cuisine, j'avais essayé de remettre la question sur le tapis, mais il m'avait fait taire. Je me souviens que cela m'avait surpris, car je savais que mon père n'était pas spécialement émotif : il avait travaillé à police-secours et à la brigade criminelle, et la vue du sang ne l'avait jamais incommodé. C'est pourquoi je m'étais rendu à la bibliothèque et j'avais consulté tous les ouvrages ayant trait à la libération des camps. Dans l'un de ces livres, des photographies montraient des soldats alliés poussant des cadavres dans d'énormes fosses à l'aide de bulldozers ; aux alentours, d'autres soldats alliés avaient le nez caché sous un linge. Pendant une seconde, j'avais cru reconnaître mon père aux commandes d'un bulldozer, et cela m'avait coupé le souffle jusqu'à ce que j'aie lu la légende et découvert qu'il s'agissait de soldats anglais. Mais sur d'autres photos, les soldats étaient américains, et j'avais eu peur de tomber sur lui.

Je m'adossai à mon fauteuil et me demandai si mon père avait eu l'occasion de rencontrer Max Weill ou Sacha Cherkhov, s'il avait été l'un des militaires qui les avaient arrosés de désinfectant, ou qui leur avaient ingurgité de la nourriture de force, ou qui leur avaient tendu un fusil pour abattre un nazi. Je me demandai s'il avait été l'un de leurs libérateurs, s'il était entré dans le camp en annonçant : Max, Sacha, c'est fini. J'avais du mal à me représenter mon père en libérateur, mais j'avais du mal à me le représenter autrement que comme mon père.

Je pris ma machine à écrire et tapai quelques notes sur ce que j'avais récolté. Au total, pas grand-chose : l'ombre d'une ombre de la part de Cherkhov et une perspective de promesse de la part de Kleinman. C'était suffisant pour continuer — j'avais enquêté sur bien moins que cela —, mais insuffisant pour téléphoner à Lilli et la perturber avec ces histoires. Un autre l'aurait appelée pour lui dire un petit bonjour, mais je détestais téléphoner pour ne rien dire. C'était le genre d'impulsion que j'étouffais dans l'œuf aussitôt qu'elle se manifestait. Alors, naturellement, Lilli me téléphona.

— Monsieur Fitzgerald, j'entends pas parler de vous, alors je pense dans ma tête il aime pas mes *latkes*, il aime pas comment je danse la valse, et je téléphone pour demander des nouvelles de votre estomac et de vos orteils. Comment se portent votre estomac et vos orteils, monsieur Fitzgerald ?

— A merveille, dis-je. Je m'apprêtais justement à vous appeler pour vous dire un petit bonjour.

— Un petit bonjour. Seulement un petit bonjour ?

— Il est encore trop tôt pour vous dire quelque chose de précis.

— Eh bien, dites-moi quelque chose d'imprécis. Un racontar, une rumeur. Je suis pas difficile à contenter.

— Je peux vous rappeler plus tard ? demandai-je.

Elle garda le silence pendant quelques secondes.

— Il n'y a rien à dire du tout, c'est ça, monsieur Fitzgerald ?

— Non, ce n'est pas exact, répondis-je. Seulement il ne serait pas loyal, ni vis-à-vis de vous ni vis-à-vis de moi, d'en parler trop vite : si je vous donne de faux espoirs, vous serez déçue et je me le reprocherai ; alors vous vous ferez des reproches, et moi je me sentirai encore plus minable.

— Dieu nous garde de mettre le doigt dans un tel engrenage. Très bien, j'attendrai. Ce soir, je fais un goulache hongrois avec des pâtes. Vous avez faim ?

— Je vous dirai ça plus tard.

Je me sentais moche. J'avais agi pour le mieux, qui consistait à ne pas fournir au client des bribes de renseignements douteux, mais je me sentais quand même moche. Lilli Weill produisait sur moi un effet que je détestais. Son visage, sa voix, ses mauvaises plaisanteries, tout m'obsédait. Sacha Cherkhov et elle n'appartenaient pas au même univers que tous les gens que je connaissais, même ceux qui étaient dans la mouscaille. Sans le vouloir, sans le savoir, ils portaient en eux quelque chose de plus, au moins à mes yeux. Leur présence faisait penser à une tache de sang sur le visage d'un enfant. Ils apportaient la preuve que, en ce bas monde, on ne pouvait se fier à rien et que les êtres humains étaient capables des pires turpitudes pour les plus futiles des raisons. J'avais passé une grande partie de mon existence à m'occuper de gens méchants, mesquins et cruels, mais je les comprenais car, moi aussi, je pouvais me montrer méchant, mesquin et cruel. A condition d'éprouver des sentiments suffisamment violents et d'avoir ma victime sous les yeux. Mais je ne comprenais pas la mentalité des gens qui avaient essayé de tuer Lilli Weill et Sacha Cherkhov. Je n'arrivais pas à concevoir ce genre de méchanceté et de cruauté, parce que Lilli Weill et Sacha Cherkhov ne valaient pas la peine qu'on essaye de les tuer. Ils n'étaient pas mauvais. Ils n'étaient même pas dangereusement bons.

Je transcrivis la cassette, écoutai encore la bande deux fois en fermant les yeux, et, lorsque j'eus fini, il était quatre heures moins vingt. J'appelai Cherkhov.

— Allô, Sacha ? Kev Fitzgerald.

— Oui, dit-il.

— Je me demandais si vous m'aviez déjà retrouvé ce nom.

— Ce n'est pas toujours agréable d'être en vie.

— Comment ?

— Seulement certains jours. Pas tous les jours.

— De quoi parlez-vous, Sacha ? (Je l'entendais à peine.)

— Quelquefois, c'est difficile de se cramponner à la vie, expliqua-t-il. Je ne peux pas vous parler maintenant.

— Sacha, est-ce que vous avez... (Un déclic.) Sacha ? Sacha ?

J'appuyai sur la fourche et composai son numéro. Occupé. Je reposai le combiné et le regardai fixement.

— Sacré vieux connard larmoyant ! m'exclamai-je. (Je composai de nouveau son numéro : toujours occupé.) Raccroche ce putain de téléphone, vieux con ! hurlai-je.

J'aurais bien voulu continuer à fulminer, mais le souvenir de sa voix morne m'en empêcha. Je fermai le bureau, descendis quatre à quatre, sautai dans un taxi et me fis conduire au coin de Central Park Ouest et de la Soixante-septième Rue.

Le soleil brillait et, pour une fois, le ciel était dégagé, Sans brume ni pollution. Pendant le trajet, je m'efforçai de penser à la beauté de Manhattan illuminée par le soleil, avec ses gratte-ciel qui paraissaient rajeunis et ses millions de fenêtres scintillant dans la lumière dorée de l'après-midi. Mais je ne parvins pas à me débarrasser de l'image de bulldozers poussant des monceaux de cadavres dans des fosses.

9

La Soixante-septième Rue était calme : pas de voiture de police, pas d'ambulance, pas de fourgon à viande. Un gamin faisait de la planche à roulettes au milieu de la chaussée, une jeune mère montait un perron avec son bébé dans les bras, et un vieux monsieur, accroupi derrière un corniaud, attendait que le clebs dépose sa crotte sur une serviette en papier. Les voitures rangées le long des trottoirs paraissaient inoccupées, et absolument rien ne permettait de supposer qu'il ne s'agissait pas d'un paisible après-midi de printemps dans un agréable quartier du West Side.

Je pénétrai dans le vestibule et appuyai sur la sonnette de Cherkhov. Pas de réponse. Je sonnai encore. Rien. Je ressortis pour voir s'il était allé acheter une boîte de thon à l'huile ou je ne sais quoi, mais il n'était pas en vue. Je sonnai une troisième fois. Toujours rien. Je restai planté dans le couloir, indécis, cherchant un indice quelconque permettant de penser que cela valait la peine de courir le risque de me faire coffrer pour effraction. Pas le moindre indice. Un flot de musique disco s'échappait de l'un des logements du rez-de-chaussée, et, au premier, quelqu'un passait l'aspirateur. J'appuyai sur la sonnette de Cherkhov tout en ouvrant la porte pour surveiller la rue. Il ne répondit pas à mon appel, et il n'était pas dehors.

Une voiture garée un peu plus loin démarra. J'attendis

qu'elle soit passée pour retourner dans le vestibule et, en dissimulant mes mains avec mon corps, je fis jouer le pêne de la serrure avec une carte m'identifiant comme un donneur de sang attitré, groupe O positif.

Je ne fus accueilli par aucun bruit nouveau en montant l'escalier. Toujours la même musique disco et le même aspirateur.

Le logement de Cherkhov était silencieux : pas de violon, ni enregistré ni en direct. Je tendais tellement l'oreille qu'il fallut que j'aie pratiquement le nez collé contre le battant pour remarquer l'odeur. Elle était facilement identifiable : tous les réchauds de la ville dégagent la même. Je forçai la serrure avec ma carte, emplis mes poumons d'air, ouvris la porte toute grande, traversai la pièce en courant et remontai les châssis des deux fenêtres aussi haut que possible.

Pas trace de Cherkhov, mais c'était parce qu'il se trouvait dans la kitchenette, où je me rendis pour fermer le gaz.

Il était à genoux devant la cuisinière. Sa tête reposait paisiblement sur un oreiller, et cet oreiller était au fond du four.

On était tellement à l'étroit, dans cette minuscule kitchenette, que je dus m'asseoir par terre pour extirper Cherkhov du four. Lorsque je le tirai en arrière, son crâne heurta le haut du four et je dis : « Excusez-moi, Sacha. »

Il s'affaissa sur mes genoux. Dans ma tête retentit l'écho lointain de la voix d'un moniteur de secourisme : « Débarrassez la bouche de la victime de tout corps étranger, tels que tabac, chewing-gum ou fausses dents. Si la bouche est encombrée de mucus ou de vomissure, éliminez-les en les ramenant à l'aide de l'index et du médius. Placez la victime dans la position de l'avaleur de sabres, la tête basculée le plus loin possible en arrière, la langue sortie, le cou tendu et le menton en avant. Comprimez les narines pour éviter que l'air ne s'échappe par les fosses nasales. Respirez à fond, appliquez votre bouche sur celle de la victime et soufflez dans la trachée. Répétez l'opération entre douze et quinze fois par minute, régulièrement et sans interruption, jusqu'à ce que la respiration spontanée se rétablisse. Ce procédé, très efficace, est surnommé « baiser de vie ». »

Le moniteur n'avait pas expliqué pourquoi ce procédé était surnommé « baiser de vie », bien qu'il ne ressemble en rien à un baiser. Et il n'avait pas clairement précisé qu'il n'est efficace qu'à condition d'être appliqué immédiatement. Ni que, quand il agit, il n'évite généralement pas les dommages causés au cerveau par le manque d'oxygène.

En revanche, le moniteur avait déclaré qu'on devait obtenir des résultats au bout d'une vingtaine de minutes et que, entre-temps, il était préférable d'alerter quelqu'un qui savait vraiment comment opérer, un pompier par exemple, et qu'il valait encore mieux que le gars se munisse d'un appareil de respiration.

Il n'avait pas parlé de ce qu'il faut faire, ni de ce que l'on doit éprouver, quand on arrive foutrement trop tard.

J'allongeai Cherkhov sur le sol et me redressai. J'avais le dos courbatu d'être resté penché sur lui, et ma bouche était tuméfiée et douloureuse. Il paraissait plus petit que lors de notre conversation, mais les morts semblent toujours plus petits. Les chiffres bleus de son numéro d'Auschwitz étaient bien visibles sur son bras gauche, et je me rappelai que la dernière fois que je l'avais vu — la seule fois que je l'avais vu — ses manches de chemise étaient baissées.

Il y avait un verre à cognac vide sur la cuisinière, ainsi qu'un petit flacon de médicament en plastique. L'étiquette du flacon indiquait que le Dr Morris Shuler avait prescrit à Alexandre Cherkhov cinquante comprimés de Valium 10 mg ; il restait un comprimé dans le flacon. Une bouteille de Courvoisier à moitié vide était posée à côté du verre à cognac.

En bas, l'aspirateur s'était tu, ainsi que la musique. On n'entendait plus que le bruissement des rideaux lorsque la brise venue du parc remontait la Soixante-septième Rue et s'engouffrait dans la pièce. Je m'approchai silencieusement de la porte d'entrée et la refermai presque complètement avant de faire glisser mon doigt le long du chambranle jusqu'à ce que je trouve la serrure. C'était un vieux modèle à mortaise, un de ceux qui comportent deux boutons au-dessous du pêne. Quand on pousse le bouton du bas — ce que je fis —, rien n'empêche une personne se trouvant à l'extérieur d'entrer dans l'appartement en ouvrant la porte à l'aide de la poignée. Je m'adossai au vantail et le poussai jusqu'à ce qu'il se ferme.

Le carton d'oranges Sunkist était sur la table de travail, à côté du violon de Sacha. Il était ouvert, et je jetai un coup d'œil dedans pour essayer de m'y retrouver dans le fatras de paperasses et de carnets de notes. C'était sans espoir. Il faudrait des heures pour examiner tout cela, et je n'avais pas la moindre idée de ce que je devrais chercher.

J'allais faire demi-tour lorsque je remarquai que le manche du violon reposait sur une feuille de papier à musique. J'enveloppai ma main dans mon mouchoir, déplaçai le manche du violon et pris la feuille. Dans le coin supérieur droit figurait la date du jour, et, au centre, on avait soigneusement écrit sur une portée les mots « C'est assez ». La signature de Cherkhov occupait le coin inférieur droit.

Je soulevai le violon pour remettre la feuille en place. Sous la caisse, il y avait un petit carnet de notes, un vieux calepin à reliure spirale. Je tendais la main vers lui lorsque j'entendis craquer une marche de l'escalier. Je m'immobilisai en retenant ma respiration, et je fixai la porte avec une telle intensité que les larmes me montèrent aux yeux. Des pas lourds — on aurait dit ceux d'un agent de police — se rapprochèrent. Puis ils continuèrent leur chemin, dépassèrent la porte et attaquèrent la volée de marches suivante. Et je recommençai à respirer.

N'ayant pas la moindre idée du passage qui pourrait se

révéler utile, j'entrepris de feuilleter le carnet page par page. Chacune d'elles portait une liste de noms, accompagnés de ce qui paraissait être un numéro de classement. Aucun de ces noms n'était signalé par une marque distinctive, soulignement, croix ou repère quelconque, et je craignais d'être obligé d'emporter ce sacré carnet avec moi lorsque j'y découvris ma carte de visite.

Doux Jésus, priai-je, faites que Sacha Cherkhov ait été un homme d'ordre. J'arrachai la page, la pliai en quatre et la roulai bien serrée pour lui donner l'aspect des cigarettes parmi lesquelles je la glissai. Après quoi je fourrai le paquet dans ma poche, remis le carnet de notes et la feuille de papier à musique sous le violon, et fis mon devoir de citoyen.

Le standard de la police ne devait pas être surchargé, car le 911, le numéro d'appel d'urgence, répondit à la troisième sonnerie. Pendant quelques minutes, la standardiste et moi jouâmes à un petit jeu. Les règles étaient simples : quoi que je lui dise, elle me le faisait répéter, l'adresse, le numéro de l'appartement, le numéro de téléphone, le nom de la personne qui avait besoin d'aide, l'orthographe de ce nom. Je répétai certaines choses quatre fois, d'autres six fois. Je lui redis neuf fois que Cherkhov était mort ; neuf fois, elle refusa de le croire.

Après avoir raccroché, je retournai dans la kitchenette. La langue de Cherkhov pendait au coin de sa bouche, et trois mouches bourdonnaient bruyamment autour de son visage. Je m'accroupis et les chassai avec mon mouchoir, mais elles revinrent aussitôt. J'essayais toujours de les chasser lorsque j'entendis la sirène.

J'allai me poster dans l'entrée, où se trouvait le bouton commandant l'ouverture de la porte du rez-de-chaussée : les flics n'aiment pas qu'on les fasse attendre. Lorsqu'ils eurent sonné, je me composai une expression ouverte, bouleversée et pas très intelligente.

Ils gravirent l'escalier lentement — les flics passent

beaucoup de temps à monter des escaliers, et ils ont horreur de cela — et, lorsqu'ils atteignirent le palier, je sortis de l'appartement.

— Salut, dis-je. C'est ici.

Ils passèrent devant moi sans un mot et pénétrèrent dans le logement.

— Dans la cuisine, précisai-je. A gauche.

— Reste avec lui, dit le plus vieux en me désignant, et il entra dans la kitchenette.

Au bout d'une seconde, il cria :

— C'est dans cette position-là que vous l'avez trouvé ?

Je me dirigeai vers la cuisine. Le jeune agent m'emboîta le pas.

— Il avait la tête dans le four, dis-je. Sur l'oreiller. J'ai essayé de procéder à la réanimation.

Le vieux flic se retourna pour me dévisager. Il secoua la tête.

— C'est un tort, dit-il. Vous n'auriez pas dû.

— Je m'excuse, dis-je.

— Tu as un quatre-vingt-quinze ? demanda le vieux flic à son jeune collègue. (Le jeune collègue acquiesça.) Remplis-le. (Il se tourna vers moi.) Depuis quand êtes-vous là ?

— Un quart d'heure, peut-être vingt minutes.

— Et vous avez attendu tout ce temps-là pour nous appeler ?

— Monsieur l'agent, je vous ai expliqué que j'ai essayé de le réanimer.

De nouveau, il secoua la tête.

— C'est un tort. (Il consulta sa montre, se livra à un laborieux calcul mental et dit à son collègue :) Pour l'heure, tu mettras 16 h 30 environ.

Le jeune agent suça la pointe de son stylo-bille et commença lentement à remplir le quatre-vingt-quinze. Un quatre-vingt-quinze, c'est une étiquette qui ressemble à celle des colis postaux et est munie d'une ficelle destinée à la fixer au cadavre, généralement à un doigt ou à un orteil.

Lorsque le corps arrive à la morgue, le médecin légiste regarde l'étiquette, qui lui indique la date, l'heure et la cause probable du décès. A la morgue, la plupart des gens considèrent le quatre-vingt-quinze comme l'ultime vestige des anciens contes de fées.

Le vieux flic examina la pièce d'un œil noir, comme s'il s'apprêtait à l'attaquer.

— Quand tu auras fini, dit-il à son jeune collègue, descends appeler le commissariat. Dis-leur que c'est un dix quatre-vingt-trois. (Un dix quatre-vingt-trois, c'est un D.A.A., « décédé à l'arrivée ».) Comment êtes-vous entré ? me demanda-t-il.

— La porte n'était pas fermée à clef.

Il grogna et dit à son collègue :

— Demande-leur aussi un dix quatre-vingts. (Un dix quatre-vingts, c'est l'envoi d'une équipe d'inspecteurs.)

Le jeune flic étiqueta Cherkhov et descendit bruyamment l'escalier pour rejoindre la voiture de ronde. Le vieux resta avec moi. Il garda la main sur la crosse de son pistolet.

Une quinzaine de minutes plus tard, bien avant l'arrivée de l'ambulance de la morgue, deux inspecteurs franchirent la porte. En voyant de qui il s'agissait, je compris que je n'étais pas sorti de l'auberge.

— Oh, merde, dit le plus âgé des deux flics.

— Allez, Fitzgerald, dit le plus jeune, faites demi-tour, posez vos mains sur votre tête, regardez vos chaussures et bouclez votre grande gueule d'Irlandais de merde.

10

Le plus vieux, Paul Caruso, était inspecteur de première classe ; son collègue, qui avait une quinzaine d'années de moins, s'appelait Jed Davis et était inspecteur de troisième classe. La première fois que je les avais rencontrés, cinq ans auparavant, ils avaient commencé par se montrer corrects avec moi, parce que Caruso avait connu mon père. Mais l'affaire s'était salement embrouillée, et avant qu'on n'en voie la fin, après que je leur eus fait des cachotteries et raconté quelques boniments, ils m'en avaient fait baver. A leur place, j'en aurais fait autant.

Ils faisaient convenablement leur boulot, mais ils le faisaient à leur manière — A-B-C-D-E-F-G, etc. —, et comme, la plupart du temps, cela donnait de bons résultats, ils n'admettaient pas que l'on puisse procéder autrement. Je savais que, aussitôt descendu de voiture, Caruso avait examiné toutes les fenêtres des alentours pour voir s'il n'y avait pas quelqu'un assis derrière l'une d'elles : les voisins qui s'assoient derrière leur fenêtre surveillent les allées et venues. Je savais que Davis avait relevé les noms de tous les locataires de l'immeuble et que, avant de partir, il noterait ceux de tous les occupants des baraques voisines. Et je savais que, s'ils estimaient qu'il s'agissait d'un meurtre, ils iraient tous deux rendre visite à chacun des possesseurs de tous ces noms et reviendraient inlassablement les interroger jusqu'à ce que l'un d'eux finisse par leur fournir la bribe d'indice dont ils avaient besoin.

Je savais que Caruso, amateur de cigares, et Davis, qui fumait la cigarette, ne fumeraient ni l'un ni l'autre tant qu'ils se trouveraient dans l'appartement de Cherkhov, pour ne pas courir le risque de mélanger leurs cendres avec d'autres. Je savais que Caruso casserait les pieds aux techniciens du labo, obligeant le spécialiste des empreintes à pulvériser sa poudre absolument partout sauf sur le plafond (et peut-être même sur le plafond) et le photographe à prendre cliché sur cliché, sous tous les angles possibles et avec tous les types d'objectifs, en noir et en couleurs.

Et je savais que Caruso, qui détestait les assistants du bureau du procureur et ne leur faisait pas confiance pour poser la question la plus bénigne sans qu'il les tienne par la main, forcerait les agents en tenue à lui dire tout ce qu'ils avaient touché, et qu'il en ferait autant avec moi. Et cela bien avant de me demander comment j'étais entré, ce que je faisais là et ce que je savais sur Sacha Cherkhov. Et même avant de m'avoir aimablement demandé à voir ma licence et avant que Davis ne m'ait aimablement fouillé. A-B-C-D.

L'après-midi fit place à la fin de journée, et la fin de journée à la soirée. Lorsqu'ils furent enfin prêts à m'interroger, Cherkhov avait été emballé dans un sac et expédié à la morgue, les scellés avaient été officiellement apposés ; Caruso et Davis avaient desserré leur cravate et suspendu leur veston à la patère de l'entrée. Caruso se tourna vers moi et me sourit d'un air las.

— Fait chaud, me dit-il comme si nous venions de nous rencontrer sur un quai de métro.

J'acquiesçai. Il passa son doigt sur son front et examina la sueur qu'il y récolta.

— Vous saviez, me demanda-t-il d'un ton dégagé, que le

printemps est la période de l'année où il y a le plus de suicides ?

— J'aurais plutôt pensé que c'était la Noël, répondis-je.

— Oui, c'est ce que tout le monde croit. Le froid, la neige, la famille qui vous oublie. Non, c'est le printemps. L'explication, c'est que le pauvre minable se traîne à travers les fêtes et la fin de l'hiver parce qu'il espère que tout s'arrangera avec les beaux jours. Et puis les beaux jours s'amènent et rien ne va mieux, alors...

— Ça s'explique, dis-je.

Caruso tira la moitié d'un cigare de sa poche de chemise et se la planta dans la bouche.

— Je ne suis pas qualifié pour l'affirmer, il n'y a que le médecin légiste qui puisse se prononcer, mais ça ressemble à un suicide. Ce n'est pas votre avis ?

— Hon-hon.

Davis, qui, comme d'habitude, se curait les ongles, demanda :

— Vous pensez que c'est un suicide, Fitzgerald ?

— Je ne suis pas qualifié non plus pour l'affirmer, dis-je, mais tous les indices (Je fis un geste circulaire.) semblent indiquer que c'est un suicide.

Ils eurent l'air déçus, comme des petits garçons auxquels on vient d'annoncer qu'ils n'iraient pas au base-ball parce que le match était annulé à cause de la pluie. Chacun d'eux sortit son calepin de sa poche. Tous deux me regardèrent.

— Allez, dit Davis. Racontez.

Comme j'avais eu tout le temps d'y réfléchir, ce fut assez facile. Je ne mentis pas — les flics ont horreur qu'on leur mente et ont vite fait de déceler les mensonges —, me contentant de passer certaines choses sous silence. Si on omet un détail et qu'ils vous le reprochent par la suite, on peut toujours prétendre que c'était un oubli. Je ne sais même pas pourquoi je me donnai cette peine. Sur le moment, il me sembla que, si je leur disais la vérité, ils me compliqueraient la vie et j'aurais les coudées moins franches pour rechercher Max Weill ; or, Lilli Weill était ma cliente. Je me dis aussi que cela n'avait pas grande importance : il s'agissait d'un suicide, pas d'un assassinat, et quelques omissions ne tireraient pas à conséquence. Et puis, c'était peut-être une seconde nature : j'avais beaucoup menti à mon flic de père et je continuais à mentir à tous les flics du monde. Je ne gardai pas grand-chose pour moi : la pianiste noire, Richard Kleinman et le carnet de notes.

Je leur dis qui je recherchais, qui m'avait engagé pour le rechercher, et que Sacha m'avait demandé si cela valait la peine de vivre. Je leur parlai même de l'enregistrement et, dès que j'eus mentionné la bande, Davis fureta sur l'étagère et s'en empara.

Ils me firent répéter ma déposition deux ou trois fois, mais le cœur n'y était pas. D'abord parce qu'un suicide ne les intéressait pas, ensuite parce qu'ils savaient que je connaissais la chansonnette aussi bien qu'eux et que l'utiliser sur moi n'aurait été qu'un exercice de style.

Pendant quelques minutes, ils m'ignorèrent et comparèrent leurs notes. Finalement, Caruso me demanda :

— Comment êtes-vous entré ?

Il tenait son stylo en suspens au-dessus de son calepin et paraissait s'ennuyer à crever.

— Je suis arrivé en bas au moment où quelqu'un sortait, et la porte de l'appartement n'était pas fermée à clef.

Caruso leva un sourcil et Davis alla examiner la serrure.

— Pas fermée, confirma-t-il.

Caruso nota cette information comme si elle était d'une importance vitale.

— Une sacrée chance, me dit-il d'un ton revêche.

— Allons, dis-je. Vous êtes de mauvais poil parce que vous n'avez pas de crime à résoudre. Ce n'est quand même pas ma faute.

— Allez vous faire foutre, lança Davis.

— Conseil de connaisseur, ripostai-je.

Caruso s'approcha de moi. Il était juste assez grassouillet pour transpirer abondamment, et sa légère chemisette de Dacron lui collait à la poitrine et au dos. En plus, il ne sentait pas la rose.

— Fitzgerald, votre père avait une bonne réputation, alors que vous, vous passez votre putain de vie à fouiner dans les poubelles. Tous les tocards du service, le jour où ils se font virer, n'ont rien de plus pressé que de demander une licence de privé. Après quoi ils se font embaucher comme gardes du corps par le genre de crapules que votre père a passé toute sa putain de vie à pourchasser. Pas la peine de secouer la tête, Fitzgerald, je sais que vous ne faites pas le garde du corps. Pas vous. Vous faites mieux. Vous plumez les pigeons, vous dénichez quelques scandales et, quand il s'agit de témoigner, vous mentez comme un arracheur de dents. Comment se fait-il que vous ne soyez jamais entré dans la police, Fitzgerald ?

Davis répondit à ma place.

— Parce que ce n'est pas assez bien payé. Pas vrai, Fitzgerald ?

— Oh, je ne sais pas, répondis-je. Vous n'étiez pas aux stups, il y a quelques années ? Il paraît que ça paye bien. Comment dit-on, déjà, des hommes de cette brigade ? Fauché à vingt ans, bourré à trente, viré à quarante, c'est ça ?

— Faites pas le mariole, conseilla Davis.

— La dernière fois que nous avons travaillé ensemble, fis-je, vous avez coffré deux coupables. Avec preuves à l'appui.

— Ouais, dit Caruso, et si on ne vous avait pas mis l'épée dans les reins, vous les laissiez filer tous les deux.

Sentant la moutarde me monter au nez, je tirai mon paquet de cigarettes de ma poche et en pris une. La gaffe. Davis tendit la main en me disant :

— Passez-m'en une, voulez-vous.

— Des clous. Il y a un tabac au coin de la rue.

— Donnez-lui une cigarette, bordel ! rugit Caruso.

Je secouai le paquet pour en faire sortir une cigarette avant que Davis ne me l'arrache des mains. Il la prit, l'alluma et hocha sèchement la tête. C'était sa façon à lui de dire merci.

— A la revoyure, Fitzgerald, dit Caruso.

Je le regardai pour voir s'il se moquait de moi. Mais non. Il avait les traits burinés par la fatigue, et, pour une fois, ses petits yeux ne recélaient aucune malice.

— La journée a été longue, dis-je. Je peux vous demander un service ?

— Seigneur ! fit Caruso. Dites-lui un mot aimable, et il réclame votre femme et votre fille.

— Quand vous aurez classé l'affaire, après le rapport fait par le médecin légiste, j'aimerais avoir une copie de cette cassette.

— Pour quoi faire ? demanda Davis.

— Pour la donner à la vieille dame, connard, lui dit Caruso. Passez-moi un coup de fil dans quelques jours, Fitzgerald. Je verrai ce que je peux faire. Jed, mets une étiquette sur la cassette comme preuve à conviction.

— Merci, dis-je.

— Comment pourrait-on refuser quoi que ce soit à un gentilhomme comme vous, Fitzgerald ? fit Caruso.

11

Ce fut seulement une fois rentré chez moi que je réalisai à quel point cette journée m'avait éprouvé. Je m'effondrai sur mon lit et passai la nuit à regarder la télévision, en espérant que les images du petit écran chasseraient celle de Sacha Cherkhov, la tête dans le four de sa cuisinière.

Je le revoyais sans cesse tel que je l'avais découvert, la joue sur l'oreiller de guingois, les bras posés au fond du four. Je me rappelais comme il m'avait paru rose, presque aussi rose que quand il retendait les cordes de son violon à côté de moi. Je me rappelais combien sa peau était tiède lorsque je l'avais sorti du four, aussi tiède que si le sang circulait encore dans ses veines et ses artères, sous sa peau rose. On ne meurt pas d'un seul coup. Le cœur s'arrête, le cerveau s'éteint, mais certaines parties du corps continuent à vivre pendant des heures. C'était le cas pour Sacha. C'était également le cas pour mon père, quand je l'avais trouvé en ouvrant la porte de la salle de bains.

C'est trompeur, car on a l'impression qu'il suffirait de redresser la victime, de lui flanquer une claque sur la joue ou de lui faire respirer une bouffée d'ammoniaque pour qu'elle soit à nouveau en pleine forme. Les bactéries ne se sont pas encore mises au boulot, grignotant leur chemin dans les chairs en libérant les gaz, ces gaz qui font gonfler les cadavres. Les cloques n'ont pas commencé à se former, à s'étendre et à se rejoindre, attirant les mouches par centaines. Les mouches n'ont pas encore pondu leurs œufs, ces œufs qui se transformeront en millions d'asticots, rampant sur tout le corps et dévorant tout sur leur passage.

Je me représentai Sacha grouillant d'asticots, et cette idée m'obligea à boire un nouveau whisky. Durant les cinq heures qui suivirent, chaque fois que je songeai à lui, à son drôle d'accent, à ses bretelles, à son sacré violon, je dus boire un autre verre.

C'est assez, avait-il écrit, et c'était suffisamment explicite. Tout le monde se réveille de temps à autre en se disant « C'est assez », et un certain nombre de gens prennent des mesures en conséquence, avec une corde, des cachets, un rasoir, un fusil ou le gaz. Au printemps. Ce n'était pas difficile à comprendre, et je le comprenais : bon, d'accord, le seul droit qui vous reste est de ne pas continuer à vivre.

Et qu'est-ce que Cherkhov était pour moi, en fin de compte ?

Je ne lui avais jamais payé une tasse de café, nous n'avions jamais joué au billard ensemble, je ne m'étais pas abrité avec lui, complètement soûl, sous le vieux viaduc du West Side. Ce n'était qu'un vieux juif que je connaissais à peine, un survivant avec un numéro tatoué sur le bras, qui était disposé à me rendre un petit service. Un survivant qui voulait m'emmener au concert. Un survivant qui en avait eu marre de survivre.

Kevin, mon garçon, me disait mon père, tu ne peux pas pleurer tous les gens qui ont traversé ta vie et sont morts en chemin. Il me le répétait chaque fois que nous nous rendions à une veillée mortuaire ou à l'enterrement d'un flic, et il me l'avait dit le jour où je l'avais surpris à se faufiler en douce à une messe pour le prêtre qui les avait mariés, ma mère et lui.

Je sautai du lit, pris un bloc et un crayon, et dressai la liste de tous ceux que j'avais connus et qui étaient morts. Elle n'était pas bien longue, à peu près ce qu'on pouvait attendre pour un homme de quarante ans : quelques parents, quelques amis, quelques amis d'amis, quelques ennemis, quelques relations, deux clients, une maîtresse, quatre chiens, trois chats, une tortue, un caméléon et huit poissons rouges. Ce n'était pas une longue liste, mais elle me suffisait.

12

Une insertion, dans la rubrique nécrologique du *Times,* signalait que l'inhumation d'Alexandre Cherkhov aurait lieu à midi au Grand Cimetière hébraïque de Staten Island. Je n'avais aucune raison d'y assister, mais comme j'étais toujours d'humeur morbide, je mis un complet foncé et m'y rendis en voiture. Je me garai à proximité du portail voûté, demandai mon chemin au gardien et longeai les allées étroites séparant les milliers de sépultures.

Le soleil brillait, mais une petite brise rafraîchissait l'atmosphère et il y avait une quantité honnête de visiteurs, en petits groupes assemblés autour d'une tombe ou déambulant lentement sur le gazon. Par-ci par-là, je tombais sur un solitaire, contemplant une sépulture ou se penchant pour déposer une couronne sur un nom gravé dans le marbre. Il y avait longtemps que je n'avais pas mis les pieds dans un cimetière, et j'avais oublié à quel point ces endroits paraissent toujours naturels. Les dalles alignées au cordeau auraient dû détonner parmi les pelouses et les bosquets, mais ce n'était pas le cas. Elles y étaient à leur place.

L'endroit où l'on enterrait Cherkhov n'était plus bien loin, et, sans m'en rendre compte, je commençai à marcher plus lentement et plus doucement. Ne tape pas des pieds, Kevin, m'aurait dit ma mère, tu vas réveiller le mort.

Je fus surpris par le nombre des personnes réunies autour de la fosse, puis je me rappelai que les juifs ont besoin, pour célébrer une cérémonie, de la présence de dix hommes et que, quand il n'y a pas suffisamment de parents ou d'amis, on complète avec ce que l'on a sous la main.

Au premier abord, je ne reconnus personne, et puis je repérai Julius Frances, qui se tenait discrètement à l'écart. Il m'aperçut et inclina la tête avec un sourire guindé de circonstance. J'y répondis en portant deux doigts au bord de mon chapeau et, à ce moment-là, j'entendis le gravier crisser derrière mon dos. Une seconde après, Lilli Weill me prit par la manche et s'arrêta à côté de moi.

— Monsieur Fitzgerald, dit-elle, pourquoi vous êtes là ?

— Je vous expliquerai plus tard, chuchotai-je.

L'enterrement fut liquidé en quelques minutes. On psalmodia les prières, Cherkhov fut descendu dans la fosse, quelques personnes jetèrent une poignée de terre sur la bière, et les fossoyeurs vinrent boucher le trou.

Lilli Weill alla dire un mot à l'une des personnes présentes, et, lorsqu'elle revint, Frances nous rejoignit. Avant qu'elle n'ait pu dire un mot, il prit sa main entre les siennes et la secoua comme si c'était une pompe à eau désamorcée.

— Madame Weill, déclara-t-il avec solennité, je suis ulcéré que nous nous rencontrions dans des circonstances aussi tragiques. Ulcéré.

— Monsieur Frances, répondit-elle, chaque fois que nous nous rencontrons, les circonstances sont plutôt...

— Qu'est-ce qui vous amène ici, monsieur Frances ? coupai-je avant qu'elle n'ait eu le temps de lui dire à quel point elle goûtait peu sa compagnie.

— Ah, monsieur Fitzgerald, le public... (il fit un geste qui englobait toute la population des Etats-Unis), le public s'imagine que les fonctionnaires n'ont pas de cœur. Il croit que nous remplissons nos formulaires sans nous rendre compte qu'ils concernent des êtres humains, des êtres de chair et de sang. Mais nous en sommes conscients, monsieur Fitzgerald, nous en sommes conscients.

Il fit une pause et se tourna vers la tombe avant de reprendre :

— Je connaissais le défunt M. Cherkhov. Pas intimement... il serait mensonger de prétendre que je le connaissais intimement. Mais je peux dire en toute modestie, en toute humilité, qu'il m'est arrivé — plus d'une fois mais moins de cent, comme on dit — d'être à même de lui rendre quelques services. Un coup de téléphone par-ci, une lettre personnelle par-là. Un peu d'huile dans les rouages grinçants de la machinerie bureaucratique au profit d'un homme de bien — d'un homme de valeur — qui avait subi plus que sa part des souffrances humaines. (Il baissa la tête. Lilli le regardait comme s'il débarquait d'une fusée spatiale.) C'était un homme comme on n'en fait plus, déclara-t-il d'un ton sentencieux. (Il releva la tête.) Et vous, monsieur Fitzgerald, qu'est-ce qui vous amène dans ce triste champ de lamentations ?

— Cherkhov et Weill avaient joué ensemble à Auschwitz... comme vous le savez certainement, répondis-je.

Il fit claquer ses doigts.

— Mais oui, mais oui, bien sûr. Je suis stupide de ne pas avoir fait le rapprochement. (Il se tourna vers Lilli.) Madame Weill, je ne sais comment vous exprimer mes condoléances, car je me doute à quel point cette cérémonie doit vous être pénible. (Il se tourna de nouveau vers moi.) Monsieur Fitzgerald, auriez-vous par hasard eu l'occasion de rencontrer le défunt M. Cherkhov ?

— Je l'avais rencontré.

— Et il avait pu vous aider... (Il jeta un coup d'œil à Lilli.)... dans votre enquête ?

— Il m'avait dit la même chose que vous.

Il secoua la tête avec accablement ; on aurait dit un saint-bernard s'ébrouant au sortir du bain.

— Je suis navré, dit-il.

— Vous l'aviez vu récemment ? demandai-je.

Il leva les yeux au ciel comme si un calendrier était imprimé sur les nuages.

— Notre dernière entrevue doit remonter à... disons un an, peut-être dix-huit mois. Il avait une difficulté quelconque avec son propriétaire, et, bien que ce soit évidemment en dehors de mes attributions, j'avais été heureux de lui donner un coup de main. (Il s'épanouit.) Un coup de main efficace, puis-je préciser en toute modestie.

— Dans quelles dispositions d'esprit était-il, à ce moment-là ? demandai-je.

— Peut-on lire dans le cœur des autres ? dit-il en croisant les mains. Soucieux de son problème, indiscutablement. Plus, je ne saurais dire.

— En général, les symptômes sont bien visibles.

— Peut-être ne les ai-je pas décelés. Que le Seigneur me pardonne. (Il leva les yeux pour regarder le Seigneur.) Evidemment, il y a un certain temps de cela. Il se peut qu'une nouvelle et insurmontable tristesse l'ait accablé depuis. La police m'a dit qu'il était extrêmement déprimé.

— La police ? dit Lilli. Pourquoi la police ?

Elle paraissait sincèrement perplexe, et je compris brusquement qu'elle n'était pas au courant.

— Vous savez qu'il s'est suicidé ? demandai-je.

— Sacha ? dit-elle. Sacha, suicidé ? (Elle secoua la tête tout en fouillant dans son sac, d'où elle tira l'annonce de faire-part.) Le journal, il dit pas ça. Regardez : on parle pas de ça. (Ses yeux faisaient la navette entre Frances et moi.) On parle pas de ça nulle part.

— Il y a malheureusement aucun doute, chère madame, assura Frances.

— Comment ? me demanda-t-elle. Comment il s'est tué ?

— Nous parlerons de cela dans la voiture, fis-je.

— Dites-moi maintenant, s'il vous plaît.

— Au gaz, expliquai-je. Dans le four de la cuisinière.

— Dans le four, dit-elle. Sacha met sa tête dans le four ?

— Auparavant, il avait avalé quelques tranquillisants et bu du cognac, dis-je, et cette réflexion me parut stupide.

— Son message d'adieu disait… commença Frances, mais elle lui coupa la parole.

— Sacha Cherkhov met sa tête dans le four et aspire le gaz ?

Elle secoua la tête de droite à gauche et, lorsque je tendis la main vers elle, elle fit un pas chancelant en arrière. Elle se passa la main sur les yeux comme si elle était importunée par un insecte et pivota sur ses talons pour regarder la tombe. La sueur ruisselait sur son visage et imprégnait sa robe sous les bras et entre les seins. Pour la première fois, elle paraissait vieille.

Frances me regarda et je haussai les épaules. Il observa Lilli pendant une seconde, s'approcha d'elle et lui dit :

— Madame Weill, je vous renouvelle mes plus profondes condoléances.

Il s'empara de sa main inerte et la secoua, mais elle n'y prêta pas attention. Il revint vers moi.

— Monsieur Fitzgerald, M. Kleinman m'a prié de… (Il regarda Lilli et m'adressa un clin d'œil appuyé.) Content de vous avoir revu, monsieur Fitzgerald. Espérons que notre prochaine rencontre aura lieu dans de moins tristes circonstances.

Il s'inclina et partit à reculons, comme un maître d'hôtel qui s'attend à un gros pourboire.

Je lui laissai le temps d'atteindre l'allée avant de prendre Lilli par le coude et de la guider lentement vers le portail principal. Elle se laissa faire. Elle était pâle, et ses vêtements noirs la faisaient paraître encore plus blanche, presque blafarde. Pendant cent cinquante mètres, le seul bruit fut celui de nos semelles sur le gravier. Une fois, elle trébucha, mais elle se redressa en s'accrochant à mon bras.

Quelques-unes des personnes qui avaient assisté à l'enterrement nous précédaient. En entendant le bruit de nos pas, l'une d'elles se retourna, un homme grand et svelte. Il inclina brièvement la tête et toucha le bord de son chapeau, mais Lilli ne s'en aperçut pas.

Lorsque nous atteignîmes le portail, un mouvement lointain attira mon attention. Un peu plus bas sur la route, derrière un bouquet d'arbres, un homme monta précipitamment dans une voiture marron. Avant même d'avoir refermé complètement la portière, il vira sur place et enfonça l'accélérateur.

13

En rentrant à Manhattan, Lilli Weill garda le silence pendant les dix premières minutes du trajet. Elle regardait par la portière en passant de temps en temps la main sur ses cuisses pour lisser sa robe. Finalement, elle me toucha timidement le bras.

— Je peux parler ? demanda-t-elle.

— Je n'osais pas vous le demander.

— Je crois pas que Sacha Cherkhov met sa tête dans le four et respire le gaz. Vous pouvez pas comprendre, parce que vous êtes américain, mais c'est impossible. Peut-être soixante-quinze mille personnes ont survécu aux camps de concentration. C'est quel pourcentage, ça ? (Elle ferma les yeux pour calculer.) C'est un et demi pour cent. Ça veut dire que quand les nazis amènent cent d'entre nous dans les camps, quatre-vingt-dix-huit meurent. Un ou deux meurent pas.

« Je vais vous expliquer pourquoi je pleure pas : parce que, dans les camps, pleurer c'est demander de mourir. Je me rappelle une jeune fille, Greta. Un matin, elle pleure, elle pousse de gros sanglots, et une autre fille lui dit : « Pourquoi tu pleures ? Parce que tu te crois différente des autres ? Ici, tout le monde est pareil, tout le monde souffre autant. »

Lilli tendit le bras et passa doucement son pouce sur son numéro.

— Un jour, au restaurant où je travaille, un client — un bon client, qui laisse toujours un gros pourboire — me demande avec un grand sourire : « Lilli, pourquoi vous portez votre numéro de téléphone sur votre bras ? Vous avez peur de l'oublier ? » Je ris et je lui dis que c'est pas mon numéro de téléphone, c'est celui de mon dernier béguin. C'était il y a quinze ans, peut-être dix-sept. Aujourd'hui, j'ai plus honte. Aujourd'hui, je dis : c'est ce qu'ils m'ont fait le premier jour.

« Ils me conduisent dans une salle avec des centaines d'autres femmes et ils me font déshabiller, moi qui ose pas retirer ma chemise de nuit la première semaine de mon mariage. Une femme s'amène avec un rasoir — seulement un rasoir, pas d'eau, pas de savon, — et elle me rase. Elle me rase partout. Comme elle fait pas attention à ce qu'elle fait, comme elle regarde pas, je saigne d'une centaine de petites coupures, et chaque fois qu'elle me coupe, ça la fait rire. Et puis, quand j'ai plus de poils nulle part, ils m'inscrivent ce numéro.

« Vous savez, ils sont malins, les S.S. Ils savent que si ils vous mettent toute nue, s'ils vous retirent votre alliance, s'ils vous rasent les cheveux et vous collent un numéro, vous êtes plus un être humain, vous devenez une chose. C'est moins difficile de tuer une chose. Chez moi, quand je tue des cafards, ça me fait rien. Pour les cafards, je suis les S.S.

Elle baissa la vitre et aspira une grande bouffée d'air.

— Je parle trop ? demanda-t-elle. C'est... comment vous dites ? De l'histoire ancienne, hein ?

— Pas pour moi, répondis-je en souhaitant à moitié qu'elle continue, à moitié qu'elle se taise.

— Maintenant, à la télévision, on vous montre les chambres à gaz. On vous montre les fours crématoires. On vous montre des piles d'ossements, et votre estomac se révulse et vous êtes obligé de tourner la tête. Mais ça, c'est rien. C'est seulement la fin. La conclusion.

« Ils ont un truc, les S.S. Leur truc, c'est de vous faire désirer la mort. L'implorer. C'est pas aussi étrange que ça paraît, croyez-moi. Ça commence dans les wagons de chemin de fer. Nous sommes des centaines, cadenassées là-dedans pendant des jours et des jours, et, dans un coin, il y a un seau. Un seul seau. Aussi, quand nous arrivons, quand ils ouvrent la porte du wagon, celles qui ne sont pas déjà mortes sont sales comme des cochons, couvertes de leurs propres immondices.

« Au camp, nous couchons dans des cages. Comme nous avons toutes la diarrhée, notre plus grand bonheur est de trouver une place dans une cage du haut, pour que notre merde tombe sur celles de la cage du bas. Je m'excuse, monsieur Fitzgerald, mais il n'y a pas d'autre mot. C'est ça, leur truc : *sheis*, la merde, voilà leur truc.

« Il y a un seul cabinet pour quarante mille détenues : une planche au-dessus d'un trou. On nous fait aligner à la queue leu leu, mais cette file d'attente est une de leurs bonnes blagues, parce que nous avons toutes la dysenterie et que nous pouvons pas attendre. Mais si on n'attend pas, on est fouetté. Vingt-cinq coups de fouet si on n'attend pas. Et si le gardien est costaud, s'il a bien déjeuné, vingt-cinq coups de fouet, c'est la mort. Celles qui peuvent attendre atteignent la planche et essayent de s'accroupir dessus, en se soutenant les unes les autres, mais elles peuvent pas tenir en équilibre parce que la planche est toute gluante de merde, et quelquefois elles glissent, quelquefois elles tombent dans le trou. Quand ça se produit, ça fait bien rire les S.S. Et malheur à celle qui est assez stupide pour essayer de leur porter secours : elle meurt avec elles.

Elle eut un rire amer.

— Une fille de Cracovie, une prostituée, m'apprend à nouer ma chemise comme une couche de bébé. Je découvre que vivre avec une chemise pleine de merde vaut mieux que se faire fouetter. La fille s'appelle Grusha. La plupart du temps, elle parle à personne. Au début, nous autres femmes respectables, nous tenons les prostituées à distance. Nous sommes trop bien pour elles. Nous chions de la merde respectable. Quand Grusha m'aide, je la remercie en yiddish — elle parle pas allemand, je parle pas polonais —, mais son yiddish est pas fameux, elle comprend pas que je la remercie et elle s'en va fâchée. Je la revois plus.

« Il y a une femme, une Hollandaise, qui arrive au camp comme ça (Lilli écarta les bras), elle doit peser près de cent kilos, et très vite elle crève de faim. La soupe au chou donne la dysenterie, et le besoin de manger rend la grosse Hollandaise à moitié folle. Un soir, elle dérobe à quelqu'un un morceau de pain, une petite tranche pas plus grosse qu'une pochette d'allumettes, et elle se fait pincer, par nous. Flanquons-lui une bonne raclée, dit une femme, ça lui apprendra à ne pas voler. Mais quelqu'un d'autre dit non, on ne va pas gaspiller ses forces à battre une voleuse de pain, demain elle aura à nouveau faim et elle volera encore. Alors nous la tuons.

« Oui, je dis « nous ». Je suis pas grande et j'ai pas beaucoup de force, mais je suis assez forte pour aider à la maintenir par terre pendant que les autres l'étranglent avec sa robe. Dans le camp, voler du pain, c'est tuer la personne à qui on le vole.

Je jetai un coup d'œil sur Lilli. Rien, dans son aspect, ne correspondait à ce qu'elle était en train de me raconter. Elle avait l'air d'une vieille dame appréciant une balade en voiture.

— En janvier, reprit-elle, je fais la connaissance d'une communiste. J'avais encore jamais rencontré de vrais communistes. Une juive allemande, Leah. Longue comme un jour sans pain et mince comme un fil. Mes haillons tombent en morceaux et, quand je marche, je cache les trous avec mes mains. « Lilli, elle me dit, si tu me trouves une arête de poisson, je te fais une aiguille. » Alors je fais un échange et je trouve une arête. Leah l'emporte et, quand elle me la rapporte, il y a un trou dedans et c'est une aiguille. Ensuite, j'échange mon pain d'une semaine contre un morceau de tissu sans trou, et je fais une robe neuve.

« Vous allez demander : pour quoi faire ? Pourquoi vous avez besoin d'une robe neuve ? Vous vivez dans la merde. Pour vivre dans la merde, on a pas besoin d'une robe neuve.

« Ah, justement. Les S.S. veulent que je vive dans la merde, alors je vais leur faire voir : je vivrai pas dans la merde, je serai propre. C'est idiot, hein ? A qui je ferai plaisir en étant propre ? Est-ce que je vais prendre le thé en ville ? Est-ce que je vais au bal ? Est-ce que les S.S. me laisseront vivre cinq minutes de plus ? Est-ce que Dieu sera content si j'entre dans la chambre à gaz propre, plutôt que sale ?

« Mais nous constatons une chose : celles qui se lavent pas, elles font pas de vieux os. Pas à cause de la crasse, non. Mais parce qu'elles se disent : « Bon, vous voulez que je vive dans la merde, je vivrai dans la merde. »

« Vous comprenez, monsieur Fitzgerald, leur truc, c'est de faire de nous des choses, et notre truc à nous, c'est de rester des êtres humains. Un être humain donne à un autre être humain un petit quelque chose, une cuillerée de soupe, un brin de fil noir. Un être humain parle : pendant des mois, j'ai discuté avec une Française sur la façon de repasser les chemises. Oui, de repasser les chemises. A quelle température doit être le fer, s'il vaut mieux commencer par les manches ou par le plastron, comment contourner les boutons et rabattre le col. Et sur la couture : les différents points. Et sur le ménage : l'époussetage, le balayage, le nettoyage des carrelages, l'encaustiquage, le lavage des carreaux, le battage des tapis, l'astiquage des couteaux, des cuillers et des fourchettes. Seigneur, nous discutions de si petits détails.

« Leah, la communiste, elle me dit : « Lilli, il faut que tu aies une raison de vivre, sinon tu crèves. Rester vivante, c'est pas une raison suffisante. Ici, c'est le royaume de la mort, et si t'as pas une raison de vivre, ils te feront considérer la mort comme une bénédiction. » Alors, on arrête pas de chercher des raisons. Tous les matins, je me dis : Lilli, lève-toi, lave-toi, ça durera pas toujours, et Max et toi serez de nouveau ensemble. Leah, la communiste, elle a pas de Max, alors elle me dit : « Lilli, plus tard, quand ce sera terminé, j'irai raconter au monde entier ce que j'ai vu. Je témoignerai. Si je reste pas en vie pour témoigner, personne saura comment c'était, et ce que les gens entendront dire, ils le croiront pas. »

— Elle a tenu parole ? demandai-je.

Lilli ne me répondit pas, et je tournai la tête vers elle. Ses yeux étaient étroitement fermés, et ses dents de devant menaçaient de lui perforer la lèvre inférieure. Je la secouai par le bras, et elle ouvrit la bouche.

— Leah a deux enfants, et ils les prennent en premier. Ils se donnent pas la peine de les envoyer dans la chambre à gaz, ni de les abattre. La guerre tire à sa fin, et les S.S. sont très pressés. Alors, ils jettent les enfants vivants dans le four crématoire. La fumée est tellement noire et tellement nauséabonde qu'aucun oiseau peut survoler Maedenek.

« En 1972, j'assiste au procès Braunmeister. Pas comme témoin, seulement comme spectateur. Ils discutent : faut-il autoriser cette femme à rester aux Etats-Unis ou la renvoyer en Allemagne ? Pendant des heures, ils discutent. Un jeune homme s'approche de moi avec un petit magnétophone et il me dit : « Madame, je vois, par le numéro que vous portez sur le bras, que vous avez été emprisonnée par les nazis. Eprouvez-vous encore de la haine vis-à-vis de Mme Ryan ? (C'est le nom que Fraülein Braunmeister porte en Amérique, Mme Ryan.) Est-ce qu'il ne s'est pas écoulé suffisamment de temps ? »

« Je lui raconte une histoire : un matin, trois cents femmes sont rassemblées devant le camp, beaucoup avec des enfants. Le Kommandant Braunmeister leur dit de laisser partir leurs enfants, qu'on les envoie dans un camp de vacances. Les mères les laissent pas partir. La Braunmeister répète son discours, et les mères continuent à pas lâcher leurs enfants.

« Alors elle se met à battre une femme qui porte un enfant dans ses bras, un petit garçon de trois ans environ. Elle la bat et la femme tombe avec l'enfant ; elle continue à taper dessus, et elle tape aussi sur l'enfant, et la femme et l'enfant commencent à se disloquer ; les morceaux jonchent le sol, et le sang éclabousse toutes celles d'entre nous qui se trouvent à proximité, et il éclabousse aussi la Braunmeister. Ensuite les détenus du camp des hommes viennent avec des charrettes, ils y chargent les morceaux de la femme et de l'enfant, et il les emportent.

« Je raconte ça au jeune homme, et il regarde le Kommandant Braunmeister — elle est assise dans les premiers rangs de la salle —, il la regarde et il voit une femme paisible en tailleur gris, avec de jolis cheveux et un gentil mari ; il secoue la tête, il arrête son magnétophone et il me dit : « Je regrette, madame, je ne peux pas vous croire. »

Nous étions arrivés devant chez elle. Elle pivota sur son siège pour me faire face.

— Vous avez causé avec Sacha Cherkhov, non ? (J'acquiesçai.) Il vous dit qu'il s'apprête à mettre sa tête dans le four ?

— Non, mais, en général, les gens ne préviennent pas.

— Monsieur Fitzgerald, vous êtes un homme intelligent (elle sourit gaiement), un homme remarquable. Vous pensez qu'il s'apprête à faire ça ?

— Je ne sais pas, répondis-je, et j'étais sincère.

— Il est bouleversé, désespéré, il pleure, il est incapable de parler ? Dites-moi.

— Son message disait : C'est assez.

— Bien sûr. Mais pourquoi maintenant ? Pourquoi aujourd'hui, au bout de tant d'années ? Hier, il était tellement heureux ? La semaine dernière, sa vie était un tel paradis ? Non, c'est pas possible.

— Lilli, il arrive que les soucis vous submergent et...

— Vous parlez de Max avec lui, oui ?

— Evidemment, c'était pour ça que j'étais allé le voir.

— Et qu'est-ce qu'il dit ?

— Il m'a dit que Max était mort. (J'hésitai, mais je ne pus m'arrêter.) Je ne crois pas qu'il mentait.

— Il l'a vu mourir ? rétorqua-t-elle. Il l'a vu entrer dans la chambre à gaz ?

— Non, mais...

— Il a vu les S.S. lui tirer une balle dans la nuque ? Il les a vus lui crever les yeux ? Il a vu Max tomber sur les barbelés électrifiés ?

— Non.

— Il les a vus arriver et l'emmener, hein ? Voilà ce qu'il a vu.

— Oui, dis-je.

— Et il vous dit que quand ils viennent chercher quelqu'un la nuit, c'est toujours pour le tuer. C'est ce qu'il vous dit, hein ?

— Oui.

— Il y a dix-huit ans, il me dit la même chose. Et, pour moi, c'est zéro. C'est pas une preuve. (Elle posa sa main sur la mienne.) Il faut pas avoir peur d'eux, monsieur Fitzgerald. Moi, j'ai pas peur d'eux.

— Lilli, dis-je, il se pourrait que vous...

— Je vous dis que Sacha Cherkhov met pas sa tête dans le four. Je suis sûre. D'accord, sa tête est dans le four, mais c'est pas lui qui l'a mise. Je vous prouve : je vous charge d'enquêter sur sa mort, je vous engage. Ça vous montre comme je suis sûre.

— Lilli...

— Je vous payerai. Je servirai les dîners en plus des déjeuners, je trouverai l'argent.

— Lilli...

Elle se pencha et m'embrassa sur la joue. Ses lèvres étaient rêches, mais son baiser était tendre, un baiser maternel. Elle ouvrit la portière, descendit de voiture, referma la portière et y passa la tête.

— Voilà. Maintenant, vous avez deux fois plus de travail, monsieur Fitzgerald.

Je la regardai sans savoir quoi dire. Ses yeux brillaient, et je me rendis compte qu'elle s'amusait du dilemme dans lequel elle m'avait enfermé.

— Lilli...

— Monsieur Fitzgerald, il faut pas vous charger de cette affaire pour des motifs sentimentaux, à cause d'une vieille dame avec un numéro sur le bras. Je pleure pas, il faut pas pleurer pour moi, ni avec les yeux ni avec le cœur. Acceptez l'enquête parce que je vous paye et que je vous dis la vérité. D'accord ?

— D'accord.

Elle sourit et se dirigea vers la porte de son immeuble.

Au moment où je desserrais le frein et démarrais, une voiture marron me dépassa et vira dans Broadway en direction du nord. Le temps que j'arrive au croisement, les feux étaient passés au rouge et la voiture avait disparu dans le flot de la circulation.

14

Je m'installai à mon bureau avec mes notes et la page de noms prélevée dans le carnet de Cherkhov et pesai le pour et le contre : suicide ou meurtre ?

Lorsque j'avais découvert Sacha, j'avais jonglé pendant une dizaine de secondes avec l'hypothèse d'un crime, mais j'y avais vite renoncé. Travestir un meurtre en suicide est plus difficile qu'on ne croit, et la mort est habituellement provoquée par un pistolet, une corde, un rasoir ou une chute. Je n'avais encore jamais vu un décès comme celui de Sacha ; tout paraissait concorder. Aucune ecchymose, aucun signe indiquant qu'on l'ait introduit de force dans le four. Ce qui voulait dire que, si on l'avait assassiné, on l'avait obligé à avaler les comprimés, à boire le cognac et à s'agenouiller devant la cuisinière. Une façon de tuer bien compliquée et comportant un maximum de risques : si la victime se débat, le meurtrier doit employer la force, ce qui laisse des traces. Si Caruso et Davis étaient venus à l'enterrement, j'aurais à nouveau songé à un meurtre, car c'était le type d'inspecteurs qui assistent toujours aux funérailles de ceux qu'ils soupçonnent d'avoir été assassinés. Ne les ayant pas vus au cimetière, je n'y avais plus pensé.

Je m'adossai à mon fauteuil et contemplai la photographie de mon père posée sur le bureau. On l'y voyait en compagnie du maire, sur le perron de l'hôtel de ville. Le maire s'apprêtait à lui remettre une décoration quelconque, et mon père le regardait d'un air aussi méfiant que s'il avait essayé de lui graisser la patte pour des motifs inavouables.

Une petite migraine commençant à se manifester derrière mon œil droit, j'allai chercher l'aspirine dans le placard. Le flacon me rappela le Vallium de Cherkhov.

— Suicide caractérisé, déclarai-je à la photo de mon père. Tous les indices matériels concordent, il y a un message d'adieu manuscrit, et la formule employée, « C'est assez », révèle parfaitement l'état d'esprit d'un survivant qui n'a plus envie de continuer à survivre. Et toutes les conditions psychologiques sont réunies : sa carrière était fichue, il ne pouvait plus jouer de violon, il n'avait pas de famille, pas de femme, pas de petite amie, et il doutait que la vie vaille la peine d'être vécue. Alors, pourquoi ne pas plier bagage ?

La photo parut sceptique.

— Bon sang, absolument rien ne permet de supposer qu'il existait un motif quelconque de le supprimer. Il ne voyait personne, il ne gênait personne. Tout ce qu'il a fait, c'est de me parler, et ce n'est quand même pas une raison valable pour le tuer, que je sache ? Ça paraît vachement tiré par les cheveux, non ?

« Tu m'as toujours répété qu'il ne fallait pas chercher midi à quatorze heures, que, la plupart du temps, les choses sont exactement ce qu'elles ont l'air d'être, et qu'on ne doit pas se prendre pour Sherlock Holmes. Parfait, je me conforme à tes conseils éclairés.

La photo continua à paraître sceptique.

— Mais, Bon Dieu, ma seule raison de douter du suicide, c'est qu'une vieille toquée n'y croit pas. C'est tout ce que j'ai. Strictement rien d'autre.

Rien d'autre, sembla dire la photo. Vraiment rien ?

— Ne me parle pas de la présence de Julius Frances à l'enterrement, c'est complètement en dehors du sujet.

C'est son boulot, à ce type, de s'occuper de ces foutus immigrants. Et n'attachons pas trop d'importance à ce sacré carnet de notes. Il m'avait dit qu'il le chercherait, il l'a cherché, il l'a trouvé. Il n'y a pas le moindre embryon de preuve qu'il l'ait posé à cet endroit pour attirer mon attention. N'importe qui aurait pu le poser là. A côté de son putain de message d'adieu. Sous son inestimable Guarnerius !

J'assenai au bureau un coup de poing qui fit tressauter la photographie. Rien à faire. J'avais beau me donner un mal de chien pour garder la tête froide, pour juger les choses posément, c'était sans espoir : il m'était impossible de repousser davantage l'hypothèse du meurtre, et cela me rendait cinglé, parce que je n'y pouvais strictement rien. Quel que fut le coupable, il avait commis un crime parfait. Tout, dans les moindres détails, prouvait qu'il s'agissait d'un suicide et le prouvait avec une évidence telle que Caruso et Davis eux-mêmes s'y étaient laissés prendre.

— Et merde, dis-je aux murs. Et merde.

J'avalai deux comprimés d'aspirine supplémentaires et recommençai à cogiter. Une seule personne savait que j'allais me mettre en rapport avec Cherkhov : Norman Azenberg, et je ne voyais pas pourquoi il aurait vendu la mèche. Il lui suffisait de me mentir ou de se taire, et je n'aurais jamais découvert Sacha.

Cela prouvait soit qu'on m'avait suivi, et je ne l'avais pas remarqué, soit que le téléphone de Cherkhov était sur table d'écoute. Ce qui ne tenait pas debout. Pourquoi irait-on mettre sur écoute la ligne d'un vieux violoniste russe ?

Connard. Pauvre connard de Fitzgerald.

Je me penchai en avant et observai mon téléphone. C'était toujours le même vieil appareil, avec ses trois lignes et ses boutons de mise en garde. Je le soulevai et examinai le dessous, ce qui était complètement idiot, car personne n'irait brancher une table d'écoute directement sur l'appareil.

Pendant quelques minutes, je restai assis sans bouger, en épiant mon téléphone comme s'il s'agissait d'un python assoupi. J'attendais qu'il me vienne une idée, une idée utile, et j'avais l'impression qu'en me concentrant sur l'appareil, en relisant inlassablement les lettres et les chiffres du cadran, en comptant les éraflures du socle, en abaissant les manettes l'une après l'autre et en écoutant les déclics, il finirait par me venir une idée.

Il m'en vint une, et je cherchai le numéro que Frances avait noté sur ma carte professionnelle le jour où j'étais allé le voir.

Le *Cole Metropolitan Householders' Directory* est un ouvrage de référence privé, qui se présente comme un annuaire téléphonique, mais dans lequel les abonnés sont classés non par ordre alphabétique, mais par adresses et par numéros. Il permet, en partant d'un numéro de téléphone, de trouver le nom de la personne à qui il correspond. Je possédais une partie de numéro — 0029 —, et il ne me restait plus qu'à dresser la liste de tous les 0029 de New York pour voir si l'un d'eux évoquait quelque chose pour moi.

Il existe deux cent cinquante et un centraux téléphoniques à Manhattan ; leur indicatif est constitué par les trois premiers chiffres des numéros, le premier indicatif étant le 221, et le dernier, le 999. Je pris un bloc neuf et m'attelai à la tâche. Chaque fois que je rencontrais un 0029, je notais soigneusement le nom et l'adresse de l'abonné. Un travail passionnant, comme de compter le nombre de points noirs d'une robe à pois taille 48. A partir du cinquième indicatif, je ne voyais plus ce que j'écrivais. Mon œil relevait quelque chose, ma main l'inscrivait, et mon cerveau s'en désolidarisait complètement. Mon cerveau pensait à un sandwich de pain de seigle au bœuf fumé, avec de la moutarde de Dijon, et à deux bières. Alors, naturellement, je passai dessus s'en m'en apercevoir.

Lorsque j'eus terminé, je commandai le sandwich de

pain de seigle au bœuf fumé et les deux bières par téléphone, allai pisser sur le palier, vidai les cendriers, rédigeai deux chèques pour le loyer et l'assurance, posai le bloc au centre du buvard et me renversai dans mon fauteuil, les pieds sur le bureau. Lorsque le garçon m'eut apporté mon sandwich et mes bières, je mangeai et bus lentement, posément, en évitant de regarder les noms inscrits sur le bloc.

Une partie de moi-même se disait que je perdais bêtement mon temps, mais l'autre moitié, la plus expérimentée, savait qu'il n'en était rien. Quand j'étais étudiant, je faisais de la course de fond, et, en dernière année, j'avais gagné un marathon à travers la ville. A la fin de la course, le moniteur et mes camarades m'attendaient près de la ligne d'arrivée pour m'escorter jusqu'aux notabilités qui me remettraient ma médaille. Au lieu d'y aller, j'avais tourné en rond au pas de gymnastique pendant quelques minutes, puis je m'étais assis dans l'herbe et je m'étais massé les mollets. Je savais qu'on ne remettrait pas mon trophée à quelqu'un d'autre, et plus je l'attendais, plus il prenait de valeur à mes yeux.

J'avalai la dernière bouchée de mon sandwich, décapsulai la seconde bouteille de bière, allumai une cigarette et posai une règle sous le premier nom de la liste. En faisant glisser la règle vers le bas, ligne par ligne, je lus à haute voix chaque nom et chaque adresse, pour voir s'ils pouvaient présenter un rapport quelconque soit avec Sacha Cherkhov, soit avec Lilli et Max Weill.

Quand je tombai sur le bon numéro, j'éclatai de rire. C'était trop gros, trop évident, trop puéril. J'abaissai la règle jusqu'à la ligne suivante, puis celle d'après, jusqu'à la fin. Je voulais découvrir quelque chose de moins flagrant, de plus alambiqué, de plus subtil, tel que le nom d'une obscure association de réfugiés de l'Europe de l'Est, ou l'adresse du syndicat des accordeurs de pianos. Je voulais mettre le doigt sur un truc astucieux, pour pouvoir me sentir astucieux. Rien.

Je remontai la règle jusqu'à la ligne qui avait déclenché mon rire.

Le numéro de téléphone était 755-0029. Il n'était suivi d'aucune adresse, seulement d'une raison sociale : Central Intelligence Agency, Bureau de New York.

Je n'avais jamais été en rapport avec la C.I.A. et je n'avais pas la moindre idée de la façon dont elle fonctionnait. Il m'arrivait même de douter de son existence. Elle semblait avoir été inventée par des scénaristes et des gauchistes attardés. J'avais connu un agent du F.B.I. qui avait passé toute sa carrière à essayer d'entrer à la C.I.A., et, quand je lui avais demandé pourquoi, il m'avait expliqué que c'était parce que les agents de la C.I.A. pouvaient faire n'importe quoi sans jamais être inquiétés : ouvrir les lettres, écouter les communications téléphoniques, mentir, tricher, voler et baiser des filles mineures. Pendant dix ans, ce type avait consacré toutes ses vacances à se documenter sur la C.I.A. en fouillant les bibliothèques, en se rendant à Langley pour observer le va-et-vient des véhicules du quartier général, en dépouillant des monceaux d'articles. Il s'imaginait que, s'il en apprenait suffisamment long sur la C.I.A., la centrale finirait par l'engager uniquement pour des raisons de sécurité, mais il s'était heurté à un mur chaque fois qu'il avait posé sa candidature.

Il avait fini par se dire que c'était parce qu'il ne possédait par les diplômes requis (il avait lu quelque part que les agents de la C.I.A. sortaient tous d'une université huppée) et, à trente-neuf ans, il s'était inscrit à Columbia et avait envoyé une photocopie de son bulletin d'admission à la C.I.A. Un employé anonyme de Langley lui avait répondu qu'il lui souhaitait de réussir dans sa carrière académique et que, s'il rencontrait des hommes présentant le même profil que lui, mais de quinze ans plus jeunes, la C.I.A. lui verserait une prime de dépistage. Cette lettre lui avait brisé le cœur, et il avait quitté l' université et démisionné du F.B.I. pour s'embaucher dans le service de sécurité d'une chaîne de supermarchés du Nouveau Mexique. Je n'avais jamais cru à sa version de la C.I.A., parce qu'il appartenait à cette catégorie d'agents du F.B.I. qui passent leur temps à éplucher des comptabilités truquées en s'imaginant toujours que l'action se déroule ailleurs. Les rêveurs ne font pas des informateurs sérieux.

Je dressai rapidement la liste de toutes les personnes avec lesquelles je m'étais trouvé en rapport dans l'affaire Weill pour tâcher de déterminer si l'une d'elles pouvait être un agent des services de renseignements. C'était le cas de deux d'entre elles : Richard Kleinman et l'homme à la voiture marron.

Kleinman ne me donnait pas plus l'impression de travailler pour la C.I.A. que pour les relations publiques, mais, encore une fois, je n'avais jamais rencontré d'agents de la CIA. J'écoutai à nouveau sa cassette.

L'histoire paraissait toujours parfaitement plausible, et Kleinman me faisait toujours l'effet d'être un menteur. Rien ne me permettait de déterminer s'il semblait mentir parce que les agents de presse des Affaires étrangères ont toujours l'air de mentir ou parce qu'il mentait en prétendant appartenir aux Affaires étrangères alors qu'il appartenait en réalité à la C.I.A.

Je tournai la page de mon bloc et écrivis : R. K. appartient-il à la C.I.A. ? Et, en face, je notai « peut-être ».

J'écrivis ensuite : l'homme à la voiture marron appartient-il à la C.I.A. ? Et, en face, je notai « peut-être ». J'écrivis alors : font-ils tous les deux partie de la C.I.A. ? Et, en face, je notai « peut-être ».

Commençant à éprouver les sentiments d'un rat pas très

futé dans un labyrinthe plutôt compliqué, je laissai tomber les « qui est quoi » et écrivis : la C.I.A. supprimerait-elle Sacha Cherkhov parce qu'il était au courant de l'histoire de Max Weill, de l'erreur sur la personne, de l'exécution, etc. ? Et, en face, je notai « peut-être ». Ensuite : faut-il en déduire que la C.I.A. tuerait toute personne connaissant l'histoire de M. W. ? Et, en face, je notai « douteux ». Je réfléchis un instant en me demandant si je n'étais pas allé trop vite. La C.I.A. supprimerait peut-être n'importe qui, s'il était au courant de l'histoire de Max Weill et menaçait de révéler le rôle joué par tous ces gros bonnets du Pentagone et des Affaires étrangères.

Changeant mon fusil d'épaule, j'écrivis : la C.I.A. tuerait-elle S. C. parce qu'il pourrait, d'une manière ou d'une autre, conduire à la *véritable* histoire de M. W. ? Et, en face, je notai « possible ». Faut-il en conclure, écrivis-je, que M. W. n'est peut-être pas mort ? Et, en face, je notai « possible ».

Ensuite, après avoir écouté encore une fois la cassette et m'être rappelé ma conversation avec Sacha, je cessai de tourner autour du pot et j'écrivis : la C.I.A. tuerait-elle S. C. parce qu'il pourrait conduire à M. W. ? Et, en face, je notai « probablement ».

J'arrachai la feuille du bloc et la tendis à bout de bras. Mon écriture était très lisible, et elle conférait à mes hypothèses une remarquable solidité, de même qu'un contrat de vente à tempérament imprimé en beaux caractères vous donne l'impression que vous ne vous faites pas estamper. Lilli Weill avait une grande force de caractère, et je sentais sa conviction me gagner, comme celle de mon entraîneur de marathon à l'université quand il m'inculquait l'idée que j'étais invincible. Bien entendu, il se trompait assez souvent.

Je regardai la photo de mon père. Il fronçait les sourcils, ce qui était son expression favorite. Je reposai la feuille sur la table, barrai « probablement » et écrivis « et comment ».

— Qu'est-ce que tu veux de plus ? demandai-je à mon père.

Il continua à froncer les sourcils.

15

Si mon téléphone était sur table d'écoute, mon bureau ne me servait plus à rien. Aussi, avant de me mettre à la recherche de la pianiste noire de Cherkhov, me rendis-je chez mon voisin de palier, Ben Begelman, le comptable, et lui empruntai-je son photocopieur pour tirer des duplicata de toutes mes notes.

J'en fis trois jeux, que je mis sous enveloppe et m'adressai à moi-même, le premier à ma boîte postale, le second chez un avocat avec lequel je travaillais régulièrement, et le troisième aux bons soins d'un bookmaker qui me devait un service. Quant aux originaux, je les conservai sur moi.

Au lieu d'utiliser la cabine téléphonique du coin — ma paranoïa grimpait aussi vite que la fièvre dans une attaque de pneumonie —, je gagnai la Cinquième Avenue et la remontai vers le nord jusqu'à la Cinquante-septième Rue. Je marchais lentement, en changeant de trottoir à chaque carrefour pour regarder les vitrines de jeux électroniques et de vidéocassettes. J'aurais repéré n'importe qui me filant à pied, et il était impossible de me suivre en voiture, car la Cinquième Avenue descend à sens unique vers le sud.

Je trouvai une cabine libre au coin de la Cinquante-septième Rue et appelai le bookmaker.

— Salut, Abe, dis-je.

— Tu m'as envoyé quelque chose par la poste ?

— Exact. Et il me faudrait...

— J'ai ça. Aussi sûr que le pucelage de ta petite sœur. Je te passe un coup de fil dès que...

— Attends une seconde, dis-je. J'ai besoin de quelque chose d'autre.

— Je t'écoute.

— Tu as des relations dans l'immobilier ?

Il laissa à cette question le temps de faire son chemin.

— Tu veux investir dans une bonne affaire d'expropriation, ou quoi ?

— J'ai besoin d'un bureau pendant un certain temps, peut-être quelques jours, peut-être quelques semaines.

— Dans quel quartier ?

— Aucune importance, pourvu que ce soit à Manhattan, et je me fiche de la taille, à condition qu'il y ait le téléphone. Je ne peux pas en faire poser un.

— Tu veux qu'on contrôle la ligne ? s'enquit-il.

— Oui.

— D'accord. Quoi d'autre ?

— Il faut que l'immeuble ait au moins deux entrées et un escalier utilisable... pas un escalier condamné. Pas de nom, pas de chèque, pas de quittance. Payement comptant, en espèces.

— Et il te faut ça pour quand ?

— Pour tout de suite. Aujourd'hui.

Il fit grincer ses dents.

— Question fournitures, t'as besoin de quelque chose de spécial ? Un divan ? Un duplicateur ? Une fille ? J'ai un copain qui a un lot de mignonnes pas sales du tout.

— Une machine à écrire, des cendriers, deux verres, peut-être un crayon. J'apporterai le reste.

Ses dents recommencèrent à grincer.

— Rappelle-moi dans deux heures.

Il y avait un bar dans la rue. J'y entrai et commandai un cognac. Depuis que j'avais fait la connaissance de Lilli, j'étais passé du bourbon au cognac. Durant les quatre-vingt-dix minutes suivantes, je regardai la télévision installée derrière le comptoir. J'appris que les gens de *Vivre sa vie* passaient quatre-vingts pour cent de leur temps à patauger dans les emmerdes et les vingt pour cent restants à parler des emmerdes dans lesquelles ils avaient pataugé. Ils ne parvenaient jamais à se tirer complètement d'affaire, ce qui rendait leur existence encore plus embrouillée que la mienne. J'appris également que le barman, qui s'appelait Wally, avait un cousin qui était lanceur dans l'équipe de base-ball de Trifouilly-les-Oies, dans l'Etat de Virginie. Willy m'affirma, en m'offrant un verre, que ledit cousin avait l'étoffe d'un champion et que, d'ici trois ans, il remporterait le trophée junior de son comté. Nous bûmes à la réussite du cousin, et je promis de suivre ses performances quand il monterait en première division.

Lorsque je ressortis du bar, la rue était encombrée de piétons rentrant chez eux après le travail, et je dus faire la queue pour accéder à la cabine téléphonique. Abe n'avait pas perdu de temps.

— Ça y est, m'annonça-t-il. Tu as un crayon? 163, Quarante-sixième Rue Ouest, bureau 515. (Avant que j'aie pu ouvrir la bouche, il continua :) La porte est ouverte, la clef est dans le dernier tiroir de droite du burlingue. Deux cents tickets par semaine, tu me règleras quand tu t'en iras. (Il gloussa.) J'avance le pognon, alors tâche de ne pas trop t'y plaire.

— Merci, Abe.

— Pas de liftier, pas de portier, pas de concierge. Une caméra de télé en circuit fermé dans le hall. Deux entrées, une échelle de secours et un escalier utilisable. (Il fit une pause.) Qu'est-ce que t'en dis?

— Impeccable.

Pendant quelques secondes, nous gardâmes le silence ; il ne grinçait même pas des dents.

— Tu sais, Kev, ça ne te ruinerait pas de me passer un coup de fil de temps en temps. En ville, ça ne coûte toujours que dix *cents*.

— Oh, Abe, dis-je, il ne m'était pas venu à l'idée que cela te ferait plaisir. Mais que dirait ta femme ?

— Très drôle. Tu sais, mon salaud, faudrait pas t'imaginer, sous prétexte que tu m'as rendu service une fois, que je te porte dans mon cœur. Va te faire foutre.

Il raccrocha et je restai, le combiné à la main, à me demander pourquoi il s'intéressait à moi au point de se mettre en colère parce que je ne lui téléphonais pas. Moi, je n'aurais pas tellement aimé avoir de mes nouvelles, pas souvent, en tout cas, mais Abe était bizarre.

Le bureau 515 du 163, Quarante-sixième Rue Ouest avait à peu près la dimension d'un minubus Volkswagen. Son unique fenêtre donnait sur un mur, et, en comparaison de son ameublement, celui de mon propre bureau semblait sorti tout droit de la vitrine d'un décorateur ensemblier. La pièce était meublée d'un bureau de bois délabré, d'un classeur métallique qui avait dû tomber par la fenêtre d'un dixième étage, d'un fauteuil à pivot manchot et d'un objet qui pouvait être un guéridon ou un tabouret. La machine à écrire, une Royal noire, était suffisamment vétuste pour avoir été fabriquée à la main.

L'un des tiroirs du bureau contenait une rame de papier bulle et six chemises cartonnées ; un autre, une boîte de crayons n° 2, trois pointes Bic demi fines et une poignée de trombones tordus et rouillés. Les cendriers étaient des récipients en tôle d'aluminium comme ceux que fournissent les traiteurs, et les deux verres portaient encore leur étiquette d'origine : l'un d'eux avait commencé sa carrière en abritant de la confiture d'abricots, l'autre, de la laitance de hareng.

La page du carnet de Sacha portait six noms, dont trois masculins. Laissant les hommes de côté, j'appelai le premier des trois autres numéros. La femme qui me répondit parlait espagnol et, pendant un moment, nous baragouinâmes en essayant de nous comprendre. Mon espagnol est strictement limité à l'usage urbain — où sont les toilettes, servez-moi un autre whisky, prenez la première rue à gauche, je n'ai jamais d'argent sur moi la nuit —, alors qu'elle utilisait la langue de Cervantès. Je la fis souffrir en l'obligeant à répéter chaque phrase quatre fois, très lentement, avant de conclure que la personne que je cherchais ne se trouvait pas là.

Le numéro suivant n'était pas libre. Le troisième était celui d'une dame très occupée, qui, avant que je n'aie pu lui dire qui j'étais, me déclara qu'elle était déjà abonnée à *Time* et à *Newsweek,* qu'elle ne voulait pas s'inscrire au Club du Livre du Mois ni à une coopérative d'alimentation végétarienne, et qu'elle en avait par-dessus la tête d'être harcelée par les démarcheurs téléphoniques. Elle était accablée de travail, elle n'avait pas de temps à perdre avec des communications dénuées d'intérêt, et ses journées étaient bien trop chargées pour qu'elle passe, ne fût-ce qu'une seconde, à écouter des camelots anonymes. Elle consacra dix bonnes minutes à m'exposer tout cela avant de raccrocher. Je ne pris pas la peine de la rappeler pour la questionner : elle était tellement blanche que son sang aurait pu remplacer une poudre à laver.

Je composai à nouveau le second numéro.

— Allô ? dit une voix de femme.

— Pourrais-je parler à Veronica Webster ? demandai-je.

— Elle n'habite plus ici, répondit sèchement la femme. Ça fait près de dix ans qu'elle est partie.

— Pouvez-vous me dire où je pourrais la joindre ?

— Non, je ne peux pas vous le dire.

— Elle n'a pas laissé une adresse pour faire suivre son courrier, ni celle de son employeur ?

— Je ne sais pas où elle est, et je ne veux pas le savoir, déclara-t-elle.

J'avais l'impression d'escalader un glacier à reculons avec une jambe cassée.

— Elle porte toujours le nom de Webster, ou elle est mariée ?

— Elle ne porte plus le nom de Webster.
— Elle est mariée ?
— Phfuit !
— Dans ce cas, pourquoi changer de nom ?
— Vous le lui demanderez quand vous la trouverez.
Je me contraignis à garder mon calme.
— Madame Webster, si je vous téléphone, c'est parce que j'ai besoin d'aide pour la trouver.
— Empêchez-la de remettre les pieds ici.
J'étais dans le brouillard complet.
— Je vous demande pardon ?
— Ça fait dix ans qu'elle n'habite plus ici, et je ne veux pas la revoir. C'est compris ? Empêchez-la de remettre les pieds ici !
J'éprouvais la sensation de m'être égaré dans le tournage d'un mélo dont j'incarnais l'un des personnages sans en connaître l'intrigue. Je jouai mon rôle jusqu'au bout.
— Madame Webster, je vous certifie qu'elle ne vous ennuiera pas.
— Ha ! Pourquoi devrais-je vous croire ?
— Madame Webster, je cherche votre fille parce qu'elle peut m'aider à retrouver un vieil homme qui a disparu depuis quarante ans. Votre fille ne m'intéresse nullement.
— Eh bien, je suis dans le même cas que vous.
— Vous ne connaîtriez pas, par hasard, le nom qu'elle utilise ?
— Je l'ai oublié.
— Vous êtes certaine qu'elle n'est pas mariée ?
— Oui, j'en suis certaine.
— Parce que, en dix ans, il se pourrait que...
Elle explosa, et sa voix grimpa de trois octaves.
— Elle se fait passer pour une femme mariée, évidemment. Elle ne l'a pas épousé, mais elle porte son nom. Elle prétend qu'il est assez bon pour elle et pour l'enfant. Combien de fois lui ai-je répété : « Ma fille, tu n'as donc pas de fierté ? Donne à ton enfant le nom de Webster. C'est

un nom respectable et une vieille famille : il y a des Webster depuis plus de cent soixante-quinze ans. » Et elle a le culot de me répondre : « Il est le père de mon enfant, et je l'aime, et la petite portera son nom. » Je lui ai redit la même chose cent fois, mais elle ne veut pas m'écouter. Si son père avait été là, elle l'aurait peut-être écouté, mais moi, elle refuse. Alors, je dis : qu'elle aille au diable. Pardonnez-moi, Seigneur, mais je le dis : qu'elle aille au diable.

« Je ne l'ai pas élevée pour qu'elle fiche le camp de la maison et qu'elle aille pondre un petit bâtard dans la nature. Il n'y a jamais eu de bâtard dans la famille Webster. Maintenant, si elle est disposée à porter son vrai nom, si elle veut se faire appeler Webster et appeler sa fille Webster, elle peut revenir à la maison. Mais pas un jour plus tôt, pas une heure plus tôt. Vous entendez ce que je vous dis ?

Avec autant de sympathie que je le pus, je demandai :

— Comment s'appelait l'homme ?

— Gibson. Gibson, un salopard. J'ai compris que c'était un vaurien dès la première minute où je l'ai vu. Des plis de pantalon tranchants comme des rasoirs et un de ces grands chapeaux avec un ruban de couleur et une plume piquée dedans. Alors je dis à ma fille « Ronni, ce garçon va te promettre monts et merveilles, et puis il te laissera tomber et toute ta vie sera fichue. Grâce à nous, tu as une vie toute tracée, ma fille, ne la gâche pas sur un coup de tête ». Et elle me répond du tac au tac : « Il m'aime, je l'aime, et on va se marier. » Je vais voir le pasteur, M. Johnson, et il me demande : « Ce Gibson, c'est un voleur ? — Un voleur ? je réponds. Il s'apprête à voler la vie de mon enfant, ça ne vous suffit pas ? » Gibson le salopard, Gibson le voleur.

Elle continua sur ce thème pendant un moment avant de raccrocher. Elle ne pleura pas.

Je consultai l'annuaire et trouvai une V. Gibson dans la Cent vingt-deuxième Rue Ouest. Ce fut une petite fille qui décrocha. Je lui demandai de me passer sa mère. Trente secondes plus tard, une voix douce, bien timbrée, vint en ligne.

— Veronica Gibson ? demandai-je.

— Ronni Gibson, rectifia-t-elle.

— Je m'appelle Kevin Fitzgerald et je suis détective privé. Je recherche une personne disparue, et j'ai pensé que vous pourriez peut-être m'aider.

Elle respira bruyamment.

— Vous enquêtez sur mon mari ?

— Non, dis-je. C'est assez compliqué, mais si vous voulez bien m'accorder quelques instants d'attention, je...

— Je ne suis pas complètement idiote, coupa-t-elle.

— Ce n'est pas ce que je voulais dire, protestai-je en songeant : « Quelle famille ! » Voilà. Lorsque vous étiez étudiante à Juilliard...

— Comment avez-vous appris que j'ai fréquenté Juilliard ?

— C'est Sacha... Alexandre Cherkhov qui me l'a dit. Il était...

— Le Russe, celui qui nous enseignait l'harmonie.

— C'est cela. Eh bien, il m'a raconté qu'un jour, au cours d'un récital, vous avez joué un air de Mozart, et que...

— Il s'en est souvenu ? Ça, alors.

— Vous avez joué ce morceau de Mozart, et Sacha... M. Cherkhov m'a dit que quelques mesures lui avaient rappelé un pianiste qu'il avait connu autrefois. Il s'est demandé...

— Quel pianiste ?

— Miss Webster...

— Madame Gibson.

— Excusez-moi. Madame Gibson, ce serait infiniment plus facile si vous me laissiez vous expliquer ce que j'ai à vous dire.

Elle garda le silence, puis éclata de rire.

— J'ai tendance à couper la parole, hein ?

— C'est indéniable, dis-je.

— C'est bon, je m'excuse ! (Elle recommença à rire.) D'accord, allez-y. Je vais tenir ma langue.

— M. Cherkhov s'est demandé si vous n'auriez pas étudié avec ce pianiste de ses amis et emprunté involontairement une partie de son style. Il n'enseignait pas à Juilliard. Il se serait agi de leçons particulières.

— Comment s'appelait-il ?

— Au temps où M. Cherkhov le fréquentait, il s'appelait Max Weill.

Elle n'hésita pas une seconde.

— Max Weill ? Jamais entendu ce nom-là.

— Je doute qu'il ait conservé le nom de Weill, dis-je, étant donné la façon dont il est entré aux États-Unis. Il devait friser la soixantaine, un petit homme mince, aux doigts très longs et très beaux. Quand il était jeune, ses cheveux étaient bruns et très bouclés. Un joli sourire. C'est un excellent pianiste. Exceptionnel.

— Ça ne me rappelle rien. Il faut dire que, à cette époque-là, je changeais continuellement de professeur. J'étais une élève assez insupportable.

— Il devait avoir l'accent autrichien, dis-je. Il se pourrait même qu'il ait employé quelques mots d'allemand. Ou de yiddish.

— Oh, ça... Il y en avait tellement qui venait d'Europe, et, pour moi, tous les accents se ressemblaient. (J'entendis crier derrière elle.) Ecoutez, je ne peux vous être utile en rien, et ma fille réclame son dîner. Alors...

— Personne ne vous vient à l'esprit ?

— C'est vieux, vous savez. C'est une période de ma vie complètement révolue. Et, pour tout vous dire, je n'ai pas la tête à ça pour l'instant. Peut-être que si vous me rappeliez à un autre moment, on pourrait...

— C'est assez urgent, dis-je.

Elle rit.

— Qui est-ce qui coupe la parole, maintenant ?

— Exusez-moi.

— Ecoutez, j'aimerais bien vous aider, mais, comme je vous le disais, le moment est mal choisi. Dites-m'en un peu plus long. Je ne sais pas, moi... Il était unijambiste ? Il fumait la pipe ? Donnez-moi un détail caractéristique qui me permette de fouiller ma mémoire.

Je me maudis de ne pas avoir questionné Lilli Weill sur toutes les idiosyncrasies de son mari. Pendant une seconde, je ne trouvai rien à répondre. Et puis il me vint une idée.

— Vous est-il arrivé qu'un professeur d'un certain âge vous fasse des avances ?

— Depuis l'âge de dix ans, répondit-elle gaiement.

Je me sentis m'effondrer.

— Depuis l'âge de dix ans ?

— Bien sûr. C'est pour ça que le professeur de piano de ma fille est une femme. (Elle pouffa.) Merde, j'espère qu'elle n'est pas gouine. Vous savez, c'est le genre de profession qui attire un tas de vieux dégoûtants. Je me souviens que, quand j'ai commencé à prendre des formes, je croyais... (Elle s'arrêta brusquement.) Attendez, attendez ! cria-t-elle. Ça me revient ! Un jour, un vieil immigrant est venu me trouver en me disant que j'étais une bonne pianiste, mais que mon doigté n'était pas le meilleur. Alors, je lui ai répondu : « D'accord, papa, faites-moi voir le meilleur doigté, je l'essayerai », et il est venu plusieurs fois à la maison. Mais ça n'a pas marché. Je veux dire qu'il aurait peut-être réussi à m'apprendre ce meilleur doigté, mais il s'asseyait toujours à côté de moi sur la banquette du piano et il n'arrêtait pas de frotter sa cuisse contre la mienne. Alors j'ai pensé que, en réalité, il n'appréciait pas vraiment ma façon de jouer, qu'il voulait seulement m'approcher pour me peloter un peu. Il n'était pas indécent, mais, bon sang, il avait la cuisse baladeuse. Je l'ai viré.

Je comptai jusqu'à cinq avant de demander :

— Vous vous rappelez son nom ?

— C'est tellement vieux. Docteur quelque chose. Je l'appelais Docteur Frotti-Frotta. Laissez-moi réfléchir... Docteur... Docteur... Merde, j'ai oublié.

— Où habitait-il ?

— Je ne sais pas, dit-elle. Il venait toujours à la maison. Maman ne me laissait jamais aller chez un professeur.

— Il n'a pas dit où il vivait... il n'a jamais parlé de son quartier, mentionné une rue, un pont, un magasin, un jardin public ?

— Non. Attendez ! Une fois, il a dit qu'il aimait bien passer devant la fabrique de pain azyme, parce que l'odeur lui était agréable.

— La fabrique de pain azyme ?

— A mon avis, ça doit se trouver dans le bas de l'East Side, ou peut-être à Brooklyn. Combien peut-il y avoir de fabriques de pain azyme ?

— Comment preniez-vous rendez-vous avec lui ?

— Je lui téléphonais.

— Vous avez son numéro ?

— Holà ! petit, ça remonte à dix ans, peut-être douze. Je ne conserve pas les numéros de téléphone pendant douze ans.

— Est-ce qu'il pourrait se trouver quelque part chez votre mère ?

— Chez ma mère ? dit-elle, et son ton devint aussi distant que la lune.

— Oui.

— Qu'est-ce qu'elle vous a raconté sur mon compte ?

— Rien du tout, mentis-je. Est-ce que le numéro de téléphone pourrait-être là-bas ?

Elle ne répondit pas. J'entendis la gosse réclamer son dîner à l'arrière-plan.

— Ça ne me plaît pas que vous causiez avec ma mère, fit-elle. Qu'est-ce qu'elle vous a dit de moi ?

— La seule chose qu'elle m'ait dite, c'est votre nom. Rien d'autre. Est-ce que le numéro peut être là-bas ?

— Merde, c'est possible. Maman ne jette jamais rien.

— Vous pourriez le retrouver ? demandai-je.

— Vous voudriez que j'aille chez ma mère et que je fouille partout pour chercher un numéro de téléphone vieux de douze ans, alors que je ne suis pas certaine qu'il s'y trouve ? C'est ça que vous me demandez ?

— Exactement.

— Eh bien, vous ne manquez pas de souffle. Pourquoi ne pas me demander de me planter devant un autobus lancé à fond de train ou de sauter du haut du pont George Washington, pendant que vous y êtes ? Merde alors.

— Ecoutez, dis-je, l'homme que je cherche, le vieux pianiste, était dans un camp de concentration et, après la guerre, il a disparu. Sa femme pense qu'il est vivant, et elle essaye de le retrouver.

De nouveau, je n'entendis plus que la fille de Gibson réclamant son dîner.

— C'est vrai ? Sa femme le recherche ?

— C'est vrai, assurai-je.

— Ce n'est pas une blague ? C'est la vérité vraie ?

— Oui.

— Eh ben, merde, alors, dit-elle. Elle est sympa, cette femme ?

— Hon-hon.

— Elle n'est pas timbrée ?

— Elle n'est pas timbrée.

— D'accord, dit-elle avec un soupir. J'irai. Mais il faudra que vous veniez avec moi, ajouta-t-elle aussitôt. Je n'irai pas chez ma mère toute seule.

— Parfait, dis-je. Quand ça ?

— Je dois travailler, ce soir... Vous pourriez passer me prendre dans... mettons trois quarts d'heure, une heure.

On ira là-bas — merde, ce n'est pas une connerie ? — et, ensuite, vous me conduirez à mon boulot. Ça vous est possible ?

— Je suis déjà parti.

16

Dans la voiture, en allant chez sa mère, Ronni Gibson ne parla guère. Tendue, crispée, elle se mordillait l'ongle du pouce en tripotant nerveusement le bouton de la radio, passant d'une station à l'autre après quelques mesures d'une chanson. Lorsque j'étais venu la prendre chez elle, elle n'avait pas dit grand-chose non plus. Elle m'attendait dans le vestibule et, dès qu'elle m'avait vu pousser la lourde porte de verre, elle avait foncé sur moi, m'avait demandé si j'étais bien Kevin Fitzgerald, m'avait pris par le bras et m'avait entraîné dans la rue.

— Allons-y, avait-elle dit. Plus vite ce sera terminé, mieux ce sera.

En conduisant, j'avais essayé de faire la conversation — des sujets inoffensifs — jouait-elle toujours du piano, quel âge avait sa fille —, mais elle avait découragé mes efforts.

C'était une femme renfermée, contractée, plutôt menue, mais paraissant relativement imposante à cause de ses épaules solides, de sa poitrine épanouie et de ses hanches larges. Ses mains étaient également fortes, mais plus comme chez un menuisier que chez un pianiste, car si elle avait des doigts longs, ils étaient carrés du bout, et, sur le dessus, les veines saillaient comme des câbles sur un mur. Son visage était large du haut et étroit du bas, avec un grand nez acéré et de farouches yeux en amande. Un visage sans rien de doux, à l'exception de la bouche, incurvée et délicatement renflée, qui ressemblait à un croissant de lune dessiné par un enfant.

Nous n'étions plus qu'à quelques rues de chez sa mère lorsqu'elle me demanda :

— Vous entrez avec moi, hein ?

— Je vous ai dit que je vous accompagnais, répondis-je.

— Pas question que j'y aille toute seule. (Elle me prit le bras.) Arrêtez-vous une minute.

Je me rangeai devant une bouche d'incendie. Ronni éteignit la radio et me regarda.

— Vous aviez peur de votre mère ? me demanda-t-elle.

— De mon père.

— Je veux dire : vraiment peur ? Peur au point de ne pas pouvoir lui mentir sans avoir la trouille de faire pipi dans votre culotte ?

— Hon-hon, répondis-je en m'efforçant de prendre un air dégagé, mais sans y parvenir parce qu'il ne m'était encore jamais arrivé de parler de mon père avec une femme.

— Quelle chierie, la famille ! (Elle recommença à mordiller son ongle et finit par dire à mi-voix :) On y va.

Je redémarrai.

— Ne vous inquiétez pas, fis-je. Je suis là, vous ne risquez rien.

Elle sourit, et sa bouche devint encore plus douce et plus pulpeuse.

— Eh bien, voyez-vous ça : un preux chevalier. Merci, monsieur le chevalier sans peur.

L'appartement de sa mère était situé au rez-de-chaussée d'un de ces immeubles que le propriétaire laisse se délabrer avec la complicité active des locataires. La sonnette ne fonctionnait pas, et Ronni me fit signe de frapper. Je m'exécutai, énergiquement, et j'entendis des pas lourds s'approcher de la porte.

— Qu'est-ce que c'est ? (Ronni me regarda, et approcha sa bouche du panneau.) Qui est là ?

— C'est moi, m'man. Ronni.

— Comment ?

— C'est Ronni, m'man.

La porte ne s'étant pas ouverte instantanément, Ronni essaya de m'entraîner vers la rue. Je la retins. Un verrou glissa, puis un autre.

— Oh merde, murmura Ronni.

La porte pivota sur ses gonds, et une femme qui ressemblait à Ronni — mêmes formes pleines, même visage triangulaire, mêmes yeux perçants — s'encadra dans le chambranle. Elle avait les lèvres serrées et les bras croisés sur la poitrine. Le regard qu'elle posa sur Ronni était tellement fulgurant que celle-ci recula pour se mettre hors de portée des flammes. Au bout de ce qui me parut une éternité, la femme demanda :

— Qu'est-ce que tu veux, petite ?

— Bonsoir, m'man, dit Ronni avec la voix d'une fillette d'une douzaine d'années.

— Pas de « bonsoir, m'man » avec moi, petite. Qu'est-ce que tu veux ?

— On peut entrer, m'man ?

Mme Webster me gratifia d'un regard lourd de mépris.

— Dites ce qui vous amène, et on verra si vous entrez.

— Maman, je te présente M. Fitzgerald. J'ai gardé le numéro de téléphone d'un de mes anciens professeurs de piano, et il en a besoin, c'est vraiment important, m'man, je ne te dérangerais pas si ce n'était pas vraiment important, mais M. Fitzgerald m'a amenée en voiture jusqu'ici pour que je le retrouve, parce que c'est très important. Le numéro est inscrit sur un bout de papier qui doit être resté quelque part dans mes affaires.

Arrivée à bout de souffle, elle se tut.

Mme Webster m'examina d'un œil scrutateur, regarda sa fille et tourna à nouveau les yeux vers moi. Elle était beaucoup plus petite que moi, mais je me sentis me ratatiner sous son regard.

— C'est tout ce que vous voulez ?

— Oui, m'man, répondit Ronni, et je hochai vigoureusement la tête.

Sans un mot, sans un signe d'assentiment, Mme Webster nous tourna le dos et traversa son antichambre.

— Entre, petite, je n'ai pas que ça à faire. Entrez et repoussez le verrou.

Ronni suivit sa mère dans l'antichambre. Après avoir refermé la porte, je les rejoignis dans le living-room. « C'est par ici », me dit Ronni, mais avant que j'aie pu faire un pas, Mme Webster se planta devant moi en écartant les bras comme un agent de police arrêtant la circulation.

— Je n'admets pas qu'un homme pénètre dans la chambre d'une jeune fille. Venez avec moi dans la cuisine.

— Maman...

— Tais-toi, petite, compris ? (Elle regarda mon crâne.) Dans le pays où j'ai été élevée, monsieur, les hommes se découvrent en entrant, surtout quand il y a une dame dans la maison.

Je lui remis mon chapeau, qu'elle secoua deux fois pour en faire tomber la poussière avant de le suspendre à un vieux portemanteau en bois.

Ronni me fit un petit sourire et longea un corridor jusqu'à sa chambre. Mme Webster m'examina de la tête aux pieds comme si j'étais une platée de viande hachée légèrement avariée, haussa les épaules et me fit signe de la suivre à la cuisine, où elle me désigna une chaise recouverte de plastique d'un geste comminatoire et attendit, la main sur la hanche, que je m'asseye. Normalement, quand je m'assois, je me laisse tomber sur mon siège ; pas cette fois-là.

Mme Webster posa son autre main sur son autre hanche.

— Il n'y a rien à manger, sauf de la tarte aux noix de pacane, et rien à boire, sauf du café. Uniquement du café.

— Je n'ai besoin de rien, merci, fis-je.

— J'en fais de toute façon, dit-elle.

Elle se dirigea vers l'évier et emplit une cafetière d'eau et de café. Après l'avoir mise à chauffer sur le gaz, elle revint à la table, me lança un regard menaçant et s'assit en face de moi.

— Merci, dis-je.

— Je ne vous ai pas encore servi, rétorqua-t-elle. (Elle assena un coup sec sur la table.) La tarte, c'est moi qui l'ai faite. Y compris la pâte. Ce n'est pas du congelé acheté sous cellophane au supermarché.

— Je n'ai pas mangé de tarte maison depuis la mort de ma mère, dis-je en m'excusant mentalement auprès de nombreuses pâtissières amateurs, mais pas auprès de ma mère, qui ne se servait jamais du four parce qu'elle détestait le nettoyer.

Mme Webster se leva, ouvrit la cuisinière, en sortit une tarte aux noix de pacane, la posa sur la table, en coupa une énorme part, posa le morceau dans une assiette qu'elle poussa vers moi.

— Les fourchettes sont dans le tiroir sur lequel vous appuyez votre ventre.

Je pris une fourchette, détachai le coin de la part de tarte et le portai à ma bouche.

— Délicieux, madame Webster, dis-je. La meilleure tarte que j'aie mangée de ma vie.

— Ha ! grommela-t-elle. Ha ! Vous n'avez pas dû en manger beaucoup, si vous trouvez que c'est la meilleure. Il est vrai que vous autres gens du Nord, vous êtes guère connaisseurs en matière de tartes aux noix de pacane, pas vrai ?

Je mangeai une autre bouchée, et puis encore une autre ; sans me forcer. Elle m'observait attentivement, probablement pour s'assurer que je ne laissais pas tomber de miettes par terre. J'entendis un bruit.

— Le café est en train de passer, fis-je remarquer en montrant la cafetière.

— Il en a encore pour un moment, dit-elle.

— Cette tarte est remarquable, madame Webster, et ce serait un crime de la gâcher en l'accompagnant de café bouilli... vous ne trouvez pas ?

Elle me lança un œil noir et je soutins son regard sans ciller : chacun de nous essayait d'obliger l'autre à cligner des paupières ou à détourner les yeux. C'était le genre de petit jeu auquel j'avais joué à l'école communale. Elle avait dû y jouer aussi. Au bout de quelques minutes, mes yeux commencèrent à s'embuer. Elle s'en aperçut, une lueur de triomphe brilla dans son regard, et je me dis que j'étais indiscutablement vaincu. Mais je fus sauvé par la cafetière : le couvercle tressauta, et Mme Webster tourna vivement les yeux vers la cuisinière. Je m'adossai à ma chaise, et je m'apprêtais à lui dire qu'elle avait perdu lorsqu'il me vint une meilleure idée.

— Il faudra qu'on remette ça quand il n'y aura rien sur le feu, dis-je. La partie n'était pas équitable : une bonne cuisinière s'inquiète toujours de ce qu'il y a sur le feu.

Elle comprit que je lui offrais une possibilité de sauver la face, et fut tiraillée entre son amour-propre, qui en souffrait, et sa loyauté, qui l'appréciait.

— Il faut quand même avoir un sacré culot pour venir dans ma propre cuisine m'apprendre à préparer le café.

— Hon-hon.

Elle baissa le gaz sous la cafetière.

— « Hon-hon ». Il dit « hon-hon ».

— Hon-hon.

Elle revint s'asseoir et me regarda. Au bout d'un moment, le coin gauche de sa bouche commença à se retrousser. Le reste suivit et s'épanouit en un large sourire. Elle fit un geste en direction de Ronni.

— Comment va-t-elle ?

— Je viens de faire sa connaissance.

— Le bébé se porte bien ? Que je suis bête ! Melissa n'est plus un bébé. Elle doit aller sur ses huit ans. La dernière fois que je l'ai vue, elle n'était pas plus haute...

Ronni entra dans la cuisine. Mme Webster se tut.

— Ça sent le café, dit Ronni.

— Il n'est pas encore prêt, déclara sa mère. De toute façon, il n'y en a que pour lui et pour moi.

— Vous en avez fait suffisamment pour nous trois, dis-je.

— Monsieur, fit Mme Webster, est-ce que vous avez la prétention de m'apprendre la quantité de café qu'il y a ? Est-ce que c'est ça que vous avez le culot de me dire ?

— Hon-hon.

— « Hon-hon ». Où as-tu dégoté un homme qui ne sait rien dire d'autre que « hon-hon » ? (Elle s'approcha de la cuisinière et soupesa la cafetière.) Non, il n'y en a pas assez.

— Vous êtes sûre ? demandai-je.

— Oui, monsieur, j'en suis sûre.

— Très bien, dis-je avec un sourire. Je lui cède ma tasse.

Oh, ce regard ! Nouveau soupesage de la cafetière. Froncement de sourcils.

— Peut-être qu'il y en a assez pour trois, peut-être que non. (Elle se tourna vers Ronni.) Je t'appellerai quand il sera prêt. En attendant, retourne à tes recherches et ne fais pas poireauter ce monsieur.

Mme Webster regarda sa fille longer le corridor et attendit qu'elle soit entrée dans sa chambre pour dire :

— Je la tenais propre et je l'envoyais à l'école. C'était moi qui faisais tous ses vêtements ; je n'avais pas d'argent pour en acheter dans les magasins. Un jour, je travaillais chez une dame de la Soixante-treizième Rue, la patronne s'amène pendant que je cousais la robe de Veronica. « Qu'est-ce que vous faites ? » elle me demande. « Je fais une robe à ma fille pour qu'elle puisse aller à l'école », je lui réponds. « Ce n'est pas pour ça que je vous paye, elle dit, je vous paye pour faire le ménage. — Si vous regardez autour de vous, je dis, vous devez voir que tout est propre. — Vous me répondez, à *moi ?* » A qui croyait-elle que je parlais ? Au Petit Jésus ? Elle m'a dit de sortir de chez elle et de ne jamais y remettre les pieds.

Elle coupa une nouvelle tranche de tarte et la posa dans mon assiette.

— Mangez, ça ne vous fera pas de mal de vous remplumer un peu. Dans ce temps-là, les femmes de ménage comme moi, on en trouvait tant qu'on en voulait. Ce n'était pas comme maintenant, où les gens vous font des tas de sourires rien que pour que vous acceptiez de venir faire un tour chez eux. Dans ce temps-là, les patronnes vous disaient : « Ma fille, n'oubliez pas de vous laver les mains avant de vous mettre au travail. » Vous vous rendez compte, monsieur ? Je venais gratter leurs parquets et balayer leurs tapis, et elles me disaient de commencer par me laver les mains. Dans ce temps-là, on ne vous payait pas l'autobus, on ne vous laissait pas un casse-croûte dans le réfrigérateur. Les gens marquaient le niveau de leurs bouteilles de whisky, parce qu'on leur avait dit que nous autres femmes de couleur, on avait l'habitude de boire un petit coup par-ci, par-là.

« Des fois, quand j'étais vernie, il m'arrivait, en faisant la lessive chez une cliente, de trouver une jolie petite robe avec un déchirure pas plus grande que l'ongle de votre petit doigt. En vitesse, je l'agrandissais un petit peu, mettons la longueur de votre doigt, et puis je demandais, l'air bien innocent : « M'dame, vous voulez que j'essaye de réparer ça ? » Si j'avais fait ma prière ce matin-là, elle me répondait :« Non, ma fille, jetez-la. » Et je faisais semblant de la jeter, mais je la rapportais à la maison pour Ronni.

— Vous lui avez raconté tout ça ? demandai-je.

— A Ronni ? Sûrement pas.

— Vous ne voulez pas qu'elle le sache ?

Ronni apparut sur le seuil de la cuisine.

— Que je sache quoi ?

— Rien, aboya sa mère. Eteins le gaz sous la cafetière, petite, et apporte-la ici avec des tasses.

— Que vous sachiez le genre de vie que menait votre

mère quand vous étiez gosse, dis-je. Ce que c'était que de travailler comme femme de ménage et de...

— Monsieur, je vous prie de vous taire. (Ronni servit trois tasses de café.) Du lait, dit Mme Webster. (Ronni alla chercher le lait dans le réfrigérateur et s'assit.) Ce n'est pas le moment de prendre tes aises, petite, va d'abord finir ton travail.

— Il est fini, dit Ronni, et elle me tendit un bout de papier.

Il était sale, fripé, et portait un nom — Werner Mieskopf — et un numéro de téléphone — 226-9950. Je ne pus m'empêcher de remarquer que les initiales étaient, inversées, les mêmes que celles de Max Weill, mais cela ne prouvait rien.

— Pas d'adresse ? demandai-je.

Ronni secoua la tête.

Mme Webster s'empara du morceau de papier et le lut.

— C'est le juif, hein, le petit vieux ? (Ronni acquiesça.) Je me souviens de lui. Un jour, il m'a apporté un bouquet de fleurs. Des jaunes et des blanches. Il s'asseyait à cette table et parlait de Rome, en Italie, et de Paris, en France, de villes du monde entier. Il avait une très haute opinion de lui-même, en tout cas. A l'entendre, c'était quelqu'un de très important.

— Il ne vous a jamais dit où il habitait ?

— Avec les autres juifs, dit Mme Webster. Quelque part dans le bas de la ville.

— Le Lower East Side, précisa Ronni.

— Je sais que c'est le Lower East Side, dit Mme Webster. Je sais où habitent les juifs. (Elle se tourna vers moi et sa voix s'adoucit.) Il n'y a pas une rue qui s'appelle Division Street, dans ce quartier-là ? Je me rappelle qu'il avait parlé de Division Street, de l'autobus de Division Street qui le rendait fou, et qu'il fallait qu'il déménage.

— Il n'a pas dit à quel numéro de la rue il habitait ? demandai-je.

— Il a seulement parlé de l'autobus, dit-elle et elle me rendit le papier.

Pendant un moment, nous sirotâmes notre café en silence.

— Maman, dit soudain Ronni, tu veux bien me parler de cette époque-là ?

— Où est Melissa, ce soir ? demanda Mme Webster.

— Je t'ai posé une question, maman.

— Où est Melissa, ce soir ? Tu n'as quand même pas laissé ma petite-fille toute seule à la maison ?

— Non, je ne l'ai pas laissée toute seule. Elle est chez une amie.

— Quelle amie ?

— Maman, s'il te plaît, tu veux bien cesser de te tracasser au sujet de Melissa et répondre à ma question ?

— Il faut bien que quelqu'un se soucie de ma petite-fille ! rugit Mme Webster en posant bruyamment sa tasse sur la table.

Ronni se leva d'un bond.

— Venez, me dit-elle. Vous avez ce que vous vouliez, on s'en va.

Mme Webster se dressa soudain.

— Il n'a pas fini sa tarte et son café.

Ronni rafla ma tasse et mon assiette, appuya sur la pédale de la poubelle et vida tout dedans.

— Maintenant, il a fini, dit-elle. On s'en va.

Dressées sur leurs ergots de part et d'autre de la table, elles s'affrontaient, immobiles, aussi déterminées l'une que l'autre à ne pas céder d'un pouce. En dehors de leurs vêtements et de leurs cheveux — ceux de Ronni n'étaient pas parsemés de fils gris —, elles auraient pu être la même personne en double exemplaire. Même manière d'écarter les pieds, de carrer les épaules, de redresser le menton, et les yeux noirs qui se défiaient exprimaient la même colère et la même tristesse.

Je me levai et m'interposai.

— Il y a quelques jours, une vieille dame que je connais m'a raconté une histoire qui prouve qu'on peut rire de tout. Vous voulez l'entendre ?

— Oui, dit Mme Webster.

— Non, fit Ronni.

— Je vais vous la raconter quand même. C'est une vieille petite dame juive qui est en train de mourir...

— Qu'est-ce qu'il y a de drôle ? dit Ronni.

— Attendez, repris-je. Donc, cette vieille petite dame juive est en train de mourir, et tous ses enfants sont réunis autour de son lit. Et ils lui demandent : « Maman, y a-t-il une chose qui te ferait plaisir, as-tu un dernier vœu à formuler ? » Alors, la vieille petite dame juive se redresse sur ses oreillers et dit : « Oui, il y a une chose qui me ferait plaisir. » Et la famille dit : « Dis-nous ce que c'est maman. Tout ce que tu désires, nous le ferons. » Et elle murmure : « Je voudrais être incinérée. » Du coup, les voilà tous bien embêtés, parce que la crémation est interdite par la loi juive, mais elle continue à parler. « Je veux être incinérée, et je veux que mes cendres soient dispersées dans les travées de l'hypermarché. » La famille est terriblement embarrassée. « Maman, au nom du ciel, pourquoi veux-tu être incinérée et pourquoi veux-tu que tes cendres soient dispersées dans les travées de l'hypermarché ? » Et juste avant de retomber sur l'oreiller et de rendre le dernier soupir, la vieille dame murmure : « Parce que, comme ça, je serai sûre que mes enfants viendront me rendre visite. »

Elles me dévisagèrent toutes les deux comme si je venais de m'évader de l'hôpital psychiatrique de Manhattan.

Ronni regarda sa mère par-dessus mon épaule.

— Tu as entendu ça, maman ? Tu as entendu ?

— J'ai entendu, répondit Mme Webster en secouant la tête à se la décrocher, mais je n'en crois pas un mot.

Elle commença à rire doucement et, une ou deux secondes après, Ronni en fit autant. D'un même mouvement, elles s'avancèrent l'une vers l'autre, et je reculai pour leur faire place. Elles n'en profitèrent pas. Elles restèrent séparées par le coin de la table, mais leurs corps étaient détendus et il n'y avait plus de colère dans leurs yeux.

— Si vous voulez, proposai-je, je peux attendre dehors.

— Non, dit vivement Ronni, non. Je suis en retard. Maman, je vais arriver en retard à mon travail.

Mme Webster hocha la tête, et nous nous rendîmes tous les trois dans l'antichambre, où Mme Webster me restitua mon couvre-chef.

— Merci de nous avoir reçus, m'man, dit Ronni.

— La prochaine fois, dit Mme Webster, préviens à l'avance. Que je puisse preparer quelque chose de bon. Il faut me téléphoner, petite... ce n'est pas bien de me faire honte devant tes amis.

Ronni tendit précipitamment la main et serra l'épaule de sa mère.

— Je te téléphonerai, m'man. Je te le promets.

Mme Webster se racla bruyamment la gorge.

— Tu sais, petite, ça ne me dérangerait pas le moins du monde de garder Melissa pendant que tu travailles.

Ronni se mordit la lèvre, hocha la tête et ouvrit la porte. Le temps que je remercie sa mère de sa tarte et de son café, elle était arrivée en bas du perron.

Ronni était ingénieur du son dans une station de radiodiffusion de la Cinquante-septième Rue, où elle assurait le service de nuit, et, pendant le trajet, elle me parla de son travail. Je ne lui demandai pas comment, après avoir débuté dans la vie comme pianiste, elle se retrouvait technicienne de nuit. J'avais l'intuition que l'explication me déprimerait, parce que, quand on demande aux gens comment ils en sont arrivés à faire ceci alors qu'ils voulaient faire cela, on obtient généralement une réponse déprimante. Moi qui voulais être aviateur, voilà où je me retrouvais : non seulement sur le plancher des vaches, mais, la plupart du temps, occupé à fouiner dans la bouse.

Avant de descendre de voiture, Ronni me demanda :

— Il vous est déjà arrivé de vous réveiller en pleine nuit et de vous rendre compte que vous avez tout bousillé ? Non, ce n'est pas le mot juste. Pas bousillé. Raté d'une manière ou d'une autre. Vous savez, comme si le gros lot était là, sous votre nez, à portée de votre main, mais qu'il vous échappait chaque fois que vous tentiez de le saisir. Je crois qu'il ne s'est pas écoulé un seul jour de ma vie sans que quelqu'un ne me dise que tout ce que j'avais à faire, c'était de vouloir gagner, et que je décrocherais la timbale.

« Tu peux y arriver, Ronni, tu as l'étoffe nécessaire, vas-y. Tout le monde le croyait. Moi aussi, je le croyais. Alors pourquoi n'ai-je pas réussi ?

Ses yeux étaient secs, mais il y avait des sanglots dans sa voix.

— J'ai le cafard et j'ai besoin qu'on me tienne la main. (Je lâchai le volant et entrepris de me rapprocher d'elle sur la banquette.) Non, pas maintenant, dit-elle. (Je m'arrêtai. Elle m'observa attentivement.) Je peux venir chez vous après mon travail ? (Je haussai les sourcils.) J'ai besoin qu'on me tienne la main, rien d'autre. Ça ne vous est jamais arrivé d'avoir besoin qu'on vous tienne la main ?

— Ce qui ne m'est jamais arrivé, c'est de le reconnaître, dis-je, et c'était un autre aveu que je n'avais encore fait à personne.

— Pauvre chou, fit-elle. Alors ?

— Vers quelle heure ?

— Trois heures.

— Trois heures du matin ?

— Oh, laissons tomber, dit-elle. N'en parlons plus. Vous n'êtes pas l'homme à qui demander ça.

— Mais je suis d'accord. Seulement, ce n'est pas le

genre de chose que l'on attend habituellement de moi, alors je suis surpris. La plupart des gens ne me considèrent pas comme le type de l'homme compréhensif.

— Moi non plus, dit-elle sèchement. Il n'y a pas une fille qui vous attend, ou autre chose ?

— Non.

Elle sourit.

— Qui vous a raconté l'histoire de la vieille petite dame juive ?

— La femme qui cherche son mari.

— Je m'en doutais. A tout à l'heure, dit-elle, et elle descendit de voiture.

17

Je rentrai chez moi, me servis à boire et cherchai le nom de Werner Mieskopf dans l'annuaire de Manhattan. Il n'y figurait pas. Au moment d'appeler les renseignements pour poursuivre mes recherches dans les divers faubourgs, je réalisai que si quelqu'un s'était donné le mal de mettre la ligne de mon bureau sur table d'écoute, il en avait sûrement fait autant avec mon appartement.

Je songeai à me rendre à mon officine temporaire pour approfondir le cas Mieskopf, mais j'étais trop fatigué. Dans cette affaire, je ne pouvais pas faire un pas sans tomber sur de nouvelles mines de fond émotionnelles. Le moindre coup de fil posait des problèmes ; rien n'était clair et net ; les personnages secondaires eux-mêmes étaient empêtrés de sentiments. Je n'avais rien contre les sentiments — il m'arrivait même parfois d'y prendre plaisir —, mais ils compliquaient le travail. C'était comme une flaque d'huile sur la chaussée : une cause de dérapages et d'accidents graves.

Je me versai un autre cognac et appelai mon service d'abonnés absents : un appel de Fiona Shaw et deux de Richard Kleinman. Le numéro de Kleinman ne répondait pas ; celui de Fiona était occupé. Une heure plus tard,

Kleinman ne répondait toujours pas et Fiona était toujours occupée. Cela ne me tracassa nullement. J'allumai la télé et me plongeai dans les sentiments imaginaires de personnages imaginaires.

18

Ronni Gibson arriva à trois heures dix. Je lui offris un verre, mais elle le refusa, préférant se rouler un joint avec l'herbe puisée dans un sachet de plastique qu'elle extirpa du fond de son sac. Après en avoir tiré quelques bouffées, elle me demanda si elle pouvait prendre un bain.

Je la conduisis à la salle de bains, lui montrai où se trouvaient les serviettes propres, lui donnai mon vieux peignoir de tissu-éponge bleu et la laissai seule. Ce n'était pas cela qu'elle voulait. Aussitôt que l'eau eut cessé de couler, elle me cria :

— Pourquoi vous ne venez pas me faire la causette ?

Elle était étendue de tout son long dans la baignoire, de l'eau jusqu'au menton ou presque, la main gauche sous sa cuisse, la droite — celle qui tenait le joint — pendant mollement au-dessus du cendrier. Elle avait les yeux fermés.

Je baissai l'abattant des cabinets et m'assis dessus. Nue, Ronni avait le corps aussi ferme qu'une fille de dix-neuf ans. J'essayai de détourner les yeux de ses seins et de son sexe, mais sans succès. Elle était la flamme, j'étais le papillon.

— Ça va mieux ? demandai-je uniquement pour rompre le silence.

Elle sourit sans ouvrir les yeux.

— L'eau chaude et la came... bouh, quel pied. (Elle se

trémoussa, se redressa de quelques centimètres, ouvrit les yeux et contempla son corps.) Qu'est-ce que vous en dites ?

— Ummmmmm.

— Pas mal, hein, pour une mère de trente-quatre piges ?

— Hon-hon.

— Si je vous ai demandé de venir, c'est parce que j'ai besoin de voir les gens avec qui je parle... je ne cherche pas à vous exciter.

— Encore une chance, dis-je. Je n'ose pas penser à ce qui se passerait si vous cherchiez à m'exciter.

Elle rit et se souleva encore un peu.

— Qu'est-ce qui vous plaît le plus ?

— Je croyais que vous ne cherchiez pas à m'exciter, dis-je.

Elle repartit à rire. C'était un rire joyeux, contagieux, comme celui de sa mère.

— Excusez-moi. Je suis échauffée, envapée, et vous êtes tellement drôle, assis là tout guindé... je n'ai pas pu m'empêcher de vous asticoter un peu. (Elle me tendit son joint.) Ça vous tente ? (Je secouai la tête et fis tinter les glaçons dans mon verre.) Je déteste l'alcool, ajouta-t-elle. Même le vin. Le père de Melissa buvait beaucoup de vin. Coca-Cola et vin, vin et Coca-Cola. (Elle aspira la fumée de son joint, la retint un instant dans ses poumons, puis la rejeta par petites bouffées.) Il y a longtemps que cette dame recherche son vieux mari ?

— Très longtemps.

— C'est moche, dit-elle. Pauvre vieille.

Pendant les deux heures suivantes, elle me parla du père de Melissa, comment elle avait fait sa connaissance, comment elle l'avait aimé, comment elle s'était mise en ménage avec lui et comment un soir, en rentrant chez elle, elle avait découvert qu'il était parti. Elle me raconta qu'elle avait étudié le piano depuis l'âge de cinq ans, et qu'elle se battait avec ses petites camarades, à l'école, parce qu'elles se moquaient des robes que lui faisait sa mère. Elle me dit qu'elle téléphonait tous les jours à sa mère en rentrant de classe, qu'elle frottait ses joues sur les touches d'ivoire du piano — parce qu'elles étaient blanches —, qu'elle se brossait les cheveux huit fois par jour, cent coups de brosse chaque fois ; elle croyait que cela les décrêperait. Elle me raconta qu'elle s'inondait de déodorant, sous les bras et entre les jambes, parce que la prof de gym du lycée lui avait dit que les filles noires sentaient tellement fort qu'on les repérait à un kilomètre. Elle me parla de sa grossesse, de son accouchement, de l'allaitement de Melissa, des chansons qu'elle lui chantait, et de l'envie qui lui prenait parfois de la noyer ou de l'abandonner.

Elle parla en se savonnant, en se rasant les jambes avec mon rasoir, en se lavant les dents avec ma brosse à dents, en se couchant dans mon lit. De temps en temps, quand un mauvais souvenir lui revenait, elle pleurait un peu. Mais il était vite remplacé par une évocation amusante, et elle éclatait de rire.

A six heures et demie du matin, elle commença à s'assoupir. J'étais assis à son chevet dans le fauteuil, trop fatigué et trop soûl pour lui prêter une oreille très attentive.

— Vous n'avez pas l'intention de dormir ? me demanda-t-elle.

Avant que j'aie pu lui répondre que je coucherais sur le divan, que je ne pouvais pas coucher dans le lit avec elle tout habillé parce que ce serait absurde, que je ne pouvais pas coucher dans le lit avec elle déshabillé parce que... bon, pour un tas de raisons que je ne connaissais même pas toutes, avant que j'aie pu lui expliquer, elle s'endormit.

J'éteignis la lampe de chevet, passai dans le salon, appris par cœur le numéro de téléphone de Mieskopf, me servis un dernier verre et brûlai le bout de papier.

Alors que je le regardais se calciner dans le cendrier, un flot de pensées décousues me traversa l'esprit, et quelques-uns de mes propres souvenirs, mauvais ou drôles, remontèrent à la surface. Mais, tout poivré que j'étais, je ne l'étais pas suffisamment pour en pleurer ou pour en rire.

19

Dans le courant de la matinée, après avoir reconduit Ronni Gibson chez elle et avant de me rendre à mon annexe de la Quarante-sixième Rue, je passai au bureau pour essayer de retrouver la trace de Werner Mieskopf. Il ne figurait dans aucun des annuaires des faubourgs, ni dans ceux de Manhattan des années précédentes. Mon *Cole Directory* m'apprit que le 226-9950 était actuellement attribué à un certain Antoine Mathilde, domicilié 129, Ludlow Street. Un coup de fil confirma ce que je supposais : Antoine Mathilde était haïtien et habitait Ludlow Street depuis quinze mois.

Fiona Shaw se pointa au moment où je m'apprêtais à partir. Elle portait un pantalon de lin crème et des sandales de cuir bleu. Dans cette tenue parfaitement appropriée à la fin mai, elle aurait dû personnifier la nymphe du printemps, mais elle était tellement renfrognée qu'elle ressemblait davantage à la sorcière de l'hiver.

— Salut, dis-je. Voilà une bonne surprise.

Elle s'assit et croisa les jambes. Je fis une nouvelle tentative.

— Comment va ? (Elle me dévisagea en silence, pas affectueusement.) Il t'est arrivé quelque chose ? (Pas de réponse.) Tu t'es engueulée avec un chauffeur de taxi ? Tu as pris rendez-vous chez le dentiste ? Tu as loupé un bon à tirer ?

Elle flanqua son sac sur le bureau comme si elle voulait passer au travers.

— Je suis passée devant chez toi, il y a un moment.

— Et c'est ça qui t'a mise dans un état pareil ? m'étonnai-je.

— Je comptais venir te dire un petit bonjour en allant au bureau, et je pensais qu'on prendrait le café ensemble.

— Et alors ?

— Qui est cette femme ? demanda-t-elle.

— Quelle femme ?

— Kevin, ne joue pas au con avec moi. Qui est la femme que tu faisais monter dans ta voiture... la Noire au gros cul ?

— Elle est impliquée dans une affaire dont je m'occupe, dis-je, ce qui était exact. Stricto sensu.

— Elle est arrivée chez toi ce matin, ou elle y a passé la nuit ?

— Elle y a passé la nuit, dis-je.

— Pourquoi ?

— Fiona, tu sais que je ne parle jamais...

Elle bondit sur ses pieds et se pencha au-dessus du bureau.

— Bon Dieu, Kevin...

— Assieds-toi.

— Non, je ne m'assoirai pas ! glapit-elle.

— S'il te plaît. Assieds-toi.

— Ne me parle pas comme à un chien.

Je commençai mentalement à compter. A vingt-neuf, elle battit en retraite et se laissa tomber dans le fauteuil.

— Voilà, je suis assise, me lança-t-elle d'un ton de défi.

— Cette femme est impliquée dans une affaire. Je l'ai reçue chez moi pour des raisons professionnelles. Elle a couché dans le lit, et moi sur le divan. Je te dis ça uniquement par courtoisie. Si j'ai bonne mémoire, il y a belle lurette que tu m'as précisé que tu t'intéressais exclusivement à ce que je faisais avec toi, pas à ce que je faisais sans toi. Tu te rappelles ?

— Ça remonte loin, Kevin. Depuis, les choses ont changé.

— Personne ne m'en a averti.

— Je t'en avertis maintenant. (Elle posa sa main à côté de la mienne, sur le bureau.) Ceci est une question, pas un avertissement. (Elle me toucha avec son petit doigt.) Tu n'as pas fait l'amour avec elle ?

— Non.

Elle sourit d'un air triomphant.

— J'en étais sûre. Elle n'est pas ton type.

— Hmmmmmm.

— Salaud, dit-elle, mais sans acrimonie. Tu as l'air crevé.

— Je n'ai pratiquement pas fermé l'œil de la nuit.

— C'est plus que tu n'en fais pour moi, dit-elle. Je devrais peut-être être impliquée dans une de tes affaires.

— Tu l'es déjà, dis-je.

— Exact, dit-elle. Je le suis. Dois-je en conclure que je peux passer la nuit chez toi ?

— J'en ai marre de coucher sur le divan.

Elle baissa les yeux avec une feinte modestie.

— Alors, m'sieur, j' sais pas quoi vous dire. Comment marche mon affaire ?

— Tu sais ce que disent les Chinois ? Un voyage de mille kilomètres commence par un pas.

— Ce qui signifie ?

— Aucune idée. Je ne suis pas chinois.

— Kev.

— C'est plus fort que moi. Le printemps chante et tu es là, toute affriolante, toute belle, toute parfumée... comment veux-tu que je sois sérieux ?

Elle battit des paupières et sourit.

— Tu as fait une grosse impression sur Lilli. Chaque fois que j'essaye de lui dire que les chances de succès sont minimes, elle me répond : « Oui, oui, oui, mais M. Fitzgerald peut arranger cela ; il peut tout faire. » Kev, tu penses qu'il y a un espoir ? Tu penses que Max est vivant ?

— Je n'en sais rien, dis-je.

— Tu crois aux miracles ? demanda-t-elle. (Vigoureuse dénégation de ma part.) Moi non plus. Mais Lilli y croit. Tu ne t'es jamais dit que ç'aurait été formidable d'avoir une mère comme elle ?

— N'en sois pas trop sûre, dis-je. Lilli est la mère idéale parce qu'elle n'a pas eu d'enfant.

— Ce que tu peux être cynique, Kev. Mais tu es consciencieux. Je peux te venir en aide d'une manière ou d'une autre ?

— Pas pour l'instant, dis-je.

— Je suis bien placée pour t'aider, Kev. Je connais un tas de journalistes, et ils peuvent être utiles.

— Je n'en doute pas, mais je ne saurais pas quoi leur demander.

— Eh bien, quand il te viendra une idée..., dit-elle.

Elle vint me rejoindre de l'autre côté du bureau. Elle sentait le Givenchy et la sueur.

— Tout bien réfléchi, dit-elle, je crois qu'il va falloir que je vienne passer une nuit chez toi. Tu pourras coucher sur le divan... sauf si je sens que je vais avoir des cauchemars, parce que là, j'aurai besoin que tu me tiennes compagnie dans le lit.

— Hmmmmmm.

— Salaud. (Elle se pencha pour m'embrasser ; comme toujours, elle avait la bouche délicieusement fraîche.) Si jamais tu souhaites parler à mes amis, Kev, fais-le-moi savoir.

Elle se dirigea vers la porte d'un pas léger, déboutonna un peu plus son chemisier et posa son index sur sa lèvre inférieure.

— Tu me manques, dit-elle et, avant de sortir, elle souffla sur son doigt pour m'envoyer un baiser.

20

En arrivant au bureau de la Quarante-sixième Rue, je chassai Fiona Shaw de mes pensées — ce fut plus difficile ce jour-là que d'habitude — et me mis en quête de Werner Mieskopf.

Je commençai par la comptabilité de la Compagnie d'Electricité.

— Allô, Barry Stein à l'appareil. Je recherche un mauvais payeur pour le compte de l'Agence générale de Contentieux, un certain Mieskopf, Werner de son prénom. Dernière adresse connue : Division Street, mais je n'ai pas le numéro.

— Numéro de compte ?

— Je ne le connais pas non plus.

— Quittez pas, dit-il, j'établis une carte perforée à son nom. (J'attendis le temps de fumer une cigarette.) Pas de compte à ce nom-là, annonça-t-il.

— Ecoutez, dis-je avec un trémolo de supplication dans la voix, Division Street n'est pas une bien grande rue. Vous ne pourriez pas la contrôler tout entière ?

Il soupira avant de répondre :

— Quittez pas. (Nouvelle attente, plus longue que la première.) Rien, reprit-il. Pas de Mieskopf. Pas de Werner. Aucun nom approchant.

— Tant pis, dis-je. Excusez-moi de vous avoir causé tout ce tracas. Je peux vous offrir un verre, un de ces jours ?

— Avec plaisir, Ralph Crosswell. Je suis au bureau central, Irving Place.

Je raccrochai et passai à la tactique numéro deux.

L'annuaire des professions de Manhattan contenait quatre pages de marchands de pianos, une cinquantaine d'accordeurs de pianos et vingt déménageurs de pianos. Aussi commençai-je par les déménageurs. Le onzième de la liste s'appelait Milton Shuler. Plein de bonne volonté, M. Shuler.

— Werner Mieskopf... Werner Mieskopf... Werner Mieskopf ? répéta-t-il. Non, ça ne me dit rien. Mais pourquoi cela me dirait-il quelque chose ? J'oublie tous les noms. Vous pouvez me décrire l'instrument ? Je me rappelle toujours l'instrument, jamais le client. Ça fait quarante-deux ans que je déménage des pianos, et je me souviens de presque tous les instruments qui me sont passés par les mains. C'est pas formidable ?

— Je ne connais pas l'instrument, avouai-je.

— Un piano à queue ? Un piano droit ? Un crapaud ? Un Baldwin ? Un Steinway ? Un Knabe ? Un Yamaha ? Donnez-moi une indication.

— Tout ce que je sais, c'est que cet homme habitait Division Street il y a une dizaine d'années et qu'il a dû déménager.

— Eh bien, c'est déjà un petit quelque chose. Pas grand-chose, mais un petit quelque chose. Et où est-il allé ?

— Je ne sais pas, dis-je.

— Aïe, aïe, aïe, gémit Shuler. Monsieur, il faut tout vous sortir comme si on vous arrachait une dent. Dans le quartier résidentiel ? Dans le West Side ? A Brooklyn ? Dans le Bronx ? En banlieue ? Ecoutez, vous avez l'air d'un homme intelligent. Tâchez de faire une supposition astucieuse.

Je fis une supposition astucieuse.

— A mon avis, il a dû rester dans le Lower East Side. En

fait, je dirais qu'il a dû déménager à plusieurs reprises et toujours dans le périmètre du Lower East Side.

— Ah ! s'exclama Shuler. Pourquoi n'avez-vous pas commencé par là ? Ça, c'est une indication très, très précieuse. (Je l'entendis feuilleter des fiches.) Vous vous êtes trompé de nom, monsieur. Il ne s'appelle pas Mieskopf, il s'appelle Holt.

— Holt ?

— Andrew Holt. Un bon client. Personnellement, je ne l'aurais pas pris pour un pianiste, mais il était bougrement tatillon pour son piano. Voyons voir... Vous avez un crayon ?

— Hon-hon.

— 109, Division Street ; de là, nous l'avons emmené au 71, Rivington Street, appartement 5A ; ensuite au 4B du 133, Stanton Street ; au 6B du 147, Eldridge Street ; au 5F du 112, Orchard Street ; et enfin au 6R du 159, Norfolk Street.

— C'est là qu'il est actuellement ? demandai-je.

— Non, ça remonte à deux ans. Du 159, Norfolk Street, nous avons conduit le piano au garde-meuble Premier, à Long Island City. M. Holt a dit qu'il quittait la ville.

— Qu'est-ce qui vous fait dire qu'il n'avait pas l'air d'un pianiste ?

— C'est un balaise. Un grand type, je veux dire. Genre armoire à glace, vous voyez ? Des grosses mains. Si ça se trouve, c'était son gosse qui jouait. Ou sa femme, ou sa petite amie. En tout cas, il y tenait, à ce piano. Pour tout vous dire, j'ai pas compris ce qu'il faisait dans ce quartier. Probable que sa femme ou sa petite amie était juive. Un bon client, qui payait rubis sur l'ongle, sans jamais discuter. D'accord, il n'était pas juif... mais ce n'était pas de sa faute. Le monde est grand, faut bien qu'il y ait des goyim dedans.

Je le remerciai, coupai la communication et appelai le garde-meuble Premier. La femme qui me répondit m'apprit que le piano d'Andrew Holt avait été vendu pour cause de non paiement des mensualités de magasinage.

Je reposai très doucement le combiné dans son berceau, me levai et décochai au bureau un formidable coup de pied qui, à travers mon pied et ma cheville, se répercuta jusqu'à mon genou. Cela me fit mal, mais pas suffisamment pour distraire mes pensées de ma déception.

J'essayai de me calmer en tournant en rond, parce que je savais que si je me rendais à Norfolk Street dans l'état d'esprit où je me trouvais, je n'arriverais à rien. Je serais si désappointé, si découragé que cela influerait sur tout ce que j'entreprendrais. J'irais là-bas convaincu que j'en reviendrais bredouille, et je reviendrais bredouille.

Après avoir fait les cent pas pendant une demi-heure, je me rendis au 159 Norfolk Street.

Patiemment, calmement, je posai toutes les questions idoines à tous les gens sur lesquels je pus mettre la main. Je les interrogeai en anglais et, avec l'aide d'un vieux poivrot portoricain, en espagnol. Je leur décrivis Max Weill et leur épelai le nom de Walter Mieskopf. Je leur précisai à quelle date il avait vécu dans l'immeuble et à quel étage il habitait. Je leur dis qu'il jouait du piano et que cela devait s'entendre.

Je demandai à l'épicier du coin s'il lui avait vendu du pain et des œufs, et à la blanchisseuse d'en face si elle avait eu l'occasion de laver ses chaussettes et son linge. Je fis tout ce qu'un détective scrupuleux est censé faire : j'allai questionner le magasin de spiritueux, le bureau de tabac, le kiosque à journaux, la banque, la teinturerie, le poste d'essence Getty, la station-service Mobil, le parking, la caserne des pompiers, les deux snacks. Je me renseignai auprès de la minable petite boutique de disques, au cas où Max y serait entré pour acheter le dernier Horowitz. J'accomplis toutes les démarches habituelles, y compris la visite au bureau de poste, pour demander si Max Weill, ou Werner Mieskopf, ou Andrew Holt avaient rempli des formulaires de changement d'adresse (ils n'en avaient pas rempli), et je harcelai le facteur pour savoir s'il se rappelait quelque chose (il ne se rappelait rien).

Ce que je craignais se produisit : je repartis les mains vides. Et en traînant ma carcasse épuisée vers ma demeure, je n'avais plus qu'un désir : rentrer chez moi, m'effondrer sur mon lit avec une bouteille de Daniels et me réfugier là où personne ne pourrait m'atteindre. Cela ne semblait pas être une prétention excessive.

Mais lorsque j'arrivai devant mon immeuble, la portière d'une voiture garée le long du trottoir s'ouvrit brusquement et Richard Kleinman en descendit.

Il tenait à la main une enveloppe de papier kraft format ministre, et son visage arborait un sourire étincelant format ministre. Pendant qu'il se dirigeait vers moi, une voiture passa dans la rue. Je la suivis des yeux jusqu'au croisement, où elle hésita avant de tourner à gauche. Elle était marron, et son conducteur était seul. Je ne le reconnus pas et ne pus relever le numéro d'immatriculation, la plaque étant encroûtée de boue : le plus vieux truc du monde et peut-être le plus efficace.

Je me tournai à nouveau vers Kleinman. Il affichait toujours le même sourire.

— Vous avez une petite minute à m'accorder, monsieur Fitzgerald ? (Il agita l'enveloppe de papier kraft.) Le temps de bavarder un peu en buvant un verre ? Chez vous ?

21

Comme il était six heures passées, Kleinman était en bleu marine. En s'asseyant dans le bon fauteuil, il déboutonna son veston, tira sur les jambes de son pantalon pour qu'elles ne pochent pas aux genoux, et croisa les jambes. Ses chaussettes bleu marine étaient maintenues par des fixe-chaussettes bleu marine. Il posa l'enveloppe de papier kraft sur ses cuisses et me regarda lui préparer un scotch à l'eau plate.

Après en avoir bu une gorgée et avoir approuvé le dosage d'un hochement de tête, il tapota l'enveloppe avec l'ongle de son médius.

— Comme promis, monsieur Fitzgerald.

Au lieu de tendre la main pour prendre l'enveloppe, j'allai m'asseoir sur le divan. Il haussa les sourcils.

— Vous auriez pu me la remettre en bas, expliquai-je. J'en déduis que vous avez auparavant quelque chose à me dire.

— Exact, confirma-t-il.

Il souleva le rabat de l'enveloppe et en sortit trois feuilles de papier. De sa poche intérieure, il tira une paire de lunettes d'écaille qu'il posa sur son nez. « Pour lire. » Il inclina la première feuille de façon qu'elle soit bien éclairée et l'examina pendant un temps raisonnable. Pour autant que je pouvais m'en rendre compte, il la lisait effectivement.

— Je pense que le libellé vous conviendra, dit-il. Et je suppose que, s'il vous convient, il conviendra également à Mme Weill.

Il agita les papiers et, cette fois, je tendis la main.

Il me sourit d'un air encourageant, comme le cancérologue qui s'apprête à annoncer une mauvaise nouvelle au patient.

— Monsieur Fitzgerald, il reste un petit détail à régler...

— Comme toujours, pas vrai ?

Il retira ses lunettes et les balança en les tenant par une branche.

— Pour qui travaillez-vous ?

Cette question me prit tellement au dépourvu que tout ce que je trouvai à dire fut :

— Hein ?

— Pour qui travaillez-vous ?

— Je ne comprends pas, dis-je, et c'était vrai.

Très lentement, en détachant chaque syllabe comme s'il parlait à un enfant un peu dur d'oreille et légèrement demeuré, il répéta :

— Pour qui travaillez-vous, monsieur Fitzgerald ?

— Vous le savez aussi bien que moi, pour Lilli Weill.

— Non, dit-il. Non. (Il remit les trois feuilles dans l'enveloppe, referma le rabat et recommença à tapoter l'enveloppe.) Non.

— Si.

Il soupira et vida son verre. Je le lui pris des mains et allai le remplir. Lorsque je le lui rapportai, il me dit :

— Vous pouvez me l'avouer, monsieur Fitzgerald. En toute sincérité, je crains que vous n'ayez pas le choix.

— Il n'y a rien à avouer.

— Monsieur Fitzgerald, vous ne travaillez pas pour Lilli Weill. (Il leva sa main libre pour m'empêcher de protester.) Il se peut qu'elle vous ait engagé...

— Elle m'a engagé.

— … mais elle n'est pas votre principal client. Qui est votre principal client ?

— Je ne sais pas de quoi vous parlez.

Son sourire réapparut. Je commençais à le détester, ce sourire.

— Comme vous voudrez, monsieur Fitzgerald. Tant que vous ne m'aurez pas révélé pour le compte de qui vous travaillez, il m'est impossible de vous remettre ce document. Il est destiné à Lilli Weill, pas à quelqu'un d'autre.

J'étais fatigué, de mauvais poil — la journée à Norfolk Street avait été éprouvante —, et je supposai que Kleinman se contentait de bluffer : ou ça l'amusait, ou bien il voulait marchander mon prix. La seule conduite raisonnable aurait été de le prier de se retirer, mais j'étais trop énervé pour me comporter raisonnablement.

— Kleinman, lui dis-je, je ne sais pas où vous voulez en venir et je m'en fous. Vous n'avez pas cessé de m'asticoter quand vous êtes venu me voir à mon bureau, et maintenant vous remettez ça. Vous voulez tergiverser ? Eh bien, tergiversez. Plus vous ferez traîner les choses en longueur, plus longtemps je continuerai à fouiner.

— Monsieur Fitzgerald, je vous garantis qu'il ne s'agit en aucune façon d'une manœuvre dilatoire. Nous avons conclu un accord de bonne foi et je suis prêt à l'honorer… mais nous étions partis du principe que vous représentiez Mme Weill…

— Et vous le ministère des Affaires étrangères.

L'un des instructeurs qui avaient formé Kleinman avait dû lui dire un jour que la meilleure façon de dissimuler ses sentiments est de sourire, mais il ne lui avait rien appris d'autre. Son sourire s'était évaporé, et ses sentiments s'étalaient au grand jour, aussi visibles qu'une tache de ketchup sur une nappe de linon blanc. Il but une gorgée de whisky et posa lentement son verre sur le guéridon placé à côté du fauteuil.

— Je crains de ne pas vous suivre, dit-il.

— Oh, pour l'amour du ciel, Kleinman ! Vous croyez que le monde entier n'est peuplé que de crétins, en dehors de vous ? Mais votre couverture est aussi transparente que de la dentelle. Vous êtes tellement occupé à vous montrer subtil et retors que vous ne vous rendez pas compte qu'elle ne trompe personne.

Il bondit de son siège en heurtant le guéridon et en envoyant valser son verre. Le scotch se répandit sur la moquette, et le verre roula jusqu'au pied de la bibliothèque. Kleinman pivota sur ses talons, alla ramasser le verre et le posa sur la table basse.

— Acceptez-vous de me révéler pour le compte de qui vous travaillez ?

— Je vous l'ai dit : pour Lilli Weill.

Il s'empara de l'enveloppe qui était restée sur le fauteuil, la plia en deux et la fourra dans l'une de ses poches intérieures.

— Fitzgerald, vous n'avez pas affaire à des médiocres ni à des imbéciles comme ceux que vous êtes probablement habitué à fréquenter. Je ne suis ni un médiocre ni un imbécile... et celui qui vous a chargé de cette enquête ne l'est pas davantage. Quel qu'il soit, je peux vous certifier qu'avec lui, vous ne faites pas le poids. Et, qui plus est, vous ne pouvez pas lui faire confiance.

— Tandis qu'à vous, évidemment, je peux vous faire confiance ?

Il ne releva pas.

— Votre principal client se servira de vous, après quoi il vous balancera à l'incinérateur comme un vulgaire détritus.

— Pas vous ? dis-je.

— Fitzgerald, j'estime que nous étions parvenus à un accord, mais que vous l'avez rompu.

— C'est également mon opinion. Mais en sens inverse.

Il tapota sa poche.

— Quand vous serez disposé à me révéler ce que je

veux savoir. (Il boutonna son veston et se dirigea vers la porte.) Je m'excuse d'avoir renversé mon verre.

Il ouvrit la porte, sortit et la referma derrière lui.

Je me ruai sur le téléphone et appelai Lilli Weill. Je laissai sonner quatorze fois, coupai, composai à nouveau le numéro et laissai sonner seize fois. Je le demandai ensuite par les réclamations et laissai encore sonner seize fois.

Je revins m'asseoir sur le divan et empoignai mon verre : Il fallait que je tienne quelque chose pour empêcher mes mains de trembler.

Chaque fois qu'un détective accepte de se charger d'une affaire, il court le risque que le client lui mente. Tous les gens qui s'adressent à un détective ou à un avocat ont quelque chose à cacher. Dans le cas du détective, le mensonge n'est généralement pas assez grave pour modifier sérieusement les données du problème. Mais il peut arriver qu'il le soit. Une fois de temps en temps, le mensonge du client est très grave, surtout si le détective, par négligence ou par bêtise, ne s'est pas rendu compte que le client lui avait menti.

La plupart du temps, quand un détective s'aperçoit que son client lui a menti, cela le contrarie, mais pas tellement et pas très longtemps, parce qu'il s'attendait à un mensonge. Les clients sont des êtres humains, et les êtres humains sont menteurs.

Je n'avais donc aucune raison valable pour me cramponner à mon verre jusqu'à ce que mes jointures blanchissent, ni pour appeler le numéro de téléphone de Lilli Weill toutes les dix minutes ni pour me sentir dans la peau du gogo qui vient d'acheter le pont de Brooklyn. Dans un cas comme dans l'autre, cela n'avait pas d'importance pour moi. Si Kleinman bluffait, il n'y avait rien de changé. Et s'il ne bluffait pas... eh bien, Lilli Weill était un être humain, donc elle avait menti. Et c'était stupide de me sentir furieux ou trahi. Complètement stupide. Aussi stupide qu'on peut l'être.

22

Le lendemain matin, j'appelai Lilli Weill à sept heures et demie.

— Il faut que je vous parle.

— Qu'est-ce qui se passe, monsieur Fitzgerald ?

— J'arrive.

— Ça va bien, monsieur Fitzgerald ?

— Non. Je serai chez vous dans une heure.

A mon arrivée, elle était habillée, et il y avait une corbeille de petits pains et un pot de café sur la table.

— Je regrette de pas avoir des croissants, dit-elle, mais le boulanger les vend tous avant que j'arrive. (Elle me versa une tasse de café.) Maintenant, racontez-moi : qu'est-ce que c'est qui vous contrarie tellement, ce matin ? J'ai jamais vu le ciel si bleu et votre visage si sombre. C'est pas normal d'avoir le visage aussi sombre par un temps pareil.

— Qui vous a demandé de m'engager ?

— Comment ? dit-elle. Qu'est-ce que vous dites ?

— Qui vous a demandé de m'engager ?

— Je comprends pas, monsieur Fitzgerald. Qu'est-ce que ça veut dire ?

Je me levai et me penchai au-dessus d'elle.

— Qui vous a chargé de m'engager, Lilli ?

— Monsieur Fitzgerald, qu'est-ce que vous...

— Quand sont-ils venus vous trouver ? Qu'est-ce qu'ils

vous ont raconté ? Combien d'argent vous ont-ils versé ? Vous ont-ils envoyée trouver d'autres détectives ? Tous les combien de temps leur faites-vous votre rapport ? Est-ce qu'ils vous payent chaque fois que vous allez les voir ? Qui sont-ils ? Qui, Lilli, qui ?

A chacune de mes questions, elle se tassait un peu plus sur sa chaise. Derrière ses lunettes, ses yeux commencèrent à se révulser, et des bruits de succion sortirent de sa bouche.

— Herr Fitzgerald, *Ich bitte...* s'il vous plaît, qu'est-ce que vous... *warum haben sie...* je suis pas...

J'empoignai la cafetière presque pleine et l'approchai de son visage.

— Qui vous a chargée de m'engager, Lilli ? Je vous le demande pour la dernière fois. Qui vous a chargée de m'engager ?

Je soulevai le couvercle de la cafetière et inclinai le bec vers ses yeux.

Elle glissa de sa chaise, tomba à genoux et courba la tête jusqu'à ce que son front touche mes chaussures.

— *Bitte...* s'il vous plaît, dit-elle, me faites plus de mal. Je vous en supplie. Je le ferai plus. Je désobéirai plus au règlement, je vous le jure. Me battez plus, je vous en prie. Je l'ai pas fait exprès. Je me rendais pas compte de ce que je faisais. S'il vous plaît, je peux retourner au travail, maintenant ? Je travaillerai en silence. Je dirai rien. Je sais que c'est défendu de parler. Je vous en supplie.

A chaque phrase, son front venait taper contre mes chaussures.

Je posai la cafetière sur la table et m'accroupis pour l'aider à se relever. Lorsqu'elle sentit mes mains sur ses épaules, elle poussa un cri étranglé et cacha sa tête entre ses jambes. Je m'assis par terre et la forçai doucement à relever la tête et à se redresser. Ses yeux étaient fermés. Du fond de sa gorge s'élevait comme une litanie : « *Bitte, bitte, bitte, bitte, bitte, bitte...* »

Je restai par terre à lui caresser la tête et à murmurer des mots apaisants jusqu'à ce qu'elle ouvre les yeux. Elle me fixa sans me reconnaître.

— Je suis désolé, dis-je. J'aurais dû prévoir.

Elle hocha mécaniquement la tête, mais je n'eus pas l'impression qu'elle me comprenait. Je l'aidai à s'asseoir sur sa chaise, où elle resta immobile, les mains croisées dans son giron, les yeux baissés, parfaite incarnation de la victime attendant le bourreau.

Je fumai une cigarette et m'expliquai. Puis j'en fumai une seconde et recommençai mes explications. Elle hocha la tête, mais ne dit mot.

Elle n'ouvrit la bouche que dans l'ascenseur, pendant que nous descendions ensemble.

— Vous m'avez fait peur, monsieur Fitzgerald.

— Je m'excuse, dis-je.

Je n'ajoutai pas que je n'étais pas assez intelligent pour imaginer une autre manière de lui extirper la vérité. Il n'était probablement pas nécessaire de le préciser.

— Pendant un moment, dit-elle, je crois que vous êtes les S.S. L'ennemi. (L'ascenseur s'arrêta au rez-de-chaussée, et elle glissa son bras sous le mien pour sortir de la cabine.) Mais quelque part dans ma tête, je sais que vous êtes pas les S.S. (Elle rit.) L'odeur est pas la même.

— Lilli...

— Quand Fiona me parle de vous, je demande si vous êtes un homme honorable. Alors elle rit et elle dit : « Je ne sais pas s'il est honorable, mais j'ai confiance en lui. » (Elle me serra le bras.) Vous voyez, monsieur Fitzgerald, nous avons confiance en vous. Donc, vous devez avoir confiance en nous. D'accord ?

— D'accord, réussis-je à répondre.

Elle me serra à nouveau le bras et traversa Broadway en courant pour attraper son autobus. Je restai planté sur le trottoir, essayant de ne pas penser à ses larmes tombant goutte à goutte sur mes chaussures. J'avais l'impression d'être une vitre fêlée, pas encore brisée mais sillonnée d'un million de minuscules fissures, avec tous ses éclats prêts à se dissocier et à voler dans toutes les directions en faisant saigner tout ce qu'ils toucheraient.

Deux petits voyous arrivèrent avec un gros transistor stéréo d'où s'échappait un flot de musique disco tellement tonitruante qu'elle couvrait le bruit de la circulation. Les passants leur lançaient des regards furibonds qui n'avaient aucun effet, et, pendant un instant, j'eus envie d'aller trouver ces gamins, de leur arracher leur poste, de le bousiller sur le sol et d'en faire autant avec eux. Je me retins. Les adolescents comme ceux-là faisaient désormais partie du paysage urbain, au même titre que les chaussées défoncées et les poubelles débordantes.

Ce matin-là, pour les autres passants, les voyous étaient l'ennemi, les perturbateurs de l'ordre établi. Mais cela ne voulait rien dire. C'était arbitraire. Un jour ou l'autre, n'importe qui pouvait devenir l'ennemi.

Le lundi, ce serait peut-être les voyous à la radio ; le mardi, les bourreaux d'enfants ; le mercredi, les professeurs qui faisaient grève ; le jeudi, les juges qui interdisaient leur salle d'audience à la presse ; le vendredi, les journalistes qui traînaient la réputation des gens dans la boue ; et le dimanche, l'ennemi serait peut-être les cancérologues qui condamnaient les gâteaux à la crème au chocolat.

Il y avait des ennemis pour tous les jours de la semaine, pour toutes les heures de la journée, et le bon vieux temps — celui qui plaisait à mon père, celui où il était facile de tendre le doigt et de dire : « Voilà l'ennemi » — le bon vieux temps était révolu.

D'ailleurs, cette époque-là n'avait peut-être jamais existé. Les parents ont toujours menti au sujet du bon vieux temps. Si ça se trouve, il y a peut-être toujours eu des ennemis pour tous les jours de la semaine. Seulement, dans ce temps-là, le bon vieux temps, celui que l'on montrait du doigt était généralement trop désarmé ou trop bête pour se retourner et pointer son doigt vers vous. Ce qui fait que les gens comme mon père avaient la possibilité de choisir les ennemis qui leur convenaient et de s'y attaquer.

Lilli Weill était ma cliente, pas mon ennemie. Pourtant, une heure plus tôt, je l'avais traitée en ennemie. J'avais pointé mon doigt sur elle et je l'avais attaquée, de la même façon que les passants auraient attaqué les voyous à la radio ou que les juifs attaquaient l'O.L.P.

Oh, j'avais de bonnes raisons pour m'en prendre à elle, tout comme mon père avait de bonnes raisons de pourfendre ses ennemis. Personne ne pourra jamais prétendre que nous avons attaqué qui que ce soit sans avoir les meilleures raisons du monde.

23

Dans le bureau de la Quarante-sixième Rue, je me calmai en tapant à la machine mes conversations avec Kleinman et Lilli Weill. Je les relus, puis je sortis mes notes et les passai en revue. J'écoutai la cassette de Kleinman. Après quoi je recommençai tout depuis le début. Je m'activais, essayant de me sentir occupé, organisé et efficace, mais je savais que je piétinais. Je pouvais recommencer autant de fois que je le voudrais, j'aboutirais toujours au même point : devant un mur nu.

Il se passait quelque chose ; aucun doute là-dessus. Bon sang, il se passait même des tas de choses. Kleinman croyait que je travaillais pour le compte de quelqu'un qui n'était pas Lilli Weill. Un autre quidam me filait dans une voiture marron, à moins qu'il ne s'agisse du même quelqu'un que celui pour lequel j'étais censé travailler. D'autre part, un troisième quelqu'un — ou le même — avait assassiné Sacha Cherkhov. Le tout indiscutable, passionnant. Mais rien de tout cela ne me disait où chercher Max Weill, et rien de tout cela ne prouvait qu'il était en vie.

J'entrepris de dresser la liste de tous les gens auxquels j'avais parlé et des mensonges que chacun d'eux avait pu me faire, à quel sujet et pour quel motif. Arrivé vers le milieu de la liste, je craquai.

— Et merde ! m'exclamai-je en froissant la feuille, puis je la jetai rageusement par terre.

Je faillis en faire autant avec le cendrier et la machine à écrire, et puis je me dis que je n'étais pas un bébé qui flanquait sa bouillie en bas de sa chaise d'enfant, mais un adulte de quarante ans qui s'était provisoirement mélangé les pinceaux. Il arrive à tout le monde de se mélanger les pinceaux, cela fait partie des lois fondamentales de la nature, et, pour un adulte de quarante ans, la solution était... de se relever, de s'épousseter et de tout reprendre à zéro. Je fredonnai quelques mesures de la chanson en me rappelant Fred Astaire s'époussetant et reprenant tout à zéro. Seulement Fred Astaire, lui, s'il se cassait la figure, il avait toujours la possibilité de demander que l'on tourne de nouveau la scène.

— Fitzgerald, me dis-je, dans la vie, on ne tourne jamais deux fois la même scène.

Cela me parut tellement pompier que j'éclatai de rire.

J'estimai que le moment était venu de sortir boire un café. Je jetai la feuille froissée dans la corbeille à papier et consultai les Abonnés absents. Un appel de Fiona, un appel d'Azenberg. Je téléphonai à celui-ci en premier, persuadé que je ne parviendrais pas à le joindre et que cela ne me prendrait pas longtemps. Une erreur de plus.

Comme d'habitude, il semblait nager dans la béatitude.

— Fitzgerald ! Comment allez-vous ? Vous êtes au courant, pour Sacha ? J'étais à Delhi, je n'ai pas pu assister aux obsèques. J'ai proposé à mon conseil d'administration de fonder une bourse d'études à son nom pour Juilliard. Que diable, c'est déductible. Figurez-vous que j'ai découvert un nouveau restaurant. Il n'est encore connu de personne, même pas de l'un de mes violonistes, qui a pourtant le don de trouver les bons restaurants plus vite qu'une femme trompée ne déniche un avocat.

Il cria quelques mots à sa secrétaire et reprit :

— J'allais oublier... Vous avez un crayon ? Je vous en ai dégoté un autre. (Je serrai le combiné tellement fort que le sang se retira du bout de mes doigts.) J'ai interrogé les gens du bureau. Nous avons quelques employés qui sont plus vieux que Mathusalem, et quelqu'un s'est souvenu de lui… Moi, je l'avais oublié parce que c'est un mauvais musicien. Leo Hirsch, avec un C. Flûtiste. Vous êtes toujours là, Fitzgerald ? Je ne vous entends plus respirer.

— Je suis là.

— C'est un Allemand. Même pas juif. Un communiste. Après la guerre, il est passé à l'Est, dans ce qu'ils se plaisent à appeler la République démocratique allemande.

Je m'efforçai de ne pas paraître trop déçu.

— C'est là qu'il se trouve actuellement ?

— Quoi ! s'exclama Azenberg. Est-ce que je vous téléphonerais pour vous expédier en République démocratique allemande ? Pour qui me prenez-vous ? Pour un bouffon ? Il fait partie de la délégation de l'Allemagne de l'Est auprès de l'O.N.U. Négoce, échanges commerciaux, des trucs rasoirs et compliqués. Le dimanche, il fait de la musique avec quelques autres diplomates. Très culturels, ces gens-là. Un peu de musique de chambre avant de courir dans les salons de massage. Vous êtes là, Fitzgerald ?

— Je suis là, dis-je. Eperdu de reconnaissance.

— Tant mieux. C'est vous qui payerez le déjeuner.

24

La délégation de la République démocratique allemande était domiciliée au 58, Park Avenue, mais Leo Hirsch ne s'y trouvait pas. On me dit qu'il était à l'O.N.U., mais on ne put me préciser où : peut-être au fumoir, peut-être au restaurant, peut-être en conférence avec quelqu'un au sujet de quelque chose. Désirais-je voir l'assistant de M. Hirsch ? Désirais-je laisser ma carte ? Négatif sur les deux points. Je ressortis et cherchai un taxi. Négatif également. Je me rendis donc à l'O.N.U. à pied et m'arrêtai devant le bâtiment de l'Assemblée générale en réfléchissant à la manœuvre la plus plausible. J'étais en train de me demander si ma fausse carte de presse me permettrait d'accéder au fumoir des délégués lorsque Leo Hirsch franchit la porte et se dirigea vers la Cinquième Avenue.

Oh, je l'identifiai sans hésitation. La vie est trop courte pour une telle coïncidence : il n'était pas vêtu de noir, mais il portait le même chapeau Eden qu'à l'enterrement.

Je le rattrapai.

— M. Hirsch ?

Il s'arrêta et se tourna vers moi, intrigué.

— Oui.

— Nous ne nous connaissons pas, mais je vous ai aperçu l'autre jour à l'enterrement de M. Cherkhov. (Je tendis la main.) Kevin Fitzgerald. !

— Mais oui, bien sûr, dit-il. (Son accent allemand était

très léger, beaucoup moins prononcé que celui de Lilli. Il me serra la main.) Vous souteniez cette malheureuse femme... une parente de Sacha ?

— Non, dis-je. Lilli Weill. Son mari était...

Avant que je n'aie pu terminer ma phrase, il leva vivement la main pour me faire taire. Il était devenu très pâle.

— Vous savez qui il était ? demandai-je doucement.

Il hocha la tête et porta la main à ses yeux. Ils étaient très brillants.

— Excusez-moi, monsieur...

— Fitzgerald.

— Excusez-moi, monsieur Fitzgerald. J'avais oublié que Max avait une veuve.

— Elle pense être encore son épouse, dis-je.

Il abaissa sa main et me regarda fixement.

— Je ne comprends pas.

— Elle est persuadée qu'il est toujours vivant. Elle croit l'avoir aperçu.

Sa tête pivota lentement de droite à gauche, comme celle de la victime d'un coup de fouet essayant une minerve, puis, sans un mot, il me prit par le bras, m'entraîna jusqu'au coin et me conduisit dans une petite rue latérale.

— C'est une plaisanterie de mauvais goût, ou quoi ?

Je lui fis voir ma licence de détective.

— Elle m'a chargé de le retrouver.

Il s'assit lourdement sur un muret, devant un immeuble résidentiel.

— Elle est gâteuse ? Folle ? Illuminée ? (Je haussai les épaules.) Ils sont venus le chercher en pleine nuit. Il est mort.

— Vous en êtes certain ?

Il leva les yeux vers moi. Ils étaient toujours humides, et il avait beaucoup de mal à empêcher sa lèvre de trembler.

— Oui, j'en suis certain. (Il ferma une seconde les yeux.) Je la comprends. Pendant quelques années, après la guerre, moi aussi je l'ai aperçu. Un visage derrière une vitre, une silhouette sur le trottoir d'en face, des mains admirables tenant une tasse à café. Je voulais qu'il soit vivant, alors je le voyais. Mais ce n'était jamais lui. Jamais. (Il leva de nouveau les yeux vers moi.) Jamais.

— S'il était vivant, il se mettrait en rapport avec vous ?

Il rit tristement.

— Evidemment. C'était mon meilleur ami. Il m'a sauvé la vie... et j'ai sauvé la sienne. Sans lui... eh bien, maintenant, il n'est plus là. Mes frères de race l'ont tué... (Nouveau ricanement sinistre.)... et ils m'ont tué du même coup. Seulement, moi, ils ont oublié de m'enterrer.

Il se leva et épousseta le fond de son pantalon.

— Dites à Mme Weill que j'aimerais pouvoir lui rendre son mari. Mais je ne peux pas.

Il me serra la main et s'éloigna en direction de la Cinquième Avenue. Je faillis le suivre, parce que j'avais encore des questions à lui poser, mais j'y renonçai. J'étais trop démoralisé pour m'engager plus avant dans une nouvelle impasse.

25

La personne qui m'avait fourni le plus de renseignements étant Milton Shuler, le déménageur de pianos, j'allai le voir. Je me rendais bien compte que j'en étais réduit à racler les fonds de tiroir, mais il est préférable de passer son temps à racler les fonds de tiroir qu'à broyer inutilement du noir.

Shuler se souvenait parfaitement de mon coup de téléphone, et il leva les bras au ciel en signe d'impuissance.

— Qu'est-ce que je pourrais vous apprendre de plus ? dit-il. Je vous ai déjà raconté tout ce que je savais.

Je le priai de tout reprendre depuis le début. Il poussa un gros soupir, sortit des livres et les consulta soigneusement. Ils ne contenaient rien de plus que ce que je savais déjà. Il vit mes épaules s'affaisser.

— Vous voulez boire un café ? me proposa-t-il. Je bois toujours un café à cette heure-ci.

Je n'en avais pas envie, mais je n'avais pas non plus envie de m'en aller.

Il tira une bouteille Thermos de sous le comptoir et remplit deux tasses.

— C'est curieux qu'il l'ait envoyé au garde-meuble et qu'il ne soit pas retourné le chercher. D'habitude, les pianistes tiennent à leur instrument, ils s'y attachent.

Je hochai la tête en l'écoutant à moitié.

— Ils restent fidèles au même piano, au même tabouret,

au même accordeur... Dites donc, vous avez interrogé son accordeur ?

— Je ne le connais pas.

— C'est vrai qu'il en changeait tout le temps, ce Holt.

— Comment ?

— Il n'en gardait jamais aucun. Je lui en ai envoyé plusieurs. Le premier est un crack, le meilleur, il travaille pour tous les grands virtuoses. Cher, mais le meilleur. Holt ne le trouve pas bon. Alors, je lui en envoie un autre. Encore pas bon. Et puis un troisième. Pas bon.

— Cela remonte à combien de temps ?

— Le dernier... à quelques années. Faut croire qu'il a fini par en dégoter un. (Il rit.) Sinon, son piano doit être une vraie casserole. Minute. Il n'est pas venu rechercher le piano, alors, si ça se trouve, il n'a plus besoin d'un accordeur. Je n'avais pas pensé à ça.

Moi, j'y avais pensé, et cela ne me remontait pas le moral. Je notai quand même les noms et adresses des trois accordeurs, terminai mon café et partis racler d'autres fonds de tiroir.

Chacun des accordeurs recommandés par Shuler n'avait travaillé qu'une seule fois pour Holt. Le premier l'avait complètement oublié. Le second se rappelait qu'il lui avait paru bien costaud pour un pianiste. Quant au troisième, ses souvenirs étaient un peu plus précis.

— Il voulait un aveugle.

— Un aveugle ?

— Il s'était fourré dans la tête qu'un accordeur aveugle doit être meilleur qu'un autre. Il ne voit pas, donc il entend mieux. C'est une connerie. Un accordeur aveugle qui a l'oreille en fer-blanc reste un accordeur qui a l'oreille en fer-blanc. (Il marqua une pause.) C'est un pote à vous, ce type ?

— Non.

— Bon, eh bien, il est un peu barjot. Je me farcis tous ses étages à pied, en plein mois de juillet, et, en arrivant, je lui demande si je peux avoir un verre d'eau. Et vous savez ce qu'il me répond ? « Quand vous aurez terminé votre travail. » Vous vous rendez compte ? Il faisait près de 40° à l'ombre ! (Sourire sardonique.) Mais je lui ai rendu la monnaie de sa pièce.

— Vous avez bricolé son piano ?

— Non. Je lui ai envoyé un accordeur aveugle. (Il rit.) Philly Feldbaum. Et Philly Feldbaum a assez de fer-blanc dans l'oreille pour fabriquer une boîte de bière.

Philly Feldbaum n'était pas dans son échoppe de la place Saint-Marc, pas plus que sa femme, qui l'avait accompagné chez un client. C'était son beau-frère qui gardait la boutique, un carton de six boîtes de bière à portée du fauteuil dans lequel il était vautré. Le beau-frère n'avait pas envie de bouger. Je lui promis un autre carton de six boîtes. Il parut un peu moins inerte. Je lui promis deux cartons de six boîtes, et il ouvrit un tiroir plein de fiches.

— Holt, H-O-L-T, dis-je. Prénom : Andrew, ou seulement l'initiale : A.

— Voyons voir... Division Street, Rivington, Stanton, Eldridge, Orchard — il a la bougeotte, ce type —, Norfolk, Hester... voilà. (Il se pencha pour regarder la carte.) 126, Hester Street.

— Ça date de quand ? demandai-je.

Il se pencha à nouveau.

— Novembre dernier. (Il émit un grognement réprobateur et marqua la carte d'un point d'interrogation rouge.) Il serait temps qu'on passe le voir.

— Novembre dernier !

— Onze dollars six. Payés comptant.

26

Mon pouls battait à une telle vitesse que j'avais l'impression que mon cœur allait éclater. Tous les taxis étaient soit occupés, soit pas en service, soit appelés ailleurs par radio. Je partis vers la Ville basse au pas de gymnastique, puis me contraignis à revenir à la marche. Au bout de cinq ou six cents mètres, un autobus se présenta et j'y montai. Dix minutes plus tard, j'en descendis à Grand Street, l'arrêt précédant Hester Street, et longeai lentement la Bowery.

Il y avait longtemps que je n'étais pas venu dans ce quartier, et, si les immeubles étaient toujours à peu près les mêmes, tout le reste avait changé. Le Lower East Side avait toujours été le premier point de chute des immigrants lorsqu'ils débarquaient à New York, mais, au temps où je fréquentais ce secteur, les immigrants étaient des Italiens et des juifs. Exclusivement. Maintenant, en dehors de quelques obstinés, les Italiens et les juifs avaient déménagé, et ils avaient été remplacés par des Portoricains, des Cubains, des Haïtiens et des Chinois.

Une chose n'avait pas changé : c'était toujours le quartier le plus animé et le plus déroutant de la ville. Les hôtels borgnes et les caboulots de bas étage alternaient des installateurs de cuisines fonctionnelles et des grossistes en luminaires. Grand Street était jalonnée de boulangeries et de restaurants italiens. Canal Street, l'ancienne frontière de Chinatown, la ville chinoise, était à deux pâtés de maisons de là. Au carrefour de Canal Street et de la Bowery se tenait le marché aux diamants de la Ville basse, qui, comme celui de la Ville haute, dans la Quarante-septième Rue, était le fief des juifs orthodoxes. Résultat : l'avenue était encombrée de Chinois transportant des légumes et de juifs transportants des pierres précieuses. Tous se hâtaient, sans prêter attention aux adolescents qui dansaient au coin des rues ni aux pochards qui cuvaient leur vin dans leur urine sous les porches. Au croisement de la Bowery et de Hester Street s'élevait un cinéma chinois, devant lequel un groupe de gosses s'entraînait au kung-fu. Le plus rapide et le plus agile était une petite fille d'une douzaine d'années.

Le 126, Hester Street était un immeuble vétuste, à six étages, tout proche de la Bowery. J'allai me poster sur le trottoir d'en face et l'observai pendant un instant, mais il n'avait rien de particulier. C'était un immeuble de rapport typique du Lower East Side : vieux et sale, avec des briques écaillées et l'habituelle fresque de graffiti peints à la bombe sur le mur du rez-de-chaussée. Une échelle de secours métallique zigzaguait sur la façade, et la plupart des fenêtres qui permettaient d'y accéder étaient protégées contre les cambrioleurs par du grillage.

Au bout de dix minutes, je traversai la rue et me dirigeai vers l'entrée de l'immeuble en sortant de mes poches un calepin et un stylo et en prenant un air professionnel et blasé.

Le vestibule, exigu et sombre, sentait aussi mauvais qu'un cabinet d'aisances. La minuscule ampoule fixée au plafond était couverte de poussière, et je ne pus déchiffrer les noms inscrits sur les boîtes aux lettres qu'en maintenant la porte d'entrée ouverte avec mon pied. Je déplaçais lentement mon doigt d'une boîte à l'autre — il y en avait douze — lorsque la porte intérieure s'ouvrit et qu'un homme pénétra dans le vestibule.

Je lui souris et m'effaçai dans le coin pour le laisser

passer. Comme il ne bougeait pas, je souris encore et fis un geste en direction de la rue. Il ne bougea toujours pas.

— Qu'est-ce que vous cherchez ? me demanda-t-il.

C'était un balaise, un mètre quatre-vingts environ et une centaine de kilos, et, comme moi, il ne paraissait pas à sa place dans cet immeuble. Comme moi, il était de race blanche et vêtu d'un complet-veston, et, comme moi, il avait l'air d'un flic en civil. Il portait des lunettes noires, ce qui m'empêcha de voir ses yeux.

Aimablement, je suggérai :

— Vous pourriez peut-être m'aider ?

— Qu'est-ce que vous cherchez ?

— Vous habitez l'immeuble, monsieur ? demandai-je.

— Qu'est-ce que vous cherchez ?

Je montrai les boîtes aux lettres.

— Un certain Julio Gomez. (Je donnai une petite tape sur mon calepin.) Une histoire de traite impayée pour l'achat d'une télévision en couleurs.

— Quel nom ? dit-il.

— Gomez. Julio Gomez.

— Non. Jamais entendu parler de lui.

— Il se pourrait que ce soit Juan Gomez.

— Il n'y a pas de Gomez dans la maison, dit-il.

— Et si c'était Julio Lopez ? proposai-je. Ou Juan Lopez ? (Je ris, très copain-copain.) Pour tout vous dire, je les embrouille toujours, ces noms espingos.

— Il n'y a ni Gomez ni Lopez, dit-il. Il y a un Vasquez. Angelo Vasquez.

Je regardai mon calepin, hochai la tête et arborai mon expression la plus perplexe.

— Je suis bien au 126, Hester Street ? C'est pourtant l'adresse qu'on m'a donnée. (Je fis semblant de lire.) 126, Hester Street. Avec les grands magasins, c'est toujours la même histoire. Ce qu'ils veulent, c'est fourguer leur camelote, mais quand il s'agit d'encaisser, il n'y plus personne.

Je tournai de nouveau la tête vers les boîtes aux lettres, et l'homme posa sa main sur mon bras.

— Quelle maison représentez-vous ? demanda-t-il.

Je fis claquer ma langue.

— C'est confidentiel, répondis-je.

Sa main se resserra autour de mon bras.

— Allez, mon vieux, dégagez. Le propriétaire n'aime pas que des inconnus traînent dans l'immeuble.

— Vous représentez le propriétaire ? dis-je.

Il ricana.

— C'est confidentiel. (Il remonta sa main le long de mon bras jusqu'à ce que ses doigts soient tout près de mon aisselle.) Barrez-vous, bonhomme.

— Je pourrais essayer ce Vasquez ? dis-je. Peut-être qu'il...

— Ecrasez.

Il me poussa vers la porte. Je me laissai aller, trébuchai et me raccrochai au mur de façon à me trouver face aux boîtes aux lettres.

— Merde, dis-je d'un ton légèrement geignard. Je crois que je me suis foulé une cheville.

— Prenez appui sur l'autre pied, conseilla-t-il.

— Donnez-moi une seconde, voulez-vous ?

Il relâcha un peu son étreinte et, tout en gémissant et en tâtant prudemment le sol du pied, je pris connaissance de tous les noms que je n'avais pas encore eu le temps de lire. Andrew Holt occupait l'appartement 6R, autrement dit, le sixième étage sur cour.

— Ça ira, dis-je en contenant difficilement mon exaltation.

Je sortis en boitillant. Il me suivit, la main toujours près de mon aisselle, et ne me lâcha qu'une fois arrivé dans la Bowery.

— Ecoutez, mon gars, dit-il, commencez d'abord par vous renseigner. Il y a longtemps que vous faites ce métier ?

— Pas très , dis-je.

— Vérifiez où vous mettez les pieds, avant de vous précipiter. Les gens tiennent à leur vie privée... ils n'aiment pas être dérangés par des encaisseurs. Ça fait mauvais effet dans l'immeuble.

— Je crois que je vais essayer à côté, dis-je.

— Mon gars, dit-il avec lassitude, retournez donc à votre bureau chercher cette putain de merde d'adresse exacte.

— Eh bien, tant que je suis là, ça m'évitera de revenir si...

Il secoua tristement la tête, comme un vétérinaire devant un cheval qu'il va être forcé d'achever.

— Ne compliquez pas la vie aux gens, mon gars. Allez chercher cette putain de merde d'adresse exacte.

— Je crois que je vais prendre l'autobus qui remonte dans la Ville haute et aller vérifier l'adresse, dis-je.

— Maintenant, vous commencez à comprendre, fit-il. (Il me montra l'arrêt d'autobus.) Il passe là.

J'acquiesçai, claudiquai jusqu'au coin et attendis. Peu après, un autobus arriva et j'y montai comme si le marchepied était l'obstacle le plus pénible que j'aie jamais eu à franchir. Je ne regardai pas par la vitre pour voir si le balaise était toujours là, mais il m'avait fait l'effet d'être le genre d'homme à y être.

Je glissa la main sous mon veston et me massai l'aisselle. La douleur était aiguë, lancinante et, à mon idée, elle durerait un certain temps. Il était près de quatre heures de l'après-midi. J'espérai seulement qu'elle serait passée dans la soirée, parce que, une fois la nuit tombée, je retournerais au 126, Hester Street. Cette putain de merde d'adresse exacte.

27

Lorsque je redescendis dans la Ville basse, il n'y avait plus grand monde sur les trottoirs de la Bowery, et la plupart des rares passants étaient trop soûls pour voir plus loin que la bouteille de pinard qu'ils tenaient à la main. Le ciel étant couvert, je serais difficilement repérable sur le toit du 126, Hester Street, et comme la circulation était intense, le bruit des voitures couvrirait mes éventuelles maladresses.

Je m'étais changé : un vieux jean, un sweat-shirt à capuchon, un blouson bleu foncé et des baskets que je n'avais plus portés depuis le temps où je jouais au hand-ball au City College. Mes poches contenaient un petit bloc de papier, un stylo-feutre, un couteau suisse, une burette de Degrip-oil, une lampe-stylo et une petite peau de chamois. Une cordelette de nylon d'un mètre cinquante était enroulée autour de ma taille, et un appareil de photo Minox C chargé était suspendu à mon cou sous le sweat-shirt.

Au lieu de suivre la Bowery jusqu'à Hester Street, je tournai à gauche dans Grand Street et gagnai Christie Street, que je descendis vers le sud en cherchant un passage qui me ramènerais au 126, Hester Street. Il n'y avait pas de passage, ce qui m'obligeait à traverser l'un des immeubles de Christie Street. Je choisis le plus vieux, le plus sale, le plus malodorant que je pus trouver — plus l'immeuble était pauvre, moins j'aurais de chances de me faire interpeller —, traversai le vestibule et tournai sans hésiter la poignée de la porte intérieure. Dieu bénisse les mauvais propriétaires : la serrure était cassée et j'entrai sans difficulté dans un long couloir puant.

Une douzaine de pas m'amenèrent à la porte de derrière. Celle-ci était fermée par un verrou robuste, mais fixé au chambranle par trois petites vis de rien du tout. J'arrosai chacune d'elles d'une giclée de Degrip-oil, comptai jusqu'à vingt et les dévissai avec mon couteau. Pour être sûr que les paumelles ne grinceraient pas, je leur injectai également du Degrip-oil, et la porte s'ouvrit sans aucun bruit.

Dans la cour, je fermai les yeux et comptai à nouveau jusqu'à vingt. Lorsque je les rouvris, je distinguai autour de moi les silhouettes de cinq immeubles. Le sol était jonché de détritus, un matelas à moitié brûlé, un lavabo cassé, une pile de pneus usagés et des monceaux de vieux journaux. Je ne vis pas les rats, mais j'entendis leurs cris aigres et le grattement de leurs griffes sur le papier.

En m'arrêtant tous les deux pas, je fis prudemment le tour de la cour et m'arrêtai à la porte de derrière de chacun des immeubles pour voir le numéro qu'elle portait. La quatrième était celle du 126, Hester Street. Elle était fermée à clef, et l'échelle d'incendie était trop élevée pour que je puisse l'atteindre.

Je retournai à l'immeuble de Christie Street, m'y faufilai en faisant une prière pour que tous les locataires soient rivés à leur poste de télé ou en train de faire l'amour, et montai l'escalier deux marches par deux marches. Je venais de dépasser le quatrième étage lorsqu'une porte s'ouvrit juste au-dessous de moi. Je m'immobilisai un pied en l'air, la main crispée sur la rampe.

— Voyons, ma poupée, dit une voix d'homme, tu vas quand même pas me mettre dehors à cette heure-ci. C'est dangereux de se promener la nuit dans les rues.

Une femme gloussa.

— Je fais tout le chemin jusqu'ici, j'amène du vin,

j'amène de la gnôle, et maintenant tu me vires comme un malpropre. Qu'est-ce qu'il te prend, poupée ?

— Il est tard, dit la femme, et elle recommença à glousser.

— Tard ? Qu'est-ce que ça veut dire, poupée ? (Le ton changea.) Tu attends de la visite ? C'est ça, hein ? Quelqu'un qui t'apporte du meilleur vin et de la gnôle supérieure ? Tu peux me le dire, ma poupée, ça m'est égal, je suis pas jaloux.

La femme gloussa. J'entendis un bruit de gifle, suivi d'un petit cri.

— Faut qu'on tire un certain nombre de choses au clair, dit l'homme, et sa voix s'assourdit jusqu'à n'être plus qu'un murmure.

La main qui tenait la rampe commença à me faire mal. La femme marmonna une réponse. Il y eut un silence, puis j'entendis la porte se fermer et le déclic du pêne se logeant dans sa gâche. J'attendis que les bruits de pas aient cessé pour gravir rapidement les dernières volées de marches.

Sur le toit en terrasse, je me courbai le plus possible, courus jusqu'au premier interstice entre les bâtiments et me hissai sur le toit voisin. L'immeuble suivant était le 126, Hester Street, mais l'espace séparant les deux terrasses était trop large pour être enjambé : il fallait sauter. Je franchis la distance assez facilement, mais je me reçus tellement bruyamment que je fus certain d'avoir été entendu par tout le voisinage.

Je restai accroupi pendant un instant, l'oreille aux aguets, attendant des réactions de locataires curieux, mais les seuls bruits provenaient d'un pigeonnier édifié sur le toit, une reposante combinaison de frottements de plumes contre le grillage de la volière et de roucoulements étouffés.

Je me glissai jusqu'à l'escalier de secours desservant l'arrière du bâtiment et le descendis tout doucement, échelon par échelon, jusqu'à ce que mes yeux arrivent au ras de la fenêtre du sixième. Elle donnait sur une pièce pratiquement obscure — il n'y pénétrait qu'une faible lueur diffuse —, et je distinguai à peine le contour des meubles. Avant de m'adosser le plus confortablement possible à la rampe de l'escalier de secours, je me servis de ma peau de chamois pour nettoyer un petit coin de la vitre et sortis le Minox de sous mon sweatshirt. Et puis j'attendis.

Au bout de très, très longtemps, je commençai à avoir des crampes dans les jambes et dans le dos. Je changeai de position et essayai de contracter et de relâcher chacun de mes muscles à tour de rôle. Je m'y pris très mal : les crampes devinrent tellement douloureuses que j'étais prêt à hurler. Quarante ans n'est pas l'âge idéal pour planquer sur une échelle d'incendie.

Une lampe s'alluma dans la pièce et, une fraction de seconde après, un homme pénétra dans mon champ de vision. C'était celui qui m'avait viré de l'immeuble.

Il s'assit dans un grand fauteuil d'osier, s'y adossa et se mit à rire. Il avait ôté son veston et desserré sa cravate. Un baudrier était attaché sous son bras droit, et le pistolet qu'il contenait me parut être un browning calibre 9 mm. Il recommença à rire et dit quelques mots que je n'entendis pas.

Un petit homme mince, aux cheveux gris soigneusement coiffés, entra dans la pièce. Il avait un visage très menu et, en même temps, très expressif, un peu comme la tête du raton laveur. Les rides qui cernaient ses yeux et sa bouche lui donnaient une expression plus sarcastique que mélancolique, mais j'eus l'intuition qu'il devait lui arriver d'avoir l'air très triste, quand il avait le cafard. Il portait une veste d'intérieur vert foncé, si bien que je ne pus voir s'il avait un numéro tatoué sur l'avant-bras.

J'armai le Minox et le braquai sur lui, mais il se retourna pour parler à quelqu'un qui se trouvait derrière lui. Ce qu'il dit fit rire l'homme au browning, cette fois assez fort pour que je l'entende à travers la fenêtre fermée.

L'homme aux cheveux gris ayant disparu, je plaquai mon visage contre la vitre pour augmenter mon champ de vision. Je ne l'aperçus quand même pas.

Ce que je vis, appuyé contre un mur, ce fut un piano droit noir, un Winter poli comme un miroir, dont le clavier découvert semblait attendre les doigts du pianiste.

Je réglai le Minox et pris deux photos du piano. L'homme aux cheveux gris revint dans la pièce, se pencha sur le *pistolero,* lui chuchota quelque chose à l'oreille et lui tapa sur l'épaule. Pendant qu'ils riaient tous les deux, je pris une photo, puis une deuxième. Et une troisième lorsque l'homme aux cheveux gris se redressa. Et une autre lorsqu'il se tourna vers la porte. Et encore une quand l'homme au browning se leva et vint le rejoindre.

J'armais l'appareil, prêt à opérer une fois de plus, lorsque la personne que les deux hommes regardaient franchit la porte.

Elle ne paraissait pas plus de vingt ans, mais, avec les Chinoises, il est difficile de se prononcer. Elle pouvait aussi bien en avoir quarante que treize. Ses cheveux noirs lustrés lui descendaient jusqu'aux cuisses. Ses lèvres abondamment fardées de rouge écarlate, et ses paupières ombrées d'une nuance bleu-vert que je n'avais encore jamais vue, elle portait autour du cou une longue chaîne d'or, à l'extrémité de laquelle pendait un bouddha de jade vert, et un foulard de soie à franges, du même vert que le bouddha, drapait ses hanches et ses cuisses.

Elle resta figée devant eux, ses yeux bruns fixés droit devant elle comme s'ils guettaient l'arrivée d'un navire à l'horizon et la bouche à peine entrouverte, juste assez pour aspirer de petites bouffées d'air. Rien, dans son comportement, n'indiquait que, à moins de deux mètres d'elle, deux hommes la dévoraient des yeux comme une paire de tigres affamés observant un agneau au piquet.

L'homme au pistolet se pencha et dit quelques mots à l'oreille de l'homme aux cheveux gris. Celui-ci hocha la tête, sourit et s'approcha de la fille. Je pris une photo d'eux trois, puis une autre de lui et de la fille.

De la main gauche, l'homme aux cheveux gris écarta la main que la fille plaquait sur son sein droit et, de la main droite, dénoua le foulard à franges qui lui entourait les cuisses. La fille baissa les yeux et laissa tomber son autre main le long de son corps. L'homme aux cheveux gris recula pour mieux la regarder. Elle ouvrit alors un peu plus la bouche et passa sa langue sur sa lèvre inférieure, d'abord vers la gauche, ensuite vers la droite. Elle secoua ses cheveux et fléchit légèrement les genoux de façon que ses jambes s'entrouvrent.

L'homme aux cheveux gris se mit à quatre pattes, s'avança jusqu'à la fille et enfouit son visage dans son entrecuisse. La chevelure noire de la fille entoura sa tête grise d'un cadre vivement contrasté.

L'homme au browning fit un geste. La fille leva les bras au-dessus de sa tête, cambra les reins et se renversa en arrière jusqu'à ce que son corps forme un pont, pieds et paumes reposant à plat sur le sol. L'homme au pistolet attendit qu'elle ne bouge plus, vint se placer contre sa tête, ouvrit sa braguette et se laissa tomber à genoux.

Je pris encore six photos, remis le Minox sous mon sweat-shirt et entrepris de remonter l'échelle. Mes mains étaient moites et je haletais.

En me faufilant le long du toit, je remarquai que les pigeons étaient plus silencieux, et je me demandai s'ils se calmaient au fur et à mesure que la nuit s'avançait.

Soudain, je fus ébloui par le pinceau d'une lampe de poche en plein dans les yeux et une voix juvénile me demanda :

— Hé, vous, qu'est-ce que vous faites là ?

J'agitai la main en direction de la torche pour qu'elle se détourne, mais elle resta braquée sur moi et se rapprocha.

— Qu'est-ce que vous faites là, m'sieur ? répéta la voix.

— Eteignez ça, dis-je.

— Pas question que je l'éteigne, m'sieur. Expliquez-moi d'abord ce que vous faites sur le toit.

La lampe n'étant plus qu'à un mètre de moi, je me redressai et bondis. Au lieu d'attraper la lampe, j'empoignai un bras, et son propriétaire se débattit en poussant des cris d'orfraie. J'essayai de le faire taire en lui appuyant ma main sur la bouche, mais il gigotait trop, et, au moment où je le plaquais au sol, j'entendis s'ouvrir la porte donnant sur le toit.

— Qui est là ? demanda une voix que je connaissais.

Le gamin se tortilla sous moi et je lui enfonçai mon avant-bras dans la bouche.

— Qui est là, nom de Dieu ? dit la voix. (Des chaussures raclèrent le toit goudronné, puis s'arrêtèrent.) Montrez-vous un peu, sinon je viens vous chercher et je vous botte le cul.

Il fit encore quelques pas, puis s'immobilisa, et on n'entendit plus que le roucoulement des pigeons.

Sous moi, je sentais le cœur du gamin battre contre ma poitrine. Je me soulevai légèrement pour ne pas l'écraser, et il me planta ses dents dans le bras. Je réussis à retenir mon hurlement de douleur, mais je ne pus empêcher ma jambe de se détendre, et mon pied retomba en heurtant bruyamment le sol.

Les pas redémarrèrent. Je lâchai le gamin et bondis derrière le pigeonnier. Les pigeons se mirent à battre nerveusement des ailes, avec des roucoulements plus rapides et plus aigus.

J'aperçus l'homme au browning à travers le grillage du pigeonnier : penché en avant, il tournait la tête de droite et de gauche comme un chien de chasse cherchant la piste d'une bête déterminée dans une garenne giboyeuse. Il sortit quelque chose de sa poche. Une seconde après, on entendit un claquement sec et une petite flamme jaillit.

La flamme éclaira suffisamment pour que je constate que la braguette de l'homme était toujours ouverte. Et suffisamment pour qu'il m'aperçoive derrière le pigeonnier.

— Sortez de là, aboya-t-il. Immédiatement.

Je ne bougeai pas. Il referma son briquet, tira son pistolet de son holster, l'arma et le pointa sur le pigeonnier et sur moi qui me trouvais derrière.

— Hé là, m'sieur, dit le gamin. (L'homme tourna brusquement la tête, mais la ramena vers moi avant que je n'aie pu bouger.) Braquez pas votre putain de pétard sur mes pigeons.

— Fous le camp, môme, dit l'homme sans se retourner.

La voix du gosse grimpa d'une octave, moitié par peur, moitié par colère.

— M'sieur, ils sont à moi, ces pigeons.

— J'en ai rien à foutre, dit l'homme. Tire-toi, merdeux.

Le garçon hésita, indécis. Puis il enfonça sa main dans la poche de son pantalon et s'avança vers l'homme. Celui-ci l'attendit, pivota avec aisance sur ses talons et négligemment, presque paisiblement, le frappa en pleine figure avec le canon du browning.

Le garçon hurla. Je sortis de derrière le pigeonnier et fonçai. J'étais presque sur eux lorsque l'homme ramena son pistolet en sens inverse en cinglant le garçon sur l'autre côté de la figure. Le sang gicla de son nez et de sa bouche, aspergeant la chemise blanche de l'homme. Le gamin porta les mains à son visage. Dans l'obscurité de cette nuit sans lune, le sang qui s'écoulait entre ses doigts paraissait noir comme de l'huile de vidange.

L'homme leva son browning pour frapper le garçon une troisième fois, et je le percutai de plein fouet. Il perdit l'équilibre, et j'accompagnai sa chute d'un bon coup de pied dans les reins. Je voulus me laisser tomber sur son dos, mais, aussi vif qu'un animal, il roula sur lui-même et vint buter contre le garçon.

Celui-ci essaya de lui décocher un coup de pied, mais, avant qu'il n'en ait eu le temps, l'homme replia ses deux jambes et lui lança une ruade dans le ventre. Le garçon partit à la renverse et s'effondra sur le pigeonnier. La fragile structure de bois ne put supporter son poids ; elle vola en éclats, et le grillage fut arraché.

Roucoulant frénétiquement, les pigeons s'enfuirent du pigeonnier démoli et s'égaillèrent dans toutes les directions. Désespérément, le garçon tendit les bras pour tenter de rattraper les oiseaux affolés, mais ils étaient trop effrayés, lui était trop aveuglé par son sang, et ils lui échappèrent.

Le dernier pigeon se fraya un chemin par la brèche et se posa au sommet de la volière brisée. Le garçon essaya de le saisir, et l'oiseau s'éleva d'une trentaine de centimètres. Le garçon fit une nouvelle tentative et, cette fois, réussit à attraper le pigeon par une patte.

Celui-ci lui donna des coups de bec sur la main, mais le garçon tint bon. Le pigeon frappa plus fort et parvint à se libérer. Le garçon, dont le visage ravagé ruisselait de sang, sauta en l'air, les bras tendus, pour le rattraper. Le pigeon l'évita. Le garçon fit une deuxième tentative et, pour la seconde fois, lui saisit une patte. De nouveau, l'oiseau se libéra à coups de bec. Il s'envola une fois de plus et, une fois de plus, le garçon sauta.

Seulement, à ce moment-là, le pigeon était au-dessus de la cour, et son saut entraîna le garçon au-delà du bord du toit.

Il tomba sans un cri, et le bruit qu'il fit en s'écrasant six étages plus bas aurait pu être produit par la chute d'un gros sac d'ordures.

Le pigeon voleta au-dessus de la cour. Quand il comprit qu'aucune main n'essayait plus de l'attraper, il plana silencieusement jusqu'au pigeonnier, se posa dessus et roucoula doucement.

L'homme au browning avait disparu.

J'entendis des fenêtres s'ouvrir au-dessous de moi. Des gens s'interrogèrent mutuellement, en anglais et en espagnol, sur l'origine de ce bruit. Quelqu'un parla d'appeler la police. Un autre s'y opposa. Une personne suggéra d'aller voir. Une autre préféra se recoucher.

Je sautai sur le toit voisin, me hissai sur le suivant et me glissai sur le palier de l'immeuble de Christie Street. Il y avait du sang sur ma manche ; je retirai mon blouson, le roulai en boule et le fourrai sous mon bras. L'escalier était désert, et je le descendis quatre à quatre, sans ralentir avant d'avoir atteint la porte de la rue.

En remontant vers la Ville haute, je croisai une voiture de police qui descendait vers le sud. Pas de gyrophare, pas de sirène, pas de précipitation.

28

Cesar Concepcion — c'était le nom du gosse — n'eut droit qu'à la page 48 du *Daily News,* sous le titre : « Un jeune lycéen se tue en tombant d'un toit. »

Cesar Concepcion était un garçon de quatorze ans, qui vivait avec sa mère, son frère et ses trois sœurs, fréquentait le lycée de Seward Park, travaillait pendant le week-end au magasin d'alimentation Pioneer et, aux dires d'un voisin, passait le plus clair de ses loisirs avec ses pigeons, sur le toit de son immeuble. L'article, long d'une dizaine de centimètres, disait que la police enquêtait. Il ne faisait aucune allusion à la présence d'un intrus, ni au pigeonnier démoli, ni au sang de Cesar Concepcion répandu sur le toit, ni à Andrew Holt et à son browning 9 mm.

Je déchirai soigneusement la page du *News,* la pliai en quatre et la mis dans ma poche. L'article n'étant pas illustré d'une photo de la victime, je ne savais toujours pas à quoi ressemblait Cesar Concepcion : il faisait trop sombre, sur le toit, pour que j'aie pu discerner ses traits. Cela n'avait d'ailleurs pas grande importance, car il n'avait joué dans le mélodrame qu'un rôle secondaire. Il n'était pas un véritable acteur, comme Sacha Cherkhov : il n'avait rien de commun avec Max Weill, ni avec Auschwitz, ni avec des interférences psychiques. Ce n'était qu'un figurant superflu, qui s'était trouvé là par hasard et avait été éliminé.

Je réglai mon café, laissai le *News* sur le comptoir de la

brasserie et me rendis au laboratoire photographique pour voir si les clichés que j'avais pris la veille étaient développés. C'était l'une de ces journées anormalement limpides dont New York bénéficie sept ou huit fois par an, et les passants, dans la rue, se découpaient avec une surprenante netteté.

En arrivant au croisement de la Cinquième Avenue et de la Trente-neuvième Rue, j'aperçus devant moi un grand type vêtu d'un léger complet beige. Il s'apprêtait à traverser l'avenue. Je courus après lui en criant « Holt ! » l'empoignai par une épaule avec ma main gauche et levai mon poing droit pour le lui enfoncer dans la gorge jusqu'à la nuque.

Mais ce n'était pas Holt. Ce n'était qu'un inconnu à forte carrure, stupéfait qu'un dingue se soit permis de lui mettre la main à l'épaule sur la Cinquième Avenue par une belle matinée de mai.

— Excusez-moi, marmonnai-je. Je vous avais pris pour quelqu'un d'autre.

Je baissai les mains. Il serra son attaché-case sur son cœur en essayant de chasser la peur que reflétaient ses yeux, mais en y parvenant assez mal. Agé de trente-sept ou trente-huit ans, il avait une nette tendance à l'empâtement. Son visage exprimait la terreur imprécise qu'éprouvent les petits bourgeois de race blanche lorsqu'un individu louche les accoste dans la rue. Pour lui, j'étais une menace : un mendiant demandant la charité, ou un disciple farfelu d'une religion asiatique marginale, ou, pire que tout, un agresseur. Il savait par les journaux et par la télévision que, de nos jours, les agresseurs sont tous des criminels sadiques, qui vous détroussent d'abord et vous tuent ensuite pour le seul plaisir de tuer.

Lorsqu'il se fut assuré que ma peau était blanche et que je ne brandissais ni couteau ni revolver, il donna libre cours à sa légitime indignation.

— En voilà des façons, s'exclama-t-il. Regardez à qui

vous avez affaire, imbécile, avant de poser vos saletés de mains sur les gens.

Il m'avait peut-être pris pour un homosexuel en rut. Il grogna, redressa les épaules et traversa la chaussée d'un pas conquérant.

Je fis le reste du trajet les yeux baissés. Je ne tenais pas à provoquer une nouvelle altercation et, bouleversé et furieux comme je l'étais, je risquais de prendre n'importe quel grand gaillard pour Andrew Holt.

Les photos étaient prêtes. Pendant que je les payais, l'employé se pencha au-dessus du comptoir et me dit :

— Sensass. Quoi, merde, c'est vachement piqué. (Il sourit d'un air entendu.) Je n'aurais pas cru qu'on pouvait obtenir des clichés aussi fouillés avec un Minox.

Je restai une seconde perplexe, puis je compris qu'il parlait des photos de la Chinoise. Je clignai de l'œil.

— Vous n'avez encore rien vu, dis-je. Demain, je vous apporte celles de la mère et de la frangine.

— Je vous attends, dit-il.

Je me rendis dans le bureau de la Quarante-sixième Rue, fermai la porte à clef et coinçai une chaise sous le bouton. Lentement, je sortis les photos de la pochette. L'employé du labo avait dit vrai : elles étaient remarquablement nettes. Comme je l'avais déjà fait avec mes notes, je mis plusieurs jeux d'épreuves sous enveloppe et les expédiai à mes divers points de chute. Quant aux négatifs, je les envoyai à Abe.

Je retirai du dernier jeu les photos sur lesquelles figurait la fille et les fixai avec du scotch sous le tiroir supérieur du bureau. Je remis les autres dans la pochette.

Le silence de la pièce était oppressant, et j'essayai de dissiper cette ambiance en fumant une cigarette, suivie de trois autres. Mais cela ne changea rien, pour la bonne raison que le silence n'était pas dans la pièce, mais en moi. Et je savais d'où il venait, et je savais que je ne pourrais pas le chasser. Je téléphonai à Lilli Weill pour la prévenir que je serais chez elle vingt minutes plus tard.

29

La première photo que je remis à Lilli représentait Andrew Holt. Elle ferma les yeux une seconde, les rouvrit, regarda à nouveau la photo et déclara :

— C'est l'homme qui est avec Max le jour où je le vois. (Je lui passai une autre photo de Holt.) C'est un costaud, hein ? (Je hochai la tête et lui montrai une troisième photo de lui.) Oui, c'est bien lui.

Nous étions assis côte à côte sur le divan. Elle avait préparé du café et, cette fois, réussi à se procurer des croissants. Elle avait également acheté un pot de confiture de cassis. Comment avait-elle pu savoir que j'aimais la confiture de cassis ? Mystère.

Je sortis de la pochette une photo de l'homme aux cheveux gris et la tendis à Lilli.

Elle la prit à deux mains et la tint devant elle, à mi-distance entre ses yeux et son giron. Pendant longtemps, elle la contempla sans dire un mot, sans faire un geste. Soudain, j'entendis un bruit étrange, un ploc, ploc, ploc lent et régulier, et je ne compris de quoi il s'agissait que quand je baissai les yeux et m'aperçus qu'il était produit par les larmes de Lilli tombant goutte à goutte sur la photographie.

Je lui passai un autre cliché, puis le reste des épreuves. Lorsqu'elle eut fini de les examiner, elle les remit en paquet et les regarda encore une par une. Elle recommença sept fois.

Finalement, elle demanda :

— Il va bien ?

— Apparemment, dis-je.

— Il paraît en bonne santé, dit-elle. Il a pas tellement vieilli. Il est beau, hein ?

Elle tendit brusquement les mains, les photos posées sur ses genoux glissèrent sur le tapis et, avant que je n'aie pu me lever pour les ramasser, elle me jeta les bras autour du cou et se blottit contre ma poitrine.

En l'espace de quelques secondes, ses larmes transpercèrent mon veston et ma chemise et s'infiltrèrent jusqu'à ma peau. Lilli pleura longtemps, d'abord doucement, régulièrement, puis bruyamment, jusqu'au moment où ses sanglots et ses larmes cessèrent pour faire place à une sorte de lamentation, de gémissement.

C'était un bruit que je n'avais encore jamais entendu, et il émanait d'un sentiment qui m'était étranger. Ce n'était pas de la souffrance : j'arrive à la reconnaître. Ce n'était pas non plus du soulagement : c'est un son qui m'est familier. Dans ce bruit, il y avait toute une vie d'attente, le regret de chacun des repas qui n'avaient pas été pris ensemble, de chacune des nuits qui n'avaient pas été passées dans les bras l'un de l'autre, de toutes les extases partagées et de toutes les difficultés partagées dont elle avait été frustrée.

Tandis que la plainte s'échappait de ses lèvres, je me surpris à la serrer dans mes bras aussi fort qu'elle me serrait.

Un soir, dans les derniers temps de mon mariage, au cours de l'une de nos disputes les plus éprouvantes, ma femme m'avait dit : « Ne traîne pas tout dans la boue, Kevin. Ce n'est pas parce que les choses vont mal en ce moment qu'il faut tout gâcher. Ne nous vole pas notre passé. » Et je m'étais efforcé de ne pas le faire, mais je n'avais pas vraiment compris ce qu'elle voulait dire. Pour moi, à ce moment-là, ce soir-là, il n'y avait plus que de la boue, une fange qui nous engloutissait tous les deux, et il ne me semblait pas qu'aucun fragment de notre passé, des dents de scie de notre passé conjugal, méritait d'être préservé.

Pour moi, comme je l'avais crié un jour à mes murs, l'ennemi, c'était la mémoire. Mais là, pendant que Lilli Weill pleurait sur mon épaule, je n'en étais plus aussi sûr. Je commençais à me dire que si les souvenirs de la vie commune peuvent vous rendre fou, le fait que l'on vous ait dérobé ces souvenirs peut vous laisser tellement vide que la folie est peut-être une bénédiction.

Quand Lilli se tut, releva la tête et s'essuya le visage avec une serviette en papier, ses yeux étaient si gonflés qu'elle pouvait à peine les ouvrir.

— Il faut que je le voie, dit-elle. C'est possible, oui ?

Je ne savais absolument pas si ce serait possible ou non.

— Vous le verrez, dis-je, et je l'aidai à gagner la salle de bains pour se passer de l'eau fraîche sur la figure.

30

De chez Lilli, je me rendis au 126, Hester Street.

Je n'en attendais rien et je n'en tirai rien.

Un commerçant me raconta qu'un camion était arrivé à sept heures du matin et que trois déménageurs avaient vidé l'appartement 6R en moins d'une heure. Les flancs du fourgon ne portaient aucune raison sociale, aucun numéro de téléphone. D'après le commerçant, les hommes ressemblaient à des déménageurs : costauds, stupides et suants. Les locataires du 6R n'avaient pas assisté au déménagement.

Je n'obtins rien non plus du bureau de poste. Aucun des occupants du 126, Hester Street n'avait demandé qu'on lui fasse suivre son courrier. J'appelai la compagnie du téléphone et celle de l'électricité : M. Holt avait soldé son compte et n'en avait pas ouvert de nouveau. Merci.

Je sortis de la cabine téléphonique et remontai la Bowery à pied. J'avais terriblement besoin d'action, mais je ne savais pas quoi faire. J'avais trouvé Max Weill, je l'avais perdu, et il fallait que je le retrouve à cause d'une promesse inconsidérée à une vieille dame en larmes. J'essayais d'avoir une idée, n'importe laquelle, mais mon cerveau refusait tout effort. Il s'était mis en grève, et aucune sollicitation, aucune flatterie, aucune prière ne put le décider à reprendre le travail.

Je rentrai donc chez moi. Tout le monde a droit à un jour

de repos. Quelques minutes après mon arrivée, on sonna à la porte de la rue. Un livreur monta l'escalier et me tendit un bouquet et un reçu. Je signai le reçu, donnai un dollar au livreur et déchirai le léger emballage rose qui enveloppait les fleurs.

Six roses blanches et six roses jaunes. La carte disait : « Je remercie le remarquable M. Fitzgerald. Affectueusement, Lilli. »

31

Le soir, Fiona Shaw vint me voir.

Lorsqu'elle arriva, j'avais beaucoup bu, et quand j'essayai de lui expliquer ce qui s'était passé, je mélangeai tout. Elle commença par m'écouter attentivement, puis posa le bout de ses doigts sur mes lèvres et secoua la tête.

— Tu me raconteras ça plus tard, dit-elle.

Très lentement, très prudemment, comme si nous rampions au milieu d'un champ de mines, nous nous embrassâmes et nous déshabillâmes. Puis, tels deux enfants s'examinant mutuellement pour la première fois, nous nous assîmes par terre et procédâmes à l'exploration de nos anatomies respectives, comptant les taches de rousseur, découvrant des marques de naissance et comparant la disposition de nos pilosités. Elle se pencha vers moi, posa son nez sur ma poitrine et, reniflant à petits coups, remonta jusqu'à ma pomme d'Adam, longea mon épaule, s'attarda sous mon aisselle et descendit l'intérieur de mon bras jusqu'à la paume de ma main. Quand elle entreprit un nouveau circuit, je commençai à lui en faire autant, et lorsque j'eus atteint, au-delà de sa cuisse, la pliure de son genou, j'étais capable d'identifier chacune des odeurs intimes de son corps. Nous ressemblions à deux chiots dans une prairie, à nous flairer mutuellement et à apprendre, comme font les chiens, la biographie du partenaire par ses senteurs.

Nous ne disions pas un mot, et quand nous nous mîmes à nous embrasser, il n'était plus question de parler la bouche pleine. On n'entendait aucun bruit, pas une voiture passant en vrombissant dans la rue, pas une radio de voisin, pas un caquetage de perruche, pas d'allées et venues sur le palier. Nous étions aussi seuls que deux êtres peuvent l'être à New York, et cela aurait dû être merveilleux.

Mais ce n'était pas merveilleux. En partie à cause de ce qui m'était arrivé au début de la journée. Et en partie parce que nous étions effectivement deux New-yorkais en 1984. Deux personnes d'un certain âge, vivant à une certaine époque. L'un comme l'autre, nous en savions trop long, nous avions eu trop d'autres partenaires, essayé trop de positions et flirté avec trop de perversions, si bien que nos tentatives pour faire semblant d'être innocents et purs étaient entachées de tellement de savoir-faire que nous parvenions à peine à nous rappeler comment il fallait s'y prendre. Nous étions prisonniers de notre compétence et de notre expérience, et, comme les pianistes dont m'avait parlé Norman Azenberg, nous savions jouer les notes, mais pas faire de la musique.

Je m'écartai.

— Qu'est-ce qui te prend ? dit-elle.

— Je ne sais pas, répondis-je. Peut-être que je suis trop soûl. Ou trop contrarié.

— Tu n'as pas envie de moi ?

— La question n'est pas là, dis-je, et c'était vrai.

J'allumai une cigarette et regardai Fiona. Elle paraissait effrayée.

— Je ne veux pas m'en aller, dit-elle.

— Je ne veux pas que tu t'en ailles.

— J'étais si contente que tu me demandes de venir te voir, dit-elle. C'est si rare que tu demandes quelque chose.

— Je ferai un effort, promis-je avec sincérité. (Je levai la main et caressai sa nuque.) Il t'est déjà arrivé d'aimer, Fiona ?

Elle ouvrit de grands yeux :

— S'il m'est arrivé d'aimer ? Qu'est-ce que ça veut dire ?

— Je ne sais pas au juste. Quand j'ai montré à Lilli les photos de son mari, elle...

— Quoi ? (Elle avait blêmi.)

— Quand j'ai montré à Lilli...

Son bras se détendit comme un serpent et ses doigts m'agrippèrent le poignet.

— Il est vivant ? (Elle me secoua énergiquement.) Max Weill est vivant ?

— Je te l'ai dit tout à l'heure...

— Non, tu ne me l'as pas dit. Je n'ai pas compris un mot de ce que tu racontais. (Elle respira à fond.) Tu es sûr qu'il est vivant ?

— Oui, j'en suis sûr.

— Oh, Kev ! (Elle s'enroula autour de moi et me couvrit la figure de baisers.) Oh, Kev ! (Elle recula sa tête.) Raconte-moi tout. Où est-il ?

— Je n'en sais rien. La dernière fois...

— Je ne comprends pas. S'il est vivant et si tu as montré des photos de lui à Lilli, comment peux-tu ignorer où il se trouve ?

— La dernière fois que je l'ai vu... Ecoute, les détails importent peu. En ce moment, il est parti.

— Parti ! (Elle bondit sur ses pieds.) Parti ! Parti où ?

— Je ne sais pas, mais...

— Mais enfin, tu l'as cherché ? Comment as-tu pu le trouver, le photographier et ensuite le laisser filer ? Qu'est-ce qui t'arrive ?

Elle se tenait debout au-dessus de moi, et comme elle avait les jambes écartées, chaque fois que je levais les yeux, mon regard tombait en plein sur son sexe.

— S'il te plaît, Kev, veux-tu cesser de lorgner ma chatte et me parler de Max Weill.

Je la pris par la main, l'obligeai à se rasseoir par terre et à se tenir tranquille.

— Je ne sais pas où il est, mais je le découvrirai. Tu veux bien te calmer, maintenant ?

Elle se détendit et se blottit contre moi.

— Je m'excuse d'avoir crié, dit-elle. Quel genre d'homme est-ce ?

— Je l'ignore, dis-je. Nous n'avons pas causé ensemble.

— Comment l'as-tu trouvé ?

— C'est une longue histoire, dont la plus grande partie est assez ennuyeuse et le reste est incompréhensible.

— Ça m'est égal, dit-elle. Je veux savoir.

Je lui fis un résumé succinct des faits, et l'incorrigible reporter qu'elle était entreprit aussitôt de me mitrailler de questions.

— Mais qu'est-ce que la C.I.A. vient faire là-dedans ?

— Je l'ignore.

— Qui est ce Holt ?

— Je l'ignore.

— Tu crois qu'il appartient à la C.I.A. ?

— Je l'ignore.

— Parce que, s'il appartient à la C.I.A. Max appartient peut-être aussi à la C.I.A. Qu'est-ce que tu en penses ?

— Je l'ignore.

— Oh, Kev !

Elle fit la moue. Mais ce n'était pas sérieux. Ses yeux brillaient d'excitation et de plaisir, comme ceux du petit garçon qui vient de découvrir l'endroit où sa mère cache sa monnaie.

— Je croyais que, pour toi, Lilli n'était pas un sujet de reportage ?

Elle eut un sourire rusé.

— Je n'ai jamais dit ça. J'ai dit qu'elle m'intéressait beaucoup. J'ai également dit qu'elle pourrait faire un article formidable. C'est vraiment une histoire sensationnelle, Kev : l'amour et la mort, le présent renouant avec le passé, le passé rattrapant le présent... Merde, tous les éléments y sont.

— N'oublie pas la musique, dis-je ironiquement.

Elle était trop excitée pour remarquer le sarcasme.

— C'est juste, c'est juste, la musique. Kev, laisse-moi collaborer avec toi. Laisse-moi parler à certaines personnes.

— Non.

— Kev, je connais des spécialistes de ce genre de reportage. Laisse-moi...

— Non.

— D'accord, aboya-t-elle. Parle-leur toi-même.

— Non. C'est sa vie, Fiona, ce n'est pas un sujet d'article.

Elle se rebiffa.

— Ne le prends pas de si haut, Kev. C'est mon métier, et il n'est sûrement pas pire que le tien. Je ne ferais aucun tort à Lilli Weill en publiant son histoire.

— Tu ne lui ferais pas de bien non plus.

— Kev, dit-elle, je ne comprends pas ton attitude. Nous faisons exactement la même chose : nous fouinons dans la vie privée des gens pour notre profit, ou pour le profit des clients qui nous payent, et nous tirons parti de ce que nous découvrons. Tu en tires parti d'une certaine façon, moi d'une autre. Tu voudrais me faire croire que tu causes moins de dommages que moi ? Quand tu enquêtes sur quelqu'un et que tu déterres le plus de merde possible sur son compte pour que ton client puisse paraître à son avantage, tu prétends que tu ne causes pas de dommages ? Je connais certaines des affaires dont tu t'es occupé. Pas de baratin avec moi, Kev.

— Lilli Weill... commençai-je.

— Lilli Weill m'intéresse autant que toi, Kev. Tu n'as pas besoin de la défendre contre moi. (Elle me caressa la poitrine.) Mais je suis contente que tu te soucies suffisamment d'elle pour la protéger. (Elle dessina un F sur mon sternum avec l'ongle de son pouce.) Ne parlons plus de reportage pour l'instant. Je n'ai pas envie de me disputer avec toi ce soir.

— Autant pour moi.

— Je suis ravie que tu aies trouvé Max Weill, je suis sûre que Lilli l'est également, et je me réjouis de savoir que tu penses pouvoir le retrouver. Affaire classée. (Elle m'embrassa le lobe de l'oreille.) Tu me parlais d'amour.

Je gardai le silence.

Elle prit du recul pour me dévisager.

— Ne boude pas, Kev. Parle-moi. (Deuxième baiser sur le lobe de l'oreille.) Allez, Kev, parle-moi.

— Un autre jour.

— Kev, il ne faut pas avoir peur d'un peu d'intimité. Je ne te tuerai pas. (Elle rit.) Ou alors, ce sera une façon de mourir très agréable. Parle-moi.

— Je n'avais jamais rien vu de semblable à ce que j'ai vu aujourd'hui, dis-je. Elle l'a attendu toute sa vie, et c'est une chose que je ne peux pas comprendre. Pour moi... (Je me tus.)

— Continue, dit-elle.

— Pour moi, l'amour a toujours été un contrat. Je t'aime, donc je me conduis d'une certaine façon. Tu m'aimes, donc tu te conduis d'une certaine façon. Parce que je t'aime, je suis peut-être un peu plus coulant avec toi que je ne le serais avec quelqu'un d'autre, et tu en fais autant pour moi. Mais il y a toujours une limite.

— Quel genre de limite ? demanda-t-elle.

— Autrefois, j'avais un chien. Un chien épatant, je l'adorais, mais chaque fois que je m'absentais, ne fût-ce que pendant dix minutes, il bouffait quelque chose. Tous les jours. Un beau jour, il a bouffé pour cinq mille dollars de matériel photographique, et je l'ai donné à des amis qui avaient un jardin. Il avait atteint sa limite.

— Tu aimais plus tes caméras que ton chien, s'étonna-t-elle.

— Si tu veux, dis-je. Je sais ce que tu penses. J'aurais dû

écraser le coup. Je devrais laisser les gens agir à leur manière et ne pas m'attendre à ce qu'ils se comportent comme je le souhaiterais. La manière du chien, c'était de bouffer des objets, c'est ce que font les chiens qui s'ennuient, et j'aurais dû l'accepter. D'accord, je ne l'aimais pas suffisamment pour l'accepter tel qu'il était. Je dois faire partie de ces gens qui ne peuvent aimer leurs semblables que tant qu'ils se conduisent d'une certaine façon. Et il se peut que ce ne soit pas de l'amour. C'est peut-être quelque chose d'autre, un accord commercial, un marché, je ne sais pas.

— Mais cela ne te satisfait plus ?

— Non, cela ne me satisfait plus. Bon Dieu, qu'est-ce que tu crois que j'ai ressenti chez Lilli, quand je la serrais dans mes bras pendant qu'elle pleurait Max Weill ? Qu'est-ce que tu crois que j'ai ressenti en la voyant se cramponner à une connerie de fantôme pendant quarante années, bordel ? Quarante années à vénérer un fantôme, alors que je plaque des chiens que j'aime, des femmes que j'aime, des amis que j'aime, et que je me retrouve avec une succession de contrats bien en règle. Non, cela ne me satisfait plus.

— Eh bien, dit-elle.

— Qu'est-ce que ça signifie, ce « eh bien » ?

— Serais-tu en train de devenir romantique à l'âge de quarante ans ?

— Je suis en train de devenir con. La vérité, c'est que je ne sais plus où j'en suis. Tout me paraît idiot. Le comportement de Lilli est dingue. Le mien est catastrophique. L'autre façon de faire, celle de mes parents, qui ont passé toute leur existence à essayer de se réformer mutuellement, est la pire de toutes. Pourquoi se casser la tête ? Tout ça, c'est de la connerie. Un truc qu'on apprend dans les films de série B et les bouquins de troisième ordre. L'amour, on le chante, on en rêve, on en parle, mais on passe la plus grande partie de son temps à s'occuper d'autre chose. Prends n'importe quelle semaine de ta vie, aussi loin que remontent tes souvenirs, et dis-moi combien d'heures de cette semaine tu as consacrées à l'amour. Sept ? Quatorze ? Vingt et une ? Dans une semaine, il y a au minimum cent heures d'activité, même chez les gros dormeurs.

Elle tendit la main vers moi et me tira doucement l'oreille.

— Mon père faisait cela quand il voulait que je l'écoute attentivement. (Elle sourit innocemment, ce qui la rajeunit d'une vingtaine d'années.) Quand j'étais petite, je croyais que si quelqu'un vous aimait, s'il vous aimait vraiment, sincèrement, croix de bois, croix de fer, si je meurs je vais en enfer, on ne ferait jamais rien de mal. On ne mentirait pas, on ne tricherait pas, on ne détournerait même pas les yeux. Tu n'as jamais cru cela ?

— Non, je ne pense pas.

— Kev, existe-t-il une personne en qui tu as confiance ?

— Pas vraiment.

— Tu n'as pas envie d'avoir confiance en quelqu'un... en moi ?

Pendant un bon moment, je ne répondis pas, peut-être parce que je ne connaissais pas la réponse, peut-être parce que je n'avais pas suffisamment confiance en elle pour lui répondre. Je trichai en lui demandant :

— Il t'est arrivé de le souhaiter ?

— Et comment ! Kev, je voudrais avoir confiance en toi... Seigneur ! je voudrais avoir confiance en moi-même. (Elle tira à nouveau l'oreille.) Je crois à ce que je ressens pour toi. (Elle sourit, mais il y avait de la peur derrière son sourire.) Tu crois en tes sentiments à mon égard ? (Avant que je n'aie pu ouvrir la bouche, elle posa son doigt sur mes lèvres.) La vérité, Kev. Est-ce que tu crois à ce que tu éprouves pour moi ?

— La vérité ? dis-je. (Elle acquiesça.) Je ne sais pas. Sincèrement.

Elle entoura mon cou de ses bras et m'attira contre elle.

— Bon, murmura-t-elle, eh bien je suis là, tu es là, deux êtres nus, unis par la méfiance. D'accord. Tu donnes ce que tu peux et tu me laisses donner ce que je peux.

— Et qu'est-ce que tu peux donner ?

Elle hésita.

— La même chose que d'habitude.

— C'est-à-dire ?

Elle ricana d'un air lubrique.

— Un peu de volupté. Un peu de chaleur. Un peu de terreur, conduisant à un peu de malhonnêteté, qui conduit à la petite trahison habituelle.

Je lui léchai le bout des doigts.

— On pourrait commencer par la volupté.

Elle se pencha en avant en ouvrant la bouche et, brusquement, se rejeta en arrière.

— Non, dit-elle.

— Non ?

— Ne me baise pas, Kev. Fais-moi l'amour.

Je lui fis l'amour. Et, plus tard, je recommençai. Et quand je fus fatigué, elle me fit l'amour. Et recommença. Et puis je lui fis encore une fois l'amour.

Et finalement, après bien des flux et des reflux, après avoir utilisé tous les trucs que chacun de nous avait appris, nous découvrîmes une petite fissure dans le mur de notre méfiance et nous y faufilâmes. Et nous fîmes l'amour ensemble.

Pas élégamment, pas tendrement, et, jusqu'aux toutes dernières minutes, pas même passionnément. Nous étions trop fatigués pour l'élégance et la tendresse, si fatigués qu'il ne nous restait plus que le dépouillement. Nous fîmes donc l'amour avec dépouillement, ce qui veut peut-être dire que nous le fîmes avec sincérité, sans nous mentir avec des mots, ni avec nos corps ni même avec nos yeux. Et quand vint la passion, juste avant l'aube, elle fut si dépouillée et si sincère que pendant un instant, avant qu'elle ne nous terrifie au point de nous faire perdre connaissance, nous nous sentîmes fondre et nous amalgamer.

32

Mon bureau avait été fouillé par des gens qualifiés et consciencieux, qui n'avaient négligé ni les tiroirs, ni les classeurs, ni le placard, ni le dessous des sièges, ni le dos des vieilles gravures qui ornaient les murs. Bien que manifestement professionnels, ils avaient remis les meubles en place avec suffisamment de négligence pour que je me rende immédiatement compte de leur passage.

Je songeai aussitôt qu'ils risquaient de s'attaquer ensuite à mon appartement, mais comme, là non plus, ils ne trouveraient rien, je cessai de me tracasser pour cela.

On frappa à la porte de la salle d'attente. J'appuyai sur le bouton déclenchant l'ouverture, attendis d'entendre le battant se refermer, branchai le magnétophone et me levai.

— Par ici, criai-je.

Un petit homme trapu — il ressemblait à un cervelas — entra en coup de vent et s'approcha du bureau d'un pas dansant en agitant la main gauche et la main droite tendue. J'ai toujours associé ce genre de double salutation avec les politiciens en cours de campagne électorale.

— Ravi de faire votre connaissance, dit-il comme s'il avait attendu ce moment toute sa vie. Je suis Jeff Rydell.

Je lui serrai la main.

— Vous tombez mal, monsieur Rydell. J'allais sortir.

— Désolé, désolé, désolé, dit-il. Je suis un ami de Fiona Shaw, et elle m'a dit que vous vous occupiez d'une affaire où un coup de main pourrait vous être utile. (Il s'aperçut que je faisais la grimace.) J'avais cru comprendre que vous étiez d'accord. Ce n'est pas le cas ?

— Eh bien...

Il rit gaiement.

— Quand Fiona veut rendre un service, rien ne l'arrête. Vous pouvez refuser, vous savez. Je ne m'en offusquerai pas.

Je pesai le pour et le contre, et les avantages pratiques finirent par l'emporter.

— Qu'est-ce qu'elle vous a raconté ?

— Pas grand-chose. Une vieille femme cherche son mari, et la C.I.A. est dans le coup d'une manière quelconque.

— Pourquoi Fiona pense-t-elle que vous pouvez m'être utile ?

Il tira une carte de visite d'un étui métallique et la fit glisser sur le bureau. Elle portait : *Trans-Globe Report*, Jefferson Rydell, éditeur.

— Je publie une sorte de bulletin d'information international : affaires, politique, économie. Renseignements confidentiels à l'usage des gros négociants. De temps en temps, il m'arrive de bavarder avec un transfuge. Certains d'entre eux me communiquent parfois des tuyaux intéressants.

J'approuvai d'un hochement de tête, et nous nous rendîmes dans une brasserie de la Sixième Avenue, où nous nous installâmes dans un box. Rydell avait un visage ouvert, amical, des joues roses et des yeux bleus tout ronds qui brillaient continuellement derrière des verres de contact. Sa façon de pencher la tête de côté le faisait ressembler à un fox-terrier curieux. Il n'avait pas l'air d'un homme qui publiait un bulletin d'information pour gros brasseurs d'affaires. Avec son complet de toile fripé, ses richelieus noirs, ses chaussettes en coton blanc et sa montre digitale multifonction, on l'aurait plutôt pris pour le chef des ventes d'une fabrique d'engrais. Seule note discordante : son corps ; au lieu d'être flasque, il était agile et dur.

Il remua son thé avec sa petite cuiller et m'observa en attendant que je me décide. Sans me bousculer, en attendant, simplement. Lorsque j'eus allumé une cigarette, il suggéra gentiment :

— Le plus simple serait peut-être de commencer par le commencement...

Je lui en dis suffisamment pour lui donner une idée d'ensemble. Il m'écouta avec attention, en hochant par moments la tête, mais discrètement.

— Qu'est-ce que vous en pensez ? demandai-je.

Il attendit que la serveuse lui ait apporté un autre pot d'eau bouillante, remplit sa tasse, s'adossa à la banquette et sourit d'un air satisfait.

— La seule chose qui paraisse bizarre, là-dedans, c'est que Weill ait été un prisonnier. A la fin de la guerre, tous les services de renseignements alliés — surtout les Américains — ont embauché des nazis. Pourquoi gaspiller tant de compétence ? Je n'ai jamais entendu dire qu'ils avaient embauché des prisonniers.

— Pourquoi ne l'auraient-ils pas fait ?

— Pour deux raisons. La première, c'est que les nazis dont ils se sont assurés les services étaient des professionnels. La seconde, c'est que le rôle des transfuges est d'établir des contacts. Un type comme Weill... avec qui pourrait-il entrer en contact ?

— Avec qui les nazis étaient-ils en rapport ? demandai-je.

— Avec toutes sortes de personnes. Des politiciens, des magistrats, des généraux, n'importe qui. Il ne faut pas oublier que tous ces gens-là ont grandi ensemble. Quelle que soit l'orientation qu'ils ont choisie après la guerre, ce sont de vieilles connaissances. Donc....

— Attendez, attendez, attendez ! m'exclamai-je. Vous permettez que je vous soumette une hypothèse ?

— Bien sûr, monsieur Fitzgerald. Mais commencez par vous asseoir.

— A Auschwitz, Max Weill noue des liens d'amitié avec un certain nombre de gens. D'après ce qu'on m'a raconté, tout le monde l'adore. Après la guerre, ses amis rentrent chez eux... en Pologne, en Russie, dans les pays de l'Est. Quelques-uns se mettent au service de leur gouvernement communiste.

« D'autre part, vous avez dit que les Américains avaient embauché du monde. Bon. Supposons que, à la fin de la guerre, un agent des services de renseignements américains interroge Max Weill et découvre que ce petit pianiste maigrichon est l'ami intime de toutes sortes de gens qui sont repartis à l'Est. Si vous étiez cet agent, vous ne prendriez pas le risque de mettre Max Weill au boulot ?

Rydell réfléchit un instant.

— Peut-être. Quoique le rendement potentiel paraisse bien aléatoire.

— D'accord, dis-je, c'est une opération à long terme. Mais admettons que, un beau jour, l'un de ces amis intimes devienne un gros bonnet ? Même si cela doit prendre des années, le résultat final est tellement important que le jeu en vaut la chandelle.

— Monsieur Fitzgerald, il ne faut pas confondre amitié et contact.

Je faillis hurler.

— Vous vous trompez du tout au tout. Vous savez pourquoi cet ami intime se mettra à table avec Max Weill ? Parce qu'ils ont traversé l'enfer ensemble, parce qu'ils s'adorent ; les liens qu'ils ont noués à Auschwitz ont plus de valeur pour eux que n'importe quoi d'autre.

Rydell me tapota le bras avec sympathie. Il me rappela mon prof de math m'annonçant que j'avais décroché un 58 à l'examen probatoire.

— Monsieur Fitzgerald, vous raisonnez en homme du XIIIe siècle. Votre théorie est parfaite, à l'exception de ses prémisses. J'ignore la raison pour laquelle la C.I.A. s'intéresse à Max Weill, mais...

Je lui coupai la parole.

— Vous ne voyez donc pas la beauté de l'opération ? Vous savez comment les flics s'y prennent pour s'attacher un indic ? Ils s'en font un copain. L'indic renseigne un flic déterminé et lui seul. Si ce flic vient à prendre sa retraite, il réussit parfois à refiler son indic à un collègue. Mais pas toujours. Considérez Max Weill comme un flic disposant d'un merveilleux indic, ou de plusieurs merveilleux indics. Des indics qui ne parleront qu'à lui, exclusivement. On ne peut les repasser à personne d'autre, parce qu'il est trop tard pour s'en faire des copains. Leur intimité avec Weill remonte à plus de quarante ans ! (J'étais tellement excité que je m'étais mis à taper sur la table ; je me ressaisis.) Excusez-moi. Sans lui, tintin, conclus-je en ouvrant les mains, paumes en dessus.

— En admettant qu'il y ait quelque chose de vrai là-dedans, dit-il avec indulgence, pourquoi ici ? Pourquoi pas en Europe ?

— Je ne sais pas. Mais... mais... Ecoutez, au bout de si longtemps, il se peut qu'il ne lui reste plus que quelques copains utilisables. Peut-être les suit-il de capitale en capitale : Paris, Varsovie, Londres, Budapest, Washington. Je veux dire que Max ne doit pas rester le cul sur sa chaise pendant qu'ils se déplacent. Où tu iras, j'irai, ou quelque chose dans ce goût-là.

— D'accord, monsieur Fitzgerald, admettons. Mais pourquoi New York ? Ça ne tient pas debout.

— C'est faux, rétorquai-je. Tous les pays de l'Est ont une délégation à l'O.N.U. Weill pourrait avoir des copains dans chacune d'elles. (Une idée m'éblouit.) Vous n'avez jamais eu l'occasion de rencontrer un certain Leo Hirsch ?

— Leo Hirsch ? répéta-t-il d'un ton surpris. Leo

Hirsch... celui de la délégation de la R.D.A.? (J'acquiesçai, et il éclata de rire.) Pauvre Leo. (Il secoua la tête en souriant.) Je doute fort que Leo soit votre homme. Dans ma branche, tout le monde connaît Leo. On suppose que si les Allemands l'ont envoyé ici, c'est parce qu'ils estiment que c'est là qu'il fera le moins de dégâts.

— C'était un ami de Weill et il est à New York, ripostai-je, à la fois déçu et irrité.

— Leo est un petit attaché commercial de rien du tout... un vulgaire scribouillard. Le peu qu'il sait ne m'est pas utile à grand-chose... et n'intéresse sûrement pas la C.I.A. (Il tapota ma manche.) N'oubliez pas que c'est ma partie.

— Ça mérite d'être approfondi, m'entêtai-je.

— Bien sûr, acquiesça-t-il, bien sûr. Mais si j'étais vous et si je croyais réellement à mon hypothèse, je m'efforcerais de retrouver d'autres amis de Weill. Interrogez les associations d'immigrants, les syndicats de musiciens, les spécialistes de l'Holocauste, les journalistes détachés à l'O.N.U., ceux qui couvrent le corps diplomatique à Washington, les pensions de famille des Catskills, les palaces de Miami, les maisons de retraite, l'Hadassah, le B'nai B'rith, la Guilde du Travail; passez des petites annonces dans *Variety*, dans le bulletin des concerts, dans toutes les revues musicales que vous pourrez trouver... Beaucoup de juifs rescapés des camps de la mort vivent maintenant en Amérique.

Je lui souris.

— Vous feriez un excellent détective.

Il me rendit mon sourire.

— Je travaille dans l'information.

Je réglai l'addition et nous sortîmes dans la Sixième Avenue. L'air était devenu moite, pesant. Le temps de sortir une de mes cartes professionnelles pour la lui remettre, nous étions tous les deux en nage. Rydell examina ma carte avec autant d'attention que s'il espérait y découvrir un renseignement mirobolant. Quand il releva la tête, il me demanda avec sympathie :

— Vous n'avez pas la moindre idée de l'endroit où il peut se trouver ?

— D'après Lilli, il est en territoire ennemi. « Porté disparu en territoire ennemi », comme elle dit. (Je ricanai.) Elle prétend qu'il est entre les mains des goyim.

— Des goyim ?

— Pour Lilli, l'ennemi, c'est toujours les goyim.

— Vous êtes inquiet sur son sort, hein ?

— Hon-hon. (Je songeai à Cesar Concepcion et à Sacha.) J'ai peur qu'ils le liquident, s'ils pensent que je sais qu'il est vivant.

— Non, non, monsieur Fitzgerald. S'il est aussi précieux que vous le croyez, ils se contenteront de le cacher un peu mieux. Je dis bien « si ».

— Vous estimez que je fais fausse route, hein ?

Il acquiesça tristement.

— Vous extrapolez à rebours. Vous *supposez* que les Américains se sont mis en rapport avec lui en quarante-cinq, vous *supposez* qu'il a accepté de travailler pour eux, vous *supposez* qu'il est resté en relations avec ses meilleurs amis. Tout ce que vous *savez*, c'est que, pour l'instant, il vit clandestinement à New York, apparemment en tant que prisonnier volontaire de la C.I.A.

— Et vous, quelle est votre théorie ?

— Je n'ai pas suffisamment d'éléments pour en échafauder une. A première vue, je dirais que la C.I.A. l'utilise temporairement pour une petite opération de second ordre, et qu'il refera surface le jour où celle-ci sera terminée.

— Non, réfutai-je fermement. Il vit dans la clandestinité depuis près de quarante ans. Non, il ne s'agit pas d'une opération de second ordre. L'enjeu doit être très important. Je le sens.

Il haussa les épaules et rangea ma carte dans sa poche de poitrine.

— Vous avez la foi, monsieur Fitzgerald. Je vous souhaite bonne chance.

Une goutte de pluie s'écrasa sur son veston, et il me tendit la main.

— Merci de votre aide, dis-je.

— Pour les amis de Fiona, je suis toujours disponible.

Il voulut retirer sa main, mais je la retins dans la mienne.

— Par pure générosité, hein ?

— Fiona est une amie, et quand elle me demande de lui rendre un service... (Il baissa les yeux sur nos mains enlacées et hocha lentement la tête.) D'accord, j'ai effectivement eu... autrefois... une liaison avec Miss Shaw. (Il libéra sa main.) Evidemment, aujourd'hui, nous ne sommes plus que des amis.

— Evidemment.

Il sourit, pivota sur ses talons et s'éloigna.

En le regardant se mêler à la foule, j'essayai de comprendre ce qui, chez lui, avait pu attirer Fiona Shaw. Les deux hommes qu'elle avait épousés étaient grands et insouciants, alors que Rydell était petit et méthodique. Ses gestes révélaient une mécanique bien huilée, assignant à chaque chose une place où il la retrouverait sans avoir à la chercher. Son cerveau fonctionnait de la même manière, ce qui me paraissait surprenant de la part d'un homme portant un costume de toile et des chaussettes de coton blanc.

Le ciel était si sombre qu'on se serait cru au crépuscule, mais la pluie refusait de tomber. A l'horizon, vers l'ouest, une bande claire frangeait les nuages comme une cravate blanche sur une chemise grise. J'avais besoin de bouger, mais je ne savais pas où aller. Pendant quelques minutes, je restai planté sous le ciel menaçant en essayant d'imaginer ce que je ferais et où j'irais si je séquestrais Max Weill. Je revis la scène à laquelle j'avais assisté dans l'appartement 6 R, entre Weill, Holt et la jeune Chinoise, et tentai de comprendre la nature des rapports unissant ces trois êtres.

Des centaines d'explications me vinrent à l'esprit, mais toutes plus absurdes les unes que les autres. Supposer que Max Weill se cachait quelque part où je pourrais le trouver n'était sûrement pas rationnel ; la logique voulait qu'il soit très loin, bien planqué et invisible : une personne disparue en territoire ennemi.

Une goutte de pluie tomba sur mon épaule, puis une autre. Pendant que je gagnais le bord du trottoir pour arrêter un taxi, le tonnerre gronda au-dessus de ma tête. Je levai les yeux. Le ciel était presque noir, mais, à l'ouest l'éclaircie était plus grande et plus lumineuse. Je savais exactement ce qu'il fallait faire — les conseils de Rydell étaient judicieux — mais le sentiment que le temps m'était compté devenait de plus en plus lancinant. Je ne voulais pas être le chirurgien qui réussit la plus belle opération de sa carrière pendant que son patient rend l'âme. Il fallait que je trouve un raccourci, n'importe quel raccourci.

Le seul disponible étant Leo Hirsch, je tournai à droite et courus sous la pluie en direction de la délégation.

33

Assis derrière un bureau d'époque, dans une pièce spacieuse, Leo Hirsch ressemblait davantage au dernier descendant d'une dynastie de banquiers prussiens qu'à la mélancolique victime d'Auschwitz que j'avais abordée devant l'O.N.U. Son visage était serein, ses mains reposaient calmement sur la surface lisse de son imposant bureau, et ses yeux brun clair me fixaient posément.

— Je vous dois des excuses pour vous avoir quitté aussi brusquement, fit-il, mais ce que vous m'aviez dit m'avait stupéfié. Vous voulez bien me pardonner ? (Je hochai la tête.) Merci. C'est très aimable à vous. Je vous en prie, dites-moi en quoi je puis vous être utile.

Il débita cela comme s'il répétait les mêmes formules cent fois par jour, ce qui, vu sa position, était peut-être le cas.

— Je recherche d'autres survivants de l'orchestre... surtout s'ils vivent ici, à New York. Mais ils seraient les bienvenus n'importe où.

— Pour moi aussi, dit-il doucement. (Il écarta les mains, paumes en l'air, dans un geste d'impuissance.) Malheureusement, je n'en connais aucun. Vous savez, nous ne tenons pas d'assemblée annuelle, comme les anciens élèves des collèges américains.

— Sacha était donc le seul...

Il leva un doigt pour m'interrompre.

— Pas même. J'ai lu sa notice nécrologique dans le journal et je me suis rendu à l'enterrement. Je ne l'avais pas revu depuis la guerre. C'était le cinquième enterrement auquel j'assistais : un à Berlin-Est, un à Berlin-Ouest, un à Londres, un à Washington, et Sacha.

— Simplement en lisant les avis de décès ?

Il eut un petit sourire.

— Cela vous paraît morbide, monsieur Fitzgerald ? Certains de ceux qui étaient là-bas cherchent les noms des gens que nous avons connus, alors que d'autres évitent soigneusement cette page des journaux. Tout comme certains conservent leur numéro (Il tendit le bras pour que sa manchette découvre son poignet.)... alors que d'autres le font enlever. Il n'y a pas de raison de critiquer une attitude plutôt que l'autre.

— Vous n'en avez jamais rencontré aucun ?

— Si, bien sûr. Et alors ? Il suffit de passer quatre ans de sa vie dans une école quelconque, ou de faire son service militaire, pour tomber un beau jour, dix, quinze ou vingt ans après, sur quelqu'un de connaissance. Il a vieilli, il a engraissé. Ses os ne pointent plus sous sa peau. Il porte un beau complet au lieu de haillons. Il ne sent pas mauvais. Ses yeux ne sont plus ceux d'un animal pris au piège. « Salut, comment ça va ? — Bien, et toi ? — Ça va. — Il faudra qu'on prenne un verre, ou qu'on déjeune ensemble. — Certainement, voilà ma carte. » Le verre n'est jamais bu, le déjeuner jamais partagé. Le plus souvent, quand nous nous retrouvons, nous sommes obligés de nous situer : bois, cuivres ou cordes. Et, le plus souvent, nous n'arrivons pas à nous rappeler le nom de l'autre. (Il tira un trait en travers de son bureau avec l'ongle de son pouce.) De quoi pourrions-nous parler ? Du bon temps où nous interprétions Wagner et Beethoven ? Du soir où le trompettiste français a fait un couac au milieu du coda ? Des joyeuses heures passées à répéter pour atteindre l'ultime harmonie ? Ce n'était pas un camp de vacances, monsieur

Fitzgerald. Nos souvenirs se prêtent mal à de bruyantes plaisanteries en vidant une chope de bière.

— Vous rappelez-vous les noms de certains d'entre eux et les endroits d'où ils venaient ?

Il fronça les sourcils.

— Je pourrais tenter d'en dresser une liste. Ce ne serait pas facile.

— Cela m'aiderait.

— Si ça peut vous être utile, j'essayerai.

Il ouvrit un tiroir de son bureau et en sortit un petit briquet en or, avec lequel il alluma un mince cigare tiré de la poche intérieure de son veston. Il aspira la fumée sans bruit, comme s'il craignait qu'on l'entende. Pour détendre l'atmosphère, qui était celle d'une salle d'attente d'entreprise de pompes funèbres, je lui demandai :

— Vous jouez toujours ?

Il eut un petit rire.

— Le dimanche. Nous nous réunissons à quelques-uns — vous ne me croirez peut-être pas, mais il y a même des représentants de pays de l'O.T.A.N. — et nous jouons pendant une heure ou deux. Quand je dis « nous », je parle des membres de la communauté diplomatique. Il faut vous dire que je n'ai jamais été un véritable professionnel. Je n'étais pas (Un sourire lugubre découvrit ses dents.)... du niveau de l'orchestre. Heureusement pour moi, j'avais un protecteur... Max, naturellement.

— On ne peut donc pas dire que vous avez renoncé à une carrière.

— Non, absolument pas. Avant la guerre, j'étais un étudiant et un fanatique. Un bon marxiste, mais un mauvais Allemand. Après la guerre, je suis devenu un bureaucrate... ce que les Occidentaux se plaisent à appeler un bureaucrate anonyme. C'est un travail tranquille, mais je suis maintenant un homme tranquille. Un ex-fanatique. J'ai laissé tomber la musique pendant des années. Aujourd'hui, c'est une distraction. Je joue un peu, j'achète des disques, je vais au concert. Je n'entre plus en transe en écoutant du Mozart. Je suis devenu... disons : un recivilisé.

Le mot m'amusa et je souris. Il en fit autant.

— Cette liste me rendrait service, dis-je.

— Je comprends. Et, bien entendu, elle vous serait encore plus utile si elle vous parvenait rapidement.

Je hochai la tête. Ses yeux se perdirent un instant dans le vague.

— Monsieur Fitzgerald, dit-il, je ne connais pas Mme Weill, mais... je suis persuadé que c'est une femme tout à fait estimable, et...

— Vous estimez que je gaspille mon temps et son argent ?

— Oui. C'est mon opinion.

— Il se peut que vous ayez raison, dis-je, mais je lui ai promis que je chercherais son mari.

Leo Hirsch durcit le ton.

— Monsieur Fitzgerald, vous justifiez votre conduite par le respect de la parole donnée, mais je pense qu'elle est dictée par l'intérêt. Tant que vous irez trouver Lilli Weill en lui apportant ne fût-ce que le plus éphémère des espoirs, elle vous payera. Ce n'est pas honnête de duper une vieille dame.

Pendant une seconde, je fus submergé par une telle colère que je faillis lui dire que j'avais vu Weill. Au lieu de cela, je pris le temps d'allumer une cigarette, de souffler l'allumette et de la déposer dans le cendrier placé sur son bureau.

— Je comprends que vous puissiez avoir cette opinion, dis-je finalement. Mais ce n'est pas le cas.

— Non ? Très bien, monsieur Fitzgerald, je vous crois sur parole. Vous êtes un détective honnête chargé d'une mission honnête... même si elle est irréalisable. Vous êtes venu me demander mon aide. Weill est un ami, et il est de mon devoir de vous aider. (Il se leva pour me faire comprendre que l'entretien était terminé.) Je vais établir cette liste, qui sera à votre disposition. (Il consulta sa montre.)... demain à midi. Cela vous convient-il ?

— Pas ce soir ?

— Je vais au concert. Sinon, vous l'auriez eu ce soir. A midi, demain. Vous viendrez vous-même, ou vous enverrez quelqu'un la chercher ?

— Je viendrai moi-même.

Dehors, je traversai la chaussée et me retournai pour regarder la délégation. J'aurais dû être content — j'avais plus ou moins obtenu ce que j'étais venu chercher —, et pourtant je me sentais insatisfait. Il s'était produit, dans le bureau de Hirsch, quelque chose qui m'avait mis les nerfs en pelote, et ce n'était pas uniquement de la colère. Je marchai lentement jusqu'au carrefour en me repassant mentalement le film de notre entrevue. Apparemment, rien ne clochait : Hirsch s'était montré courtois, compréhensif, intelligent, il avait même fait preuve d'un certain humour mordant, et son accusation, à son point de vue, était assez logique. Je repassai toute notre conversation en revue en essayant d'y déceler des insinuations ou des sous-entendus, en écoutant les silences, les nuances, les inflexions, en étudiant les changements d'expression de Hirsch. Tout cadrait, et, parce que tout cadrait, je me sentis plus insatisfait que jamais. Il y avait sûrement une fausse note quelque part, je le sentais, mais je n'arrivais pas à mettre le doigt dessus.

J'étais tellement absorbé par mes réflexions que je traversai au vert. J'entendis un rugissement de klaxon, suivi d'un hurlement de pneus, et un chauffeur de taxi glapit :

— Foutu connard ! Tire-toi de là, eh, ballot ! Fous le camp là où tu causeras pas de dégâts !

Il me frôla en faisant ronfler son moteur pendant que je bondissais sur le trottoir. En retombant sur mes pieds, je me rappelai la description que Rydell avait faite de Hirsch, et je compris ce qui clochait. Leo Hirsch n'était pas un

« pauvre Leo ». Leo Hirsch n'était pas un scribouillard incompétent. Leo Hirsch n'avait pas été envoyé à New York parce qu'il n'y causerait aucun dégât.

Je courus jusqu'à Madison Avenue, trouvai un kiosque à journaux et achetai le *Times*. D'une main tremblante, je feuilletai le journal à la recherche de la rubrique des spectacles. Cinq concerts avaient lieu ce soir-là. J'aperçus une cabine téléphonique sur le trottoir d'en face, m'y précipitai et appelai Norman Azenberg. Je ne laissai pas à sa secrétaire le temps de faire son numéro habituel.

— Dites-lui que c'est Fitzgerald et qu'il s'agit d'une urgence.

L'imprésario vint en ligne.

— Une urgence ? Quel genre d'urgence ?

— Il y a bien cinq concerts ce soir à New York ?

— Je sais, dit-il, j'ai réservé...

— Norman, je vous en prie, écoutez-moi. (Il la boucla.) Vous est-il possible de savoir auquel de ces concerts Leo Hirsch doit assister ? Ne m'interrompez pas, Norman. A mon avis, il doit être abonné. J'ai besoin de savoir où il sera placé.

— Où il sera placé ? Vous n'êtes pas exigeant, hein ?

— Combien de temps vous faut-il ?

— Rappelez-moi dans un quart d'heure.

Je passai les quatorze minutes suivantes dans un bar de Madison Avenue, à essayer de m'intéresser au bavardage du barman, qui expliquait pourquoi sa sœur était devenue lesbienne. Ces quatorze minutes me parurent encore plus longues que les quatorze dernières minutes d'une journée de classe au temps où je fréquentais l'école primaire.

La secrétaire d'Azenberg me passa immédiatement son patron.

— Ce coup-ci, dit-il, ça vaut plus qu'un déjeuner. Ça mérite indiscutablement un dîner. Au *Lutece*, par exemple. Prêt ?

Je posai mon stylo sur mon calepin.

— Allez-y.

— Carnegie Hall, la corbeille.

— Carnegie Hall, la corbeille.

— Troisième rang, fauteuils 6 et 8.

— Troisième rang, fauteuils 6 et 8, répétai-je. C'est le long du couloir ?

Il rit.

— Vous n'allez pas souvent à Carnegie Hall, hein ? Les sièges situés le long du couloir portent les numéros 1 et 2. A propos, vous aviez raison : il est abonné. Il a un bon programme, ce soir : Youri Egorov. Un grand pianiste russe… dont je suis l'imprésario, naturellement. Ça vous va ?

— Parfait, dis-je. Au *Lutece*.

Il ne me fallut que dix minutes pour courir à Carnegie Hall, trois de plus pour étudier le plan de la salle et constater que la corbeille comportait sept rangées de sièges, et seulement cinq minutes supplémentaires pour dégoter un revendeur de billets à la sauvette et lui payer soixante-quinze dollars un fauteuil de balcon avec vue dégagée. Le pauvre type ne comprit pas pourquoi je riais en lui remettant l'argent.

34

Carnegie Hall compte quelque deux mille huit cents places, et ce soir-là, pour Egorov qui était la grande vedette du moment, elles étaient toutes occupées.

J'étais assis en haut du balcon, sur le côté de la salle. Si je n'apercevais qu'une petite partie de la scène, en revanche, grâce aux jumelles dont je m'étais muni, je voyais parfaitement Leo Hirsch.

Il occupait le fauteuil n° 8 du troisième rang. Le fauteuil n° 6 était occupé par Max Weill. Andrew Holt était assis deux rangs derrière, le long du couloir. Ils étaient arrivés presque aussi en avance que moi, ce qui m'avait laissé tout le temps nécessaire pour examiner soigneusement leurs chaussures.

Avant de m'asseoir, j'avais vérifié l'emplacement des toilettes de la corbeille. Elles étaient évidemment assez proches de l'endroit où ils étaient assis, mais j'avais repéré où se trouvait l'escalier qui y conduisait, et je savais qu'en le descendant quatre à quatre, j'atteindrais les toilettes avant eux. La seule question était de savoir à quel moment l'un d'eux éprouverait le besoin de soulager sa vessie.

Les lumières baissèrent, le récital commença, et j'essayai de me concentrer sur la musique — c'était un sacrément bon pianiste —, mais sans succès. Chaque fois que je m'adossais à mon fauteuil, le Beretta que j'avais glissé dans ma ceinture me labourait les reins, ce qui m'incitait à me pencher en avant et à surveiller la corbeille grâce à mes jumelles. Weill et Hirsch semblaient transportés au septième ciel ; Holt faisait la tête du monsieur qui vient d'avaler une tasse d'huile rance.

Lorsque le public applaudit le dernier morceau avant le premier entracte, je bondis de mon siège, dégringolai l'escalier et m'enfermai dans la dernière cabine des toilettes pour messieurs de la corbeille. Trente secondes plus tard, j'entendis des claquements de talons et des murmures de voix, et je m'accroupis pour observer les chaussures par l'intervalle séparant le bas de la porte du sol. La pièce se remplit rapidement, ce qui me rendit nerveux, et je grimpai sur le siège pour examiner les visages par-dessus la porte.

Pas de Weill, pas de Holt, pas de Hirsch.

La deuxième partie du concert fut plus entraînante que la première, et, tout énervé que j'étais, je fus tellement emballé par le jeu d'Egorov que, quand il s'arrêta de jouer, je faillis rester à ma place pour l'applaudir. Lorsque j'atteignis les toilettes, quelques spectateurs s'y trouvaient déjà, mais tous les cabinets étaient libres et je m'enfermai à nouveau. La pièce se remplit plus lentement que la première fois, probablement parce que Egorov avait de nombreux rappels, et l'attente me donna la migraine.

Des hommes urinèrent et tirèrent la chasse, urinèrent et tirèrent la chasse. Finalement, il ne resta plus que quelques traînards. N'ayant aperçu aucune trace des chaussures que je guettais, je montai une fois de plus sur la lunette. Juste au moment où mes yeux affleuraient le sommet de la porte, Holt fit son entrée. Je baissai précipitamment la tête et redescendis silencieusement de mon perchoir. Une autre paire de chaussures claqua sur le carrelage, et je m'accroupis pour la regarder. Elle appartenait à Max Weill et se dirigea vers un urinoir. Les chaussures de Holt prirent le chemin de la cabine voisine de la mienne. Hirsch n'était pas en vue.

Au moment où Holt referma sa porte, je tirai la chasse

d'eau, sortis de ma cabine, m'approchai de l'urinoir voisin de celui de Weill et tripotai ma braguette. Il finissait tout juste d'opérer, secouant la dernière goutte pour ne pas salir son pantalon, et ne tourna pas les yeux vers moi.

Je glissai ma main droite sous mon veston, sortis le Beretta et le collai sous le nez de Weill tout en posant mon index gauche sur mes lèvres. Weill ferma les yeux, les rouvrit lentement, secoua la tête et sourit. Jamais je n'avais vu un sourire aussi triste.

De la cabine de Holt nous parvint un grognement, puis un autre, manifestations sonores d'un homme constipé s'efforçant d'évacuer un bouchon. Je montrai du doigt la porte des toilettes, puis celle de la cabine, pour faire comprendre à Weill que nous partirions au prochain grognement de Holt. Weill hocha la tête et désigna son entrejambe : sa braguette était toujours ouverte, et son instrument, qui ressemblait à une vieille saucisse fripée, pendait le long de sa cuisse. J'acquiesçai, et il se reculotta.

Aucun bruit ne sortant plus des cabinets, nous restâmes immobiles, figés, Weill la main sur sa fermeture à glissière, moi avec le Beretta braqué sur sa bouche. Apparemment plus résigné qu'effrayé, il respirait calmement, battait des paupières à la cadence normale, et aucune goutte de sueur inhabituelle ne perlait sur son front ou ne suintait le long de son cou. C'était moi qui transpirais pour deux, la chemise collée à la peau et les aisselles ruisselantes.

Holt respira à fond et nous nous raidîmes, Weill et moi. Une demi-seconde après, Holt commença à grogner. Weill prit le chemin de la sortie, moi sur ses talons, et nous franchîmes la porte au moment où Holt poussait un dernier grognement particulièrement bruyant, suivi d'un soupir de soulagement.

Dans le couloir, je poussai Weill vers l'escalier sans le laisser s'arrêter ni tourner la tête, et je l'obligeai à descendre les marches tellement vite qu'il faillit s'étaler. En arrivant en bas, je le pris par un bras et lui dis :

— Nous allons traverser le hall et sortir par la Cinquante-septième Rue. Au croisement, nous tournerons à gauche, et nous descendrons la Septième Avenue vers le sud. Vous avez compris ?

Il inclina la tête. Je fis disparaître le Beretta et donnai une petite bourrade à Weill.

Il se conforma strictement à mes directives, et nous atteignîmes l'avenue en moins de trente secondes. Un taxi libre attendait que les feux de la Cinquante-sixième Rue passent au vert. Je courus vers lui en traînant Weill derrière moi, ouvris la portière, poussai Weill sur la banquette, montai derrière lui et lançai au chauffeur :

— Tournez à gauche, roulez jusqu'à la Cinquième Avenue et descendez-la vers le sud jusqu'à la Quarante-deuxième Rue, que vous suivrez vers l'est jusqu'à la Gare centrale.

— On irait plus vite si je..., commença le chauffeur.

— Faites ce que je vous dis ! coupai-je. Tout de suite ! Le feu est au vert. Tournez à gauche.

Il marmonna entre ses dents, déclencha son compteur et vira vers l'est dans la Cinquante-sixième Rue. Je baissai la tête et regardai par la lunette arrière. Aucune trace de Holt. Et je ne l'aperçus pas davantage pendant le trajet jusqu'à la Gare centrale. Nous descendîmes devant la gare, puis je poussai Weill dans un taxi en station. Au chauffeur je demandai de nous conduire au carrefour de la Sixième Avenue et de la Quarante-sixième Rue. Holt ne se manifesta pas non plus pendant cette course.

Je conduisis Weill sous le porche d'un immeuble commercial et le dissimulai dans l'ombre. De ma place, je découvrais la Sixième Avenue, la Quarante-sixième Rue dans les deux sens et, en me mettant tout à fait sur le côté, un petit bout de la Quarante-septième Rue. Je restai là pendant un quart d'heure, les doigts crispés sur la crosse du Beretta, épiant toutes les voitures qui passaient, tous les taxis, tous les piétons.

Finalement, je décollai Weill du mur et lui fis prendre la Quarante-sixième Rue. A quelques mètres de l'entrée de service de l'immeuble dans lequel se trouvait mon bureau temporaire, je le fis pivoter brusquement vers la gauche, dans le caniveau.

— Bougez pas, chuchotai-je.

Tout le pâté de maisons était désert, à l'exception d'une ambulance privée qui stationnait plus bas, près de la Sixième Avenue. Je montrai l'entrée de l'immeuble.

— Foncez !

Il y courut et je le suivis.

A mon étage, lorsque nous ne fûmes plus qu'à quelques mètres de mon bureau, j'obligeai Weill à s'agenouiller et lui fis signe d'attendre. Je dépassai ma porte, frappai un coup sec dessus avec ma clef et tendis l'oreille. Aucun bruit. J'enfonçai la clef dans la serrure, m'assis par terre, tournai la clef et entrebâillai la porte. Toujours pas de réaction. Je sortis le Beretta, comptai jusqu'à cinq et ouvris le battant tout grand en le poussant avec mon pied.

Le bureau était vide, et je fus tellement soulagé que j'eus à peine la force de me remettre debout.

35

Dans la lumière blafarde de la pièce, Max Weill faisait vieux. Il alla s'asseoir derrière mon bureau et se contenta de respirer, ce qui exigeait de lui un effort à chaque inspiration, accompagnée d'un soupir et d'un râle. Il n'était cependant pas complètement hors course, car la première chose qu'il me dit fut :

— Ça fait des mois que je conseille à Andrew de mettre des suppositoires. Maintenant, il m'écoutera peut-être. (Il me lança un regard inquisiteur.) Puis-je vous demander qui vous êtes ?

— Kevin Fitzgerald.

— Kevin Fitzgerald... curieux nom. Il est original, il sonne bien. A qui en êtes-vous redevable ?

— A ma mère, dis-je.

— Permettez-moi de vous poser la question différemment, dit-il avec bonhommie. Pour le compte de qui travaillez-vous ? Vous remarquerez que je vis depuis si longtemps en Amérique que j'ai appris à ne plus dire « pour qui ». Pour le compte de qui travaillez-vous ?

— Lilli Weill.

Le sourire courtois, mondain, demeura sur ses lèvres, mais ses yeux regardèrent vers l'intérieur, très loin de ce qu'il voyait et entendait.

— C'est un coup bas, dit-il. Je comprends qu'un homme tel que vous soit forcé d'être brutal, c'est une chose que j'admets, elle fait partie de votre métier. Mais ça, c'est un coup bas.

— Je travaille pour le compte de Lilli Weill, répétai-je posément.

Il se mit péniblement debout.

— Vous l'avez maltraitée ? demanda-t-il. Répondez-moi. On m'avait promis qu'on ne lui ferait aucun mal. Vous tenez tellement à ce que je quitte Kleinman pour venir avec vous que vous êtes obligés de vous en prendre à Lilli ? C'est tellement important ?

Il contourna le bureau et s'avança vers moi, ses magnifiques mains serrées en deux petits poings durs. Il aurait dû paraître ridicule, mais il ne l'était pas.

— Peu m'importe pour le compte de qui je travaille, dit-il. L'espionnage, le contre-espionnage, pour moi, c'est blanc bonnet et bonnet blanc, *sheis*. Mais on m'avait promis qu'on ne toucherait pas à Lilli. On me l'avait *promis*.

En parlant, il me martelait la poitrine de coups de poing comme un bébé qui tape sur son matelas.

— Pourquoi lui faire ça ? Pourquoi ? Est-ce que vos petites rivalités ont tellement d'importance que vous devez faire du mal à Lilli ? Elle est vieille, elle est pauvre... pourquoi la persécutez-vous ? Pourquoi ? Pourquoi ?

Je lui saisis les poignets et les maintins à bout de bras.

— Je travaille uniquement pour le compte de Lilli Weill.

— Menteur ! cria-t-il, et il me cracha à la figure.

— Si vous voulez bien cesser de crier et de cracher, je vais vous la faire rencontrer. Vous vous rendrez compte par vous-même. On ne lui a fait aucun mal.

Il secoua rageusement la tête.

— Non. Je n'ai pas confiance en vous.

— Vous avez le choix ? demandai-je.

Il réfléchit à ma question, inclina légèrement la tête et arbora son sourire triste.

— Là, vous marquez un point. Je peux m'asseoir ?

Je lâchai ses poignets, et il retourna derrière le bureau. Je m'essuyai la figure, sortis la bouteille de Daniels, en versai dans mes pots de confiture et m'assis en face de lui.

— Il y a une chose que je ne comprends pas, dis-je. Du moment que vous saviez qu'elle est vivante et que vous vous souciez tellement de son sort, pourquoi ne pas aller la retrouver... ou, au moins, vous mettre en rapport avec elle ?

Il vida son bourbon d'un trait et attendit que je remplisse son verre.

— Quand nous avons été arrêtés... commença-t-il et il se tut. Pendant la guerre... (Nouvelle pause. Il tendit les mains et fit jouer ses doigts.) Une fois, j'aurais pu... (Il me regarda.) Je ne vous connais pas. Je ne peux pas parler de ces choses-là.

La mesquinerie étant parfois payante, j'y eus recours.

— Il faut reconnaître que votre femme est nettement plus âgée et plus usée que la fille chinoise.

Pendant un instant, je crus qu'il allait de nouveau me sauter dessus, mais il changea d'avis et sourit. Un curieux sourire, celui de quelqu'un qui vient d'entendre une plaisanterie graveleuse et y a pris plaisir.

— Au début, dit-il, je désire tellement Lilli que quand je pense à elle, je bande. Je pense à elle en jouant en public, et j'ai peur de donner des coups dans le piano. Quand je travaille à la maison et qu'elle vient m'apporter du café, il refroidit pendant que je la déshabille et que je lui fais l'amour là, sur la banquette ou par terre, ou même sur le piano, oui, nous rabattons le couvercle et nous faisons l'amour dessus, sur l'instrument construit en 1899 par les frères Steinway. Et Lilli s'inquiète, parce qu'elle a peur de ne pas pouvoir enlever les taches sur le bois.

Il fit le geste d'astiquer et rit.

— Quand elle est jeune, elle est incroyablement jolie. Incroyablement, vraiment. Ses seins se dressent comme ça, avec des mamelons d'un rouge si foncé qu'ils sont presque bordeaux, et il suffit de souffler dessus à travers une robe, ou même à travers un manteau, pour qu'ils deviennent durs comme des bonbons à la framboise. Les bonbons de Lilli. Le matin au réveil, je passe je ne sais combien de temps à jouer avec, parce que nous aimons autant ça l'un que l'autre.

« Sur le ventre, elle a une ligne de poils qui commence juste au-dessous de son nombril et descend jusqu'à sa petite broussaille, et cette ligne de poils, quand je la caresse avec ma joue ou que je la suis du bout de la langue, me rend malade de désir. Je ne suis plus que désir. (Il me regarda.) Vous savez sûrement ce qu'est le désir, monsieur Fitzgerald.

« Et puis je me mets à voyager, et Lilli est toujours ravissante, et, lorsque je suis à la maison, nous faisons toujours l'amour. Mais maintenant, quand je joue en public, je ne bande plus en pensant à elle, parce que je ne pense plus à elle.

« Pourquoi ? Parce qu'une petite mignonne m'attend dans ma loge ou à l'hôtel. Parfois, c'est une gamine de seize ou dix-sept ans ; parfois, c'est une femme de quarante ans, et elle n'est pas plus belle que Lilli. Non. Mais elle est nouvelle. Une page blanche sur laquelle Max Weill va apposer sa signature.

« Il y en a partout : à Paris, à Londres, à Amsterdam, à Venise, à Rome, peu importe la ville, peu importe le programme. Elles ne s'intéressent pas au piano. Elles seraient incapables de distinguer Bach de Mozart, et Mozart de Chopin. Mais le pianiste, ah !

« Dans chaque ville, j'apprends quelque chose de nouveau : à Londres, je découvre la luxure ; à Stockholm, l'eau froide et la paille ; à Paris, les femmes mariées ; à Amsterdam, les mères et leurs filles. Je suis un élève studieux. Tout ce que j'apprends, je le transporte avec moi, là, dans ma tête, comme les partitions. Et, toujours, je perfectionne, toujours je recherche la meilleure technique.

« Parce que, à ce moment-là, je les fais hurler de plaisir. Hurler si fort que le directeur de l'hôtel vient frapper à la porte et chuchote : « Herr Weill, nous savons bien qu'un artiste a besoin de se détendre, mais les autres clients voudraient dormir. Peut-être que si la dame mordait l'oreiller... » Oui, elles hurlent, et, dans chaque ville, elles hurlent plus longtemps et plus fort, et cela me rend très heureux. Je sais enfin que je n'ai pas besoin d'être avec Lilli pour faire un miracle, parce que c'est moi, Max Weill, qui accomplit ce miracle.

« Vous allez me dire que c'est de l'orgueil. A-t-on jamais vu un pareil vaniteux ? Il ne comprend donc pas que les femmes capables de se jeter au cou d'un pianiste sont également capables de simuler le plaisir ? Non ! Mais il ne comprend donc pas qu'il faut être deux, deux personnes déterminées, pour réaliser un tel miracle ? Non ! Pour moi, comprendre ça, admettre ça, ce n'est pas simplement une blessure d'amour-propre... c'est une blessure mortelle.

« S'il faut deux personnes déterminées pour faire un miracle au lit, alors combien en faut-il pour faire un miracle dans une salle de concert ? Si j'admets que j'ai besoin de Lilli pour faire un miracle au lit, alors de quel public ai-je besoin pour faire un miracle au piano ?

« Non. La personnalité du partenaire ne peut pas entrer en ligne de compte. Si c'est Lilli, je ferai un miracle, si c'est un tendron de seize ans, je ferai un miracle, et si c'est la femme du chef de la police, je ferai un miracle. Même chose au piano. Quand je joue pour des richards couverts de bijoux, ou pour les étudiants d'une école de musique, ou pour les ouvriers du syndicat des électriciens, je fais un miracle.

— Ou pour les S.S., dis-je.

— Oui. Ou pour les S.S. Personne n'est immunisé, sauf les sourds. (Il regarda encore ses mains et fit la grimace.) Après la guerre, on me donne le choix. Et je me dis : si je retourne avec Lilli, nous aurons une vie paisible ; pas celle que nous avions autrefois, mais une vie.

— Pourquoi pas la même vie qu'autrefois ? demandai-je.

Il éluda la question.

— Nous irons aux concerts et à l'opéra, nous verrons des films, nous écouterons la radio, nous causerons, nous achèterons des choses, et Lilli fera la cuisine, et je donnerai des leçons, et si l'occasion s'en présente, je déculotterai peut-être les jeunes élèves et je me plongerai dans leur douce broussaille juvénile. Lilli et moi, nous engraisserons et nous commencerons à nous ressembler. Et, un beau jour, nous serons assis côte à côte, en train de feuilleter les pages d'un album de photos, et nos cœurs s'arrêteront.

« Pour certains, c'est une existence satisfaisante, plus que satisfaisante. Mais pour moi, ça ne suffit pas.

« On m'a donné le choix — on a toujours le choix, même à Auschwitz on avait le choix — et je me suis dit : je ne peux plus être ce que j'ai été, alors est-ce que je me mets à la recherche de Lilli, qui est probablement passée à la chambre à gaz et au four crématoire, ou est-ce que je décide que l'ancienne vie, c'est fini, qu'Auschwitz, c'est fini, que Max et Lilli, c'est fini, et que le moment est venu de commencer une nouvelle vie ?

Il m'observa attentivement, comme s'il attendait de moi je ne sais trop quoi, peut-être une sorte d'absolution. Je ne lui donnai rien du tout, ni approbation ni désapprobation. Il continua.

— Alors, je demande aux gens qui m'offrent le choix : « Vous me donnerez de l'argent ? », et ils répondent : « Oui, nous vous donnerons de l'argent. » Et je demande : « Vous me donnerez de la musique ? », et ils répondent : « Nous vous donnerons de la musique. » Et je demande : « Vous me donnerez des femmes ? », et ils répondent... aussitôt, ils répondent : « Oui, nous vous donnerons des femmes, toutes les femmes que vous voudrez, des vieilles, des jeunes, des femmes avec des cheveux tombant jusqu'aux pieds et d'autres sans un poil sur le corps ; des blanches, des noires, des jaunes, des rouges ; deux à la fois, trois à la fois ; des femmes que vous pourrez battre et d'autres qui vous battront ; des femmes avec six doigts de pied et des femmes sans nichons ; des princesses déchues et d'anciennes religieuses ; des femmes qui se conduiront comme des mères et d'autres qui se conduiront comme des chiennes. Tout ce que vous voudrez, nous vous le donnerons. » Et ils ont tenu parole. Ils m'ont noyé sous les femmes.

« Il y a des gens qui ne vivent que pour la bouffe. Moi, je vis pour le *shtupp*... quel joli mot, *shtupp*. Bien plus harmonieux que « sexe ». Sexe... pouah. C'est brutal, c'est tranchant, ce n'est pas évocateur. Quand on vous dit « sexe », vous pensez à quoi ? A « sec ».

« Tandis que *shtupp*... Vous pensez à une femme aux cuisses écartées, ses jolies lèvres roses entrouvertes en signe d'attente et de bienvenue, ses petits poils frisés humectés et agglutinés par son nectar qui suinte. *Shhhhhtupppppp*. (Il rit avec délice.)

« On me dit : « Max, allez-y molo, vous allez faire un infarctus. » Et je réponds : « Et alors ? Qu'est-ce qui est préférable ? Une attaque ? Le cancer ? L'emphysème ? » C'est mieux ? Avec l'infarctus, si c'est grave, on meurt (Il claqua des doigts.) comme ça. Si ce n'est pas grave, on se balade dans le parc avec les autres victimes d'infarctus.

« Je suis amoureux de la volupté. Lilli, je l'aime. Ce n'est pas difficile d'aimer quelqu'un ; ce n'est même pas tellement difficile de l'aimer toute sa vie. Mais l'amour sans la volupté, c'est l'amitié. Et l'amitié, c'est bien pour mourir ensemble, mais pas pour vivre ensemble. Tenez, monsieur Flitzgerald, je vous fais une proposition : ma liberté contre la volupté.

Il remplit de nouveau nos verres et leva le sien vers moi. Ses yeux brillaient d'excitation, et il ressemblait à un étudiant de première année qui vient de découvrir un trou de voyeur dans la cloison du vestiaire des filles.

— A la volupté ! dit-il.

J'attendis qu'il ait bu.

— Vous avez reconnu Lilli, quand elle vous a aperçu dans la rue ?

Il me menaça du doigt pour me réprimander d'avoir assombri sa bonne humeur.

— Pas tout de suite, dit-il. Mais au bout d'un moment, oui, je la reconnais. Je ne peux rien faire : ils ont toujours peur qu'elle ne découvre que je suis vivant, et j'ai toujours peur qu'ils lui fassent du mal si elle le découvre. Je me dis que je vais peut-être lui envoyer une carte, mais je ne l'envoie pas. Un jour, à l'heure du déjeuner, j'ai envie d'emmener Andrew au restaurant où elle travaille, de m'asseoir à l'une des tables où elle sert et de commander une part de gâteau et un café. Mais je ne le fais pas non plus. (Il alla se planter devant la fenêtre et contempla le mur nu.) Comment va-t-elle ?

— Bien, dis-je. Elle souffre de sa solitude, mais elle va bien.

Il se retourna vers moi.

— Vous me dites la vérité ? Je la verrai, je lui parlerai ?

— Hon-hon.

— Elle le souhaite ?

— Oui.

— Moi aussi, dit-il. Oui, je crois que je le souhaite.

Sur ses traits apparut une nouvelle expression, un mélange de peur et de désespoir.

— Elle va me haïr ? demanda-t-il.

— On verra bien, répondis-je en décrochant le téléphone.

J'appelai Ronni Gibson.

— J'ai essayé de vous joindre... commença la jeune Noire.

— J'ai besoin de votre aide, coupai-je. (Silence.) Vous êtes toujours là ?

— Je suis là, dit-elle. Un peu estomaquée, mais je suis là. Je vous écoute.

— Je vais vous donner deux numéros de téléphone. Le premier est celui de Lilli Weill. Appelez-la et...

— C'est la femme qui...

— Ronni, ne m'interrompez pas, pour l'amour du ciel ! Appelez Lilli Weill, dites-lui de se rendre chez une de ses voisines et, une fois là, de vous communiquer le numéro de téléphone. Quand vous l'aurez, rappelez-moi. (Je lui donnai mon numéro.) Ne prononcez pas mon nom à l'appareil... dites-lui simplement que c'est de la part de l'invité qui a mangé toutes les *latkes*. Vous avez bien compris ?

Elle me répéta mes instructions.

— C'est tout ?

— Dans le courant de la soirée, je compte amener deux personnes chez vous et...

— Vous avez retrouvé son mari !

— Nom de Dieu, Ronni !

— Excusez-moi.

— Dès que j'aurai mis au point le processus exact de l'opération, je vous préviendrai.

— D'accord, dit-elle. Je vous rappelle.

J'allumai une cigarette. J'en avais fumé la moitié lorsque la sonnerie du téléphone nous fit sursauter, Weill et moi.

— Allô ?

— Le numéro de la voisine est 787-9970, dit Ronni. Elle attend votre coup de fil. Quand aurai-je de vos nouvelles ?

— D'ici un quart d'heure.

Il était minuit moins vingt. Je servis un dernier whisky à Weill, rangeai la bouteille et terminai ma cigarette. Weill ramassa un trombone sur le bureau, le déplia, puis essaya de lui rendre sa forme primitive.

A onze heures quarante-trois, je composai le numéro. Lilli Weill décrocha à la première sonnerie.
— Monsieur Fitzgerald ?
— Oui. Maintenant, écoutez bien...
— Qui est la femme qui m'a téléphoné ?
— Lilli, taisez-vous et écoutez-moi.
— Je vous écoute.
— Voilà ce que vous allez faire. Vous allez prendre l'autobus 104 jusqu'au carrefour de Broadway et de la Quatre-vingt-seizième Rue. Là, vous descendrez et traverserez Broadway en courant. Un taxi sera arrêté le long du trottoir d'en face. Une femme, une Noire, sera assise dans ce taxi. Montez-y et faites ce qu'elle vous dira.
— Qui est cette femme, monsieur Fitzgerald ?
— Lilli, dites-moi ce que vous allez faire.
— L'autobus jusqu'à la Quatre-vingt-seizième Rue, traverser Broadway, monter dans un taxi avec une femme noire.
— C'est ça. En route.
— Monsieur Fitzgerald, voulez-vous me dire ce que...
— En route, Lilli !
— D'accord, je pars. Mais ça ne me plaît pas.
J'appelai Ronni et lui expliquai où elle devait attendre Lilli Weill et comment elle la reconnaîtrait.
— Prenez la Quatre-vingt-seizième Rue en direction de l'ouest, lui dis-je, puis remontez vers le nord jusqu'à la Cent-dixième Rue, que vous suivrez vers l'est jusqu'à la Cinquième Avenue. Descendez la Cinquième Avenue jusqu'à l'hôpital du Mont-Sinaï, au coin de la Cent-unième Rue. Entrez dans l'hôpital avec Lilli. Dès que vous aurez franchi le portail, vous verrez une porte sur votre gauche. Elle conduit à un passage souterrain qui traverse l'hôpital de part en part jusqu'à l'entrée de Madison Avenue. Faites-le prendre à Lilli. Vous, retournez sur la Cinquième Avenue, montez dans un taxi, contournez l'hôpital et rejoignez Lilli devant l'entrée de Madison Avenue. Pas le

même taxi que celui qui vous aura conduites à l'hôpital, un autre. Ensuite, emmenez Lilli chez vous. Je vous donne une heure. Attendez une minute.

— Quoi encore ?

— Si vous passez devant un magasin de spiritueux ouvert, en cours de route, achetez une bouteille de champagne.

A une heure moins le quart, je quittai l'immeuble en compagnie de Weill. A l'exception de deux hommes qui se promenaient bras dessus, bras dessous, la Quarante-sixième Rue était déserte. Nous la longeâmes en direction de l'est jusqu'à la Sixième Avenue que nous remontâmes jusqu'au Hilton, où nous prîmes un taxi qui nous conduisit, par Broadway, jusqu'à la Cent-vingtième Rue. Durant le trajet, Weill appuya sa tête sur le dossier de la banquette, ferma les yeux et fredonna tout bas. C'était un air que je ne connaissais pas, mais qui était truffé de changements de ton alambiqués, l'équivalent musical de ces phrases imprononçables qui débouchent fatalement sur des contrepèteries.

Nous arrivâmes chez Ronni Gibson à une heure du matin, et elle devait nous guetter par la fenêtre, car l'ouverture de la porte d'entrée se déclencha avant que je n'aie eu le temps d'appuyer sur la sonnette.

Sur le palier, devant la porte de Ronni, je sortis le Beretta et fis signe à Weill de se coller contre le mur. Je frappai doucement et, au quatrième coup, deux serrures cliquetèrent, on décrocha une chaîne de sûreté, et la porte s'ouvrit.

Ronni Gibson s'y encadra, le visage et le corps tellement tendus que les muscles de ses joues en tremblaient. Elle aperçut le pistolet et porta instinctivement les mains à sa gorge.

— Monsieur Fitzgerald, dit une voix derrière Ronni, et Lilli Weill apparut sur le seuil.

Max Weill s'écarta du mur et s'avança dans la lumière.

Lilli Weill le vit, et son visage, qui était un très beau

visage de vieille femme, devint celui d'une toute jeune femme ravissante. Sans un mot, elle ouvrit les bras, franchit le seuil et étreignit son mari. Tandis qu'elle levait les mains pour lui caresser la nuque, il l'attira contre lui et enfouit sa bouche dans le creux de son cou. Je me tournai vers Ronni. Elle se retenait pour ne pas pleurer, et j'eus envie de la prendre dans mes bras et de lui dire : « Allez-y, pleurez, ça n'a pas d'importance. » Et j'aurais bien aimé qu'elle en fasse autant pour moi.

36

Lilli et Max Weill restèrent enfermés jusqu'à l'aube dans la chambre à coucher de Ronni Gibson. Cette chambre étant située au bout du couloir, assez loin de la cuisine où Ronni et moi commençâmes par nous installer, nous n'entendions rien. Par la suite, lorsque, vers trois heures et demie, nous émigrâmes dans le living, un bruit de chuchotements nous parvenait de temps à autre.

Ronni prépara du café, que je relevai avec le fond d'une bouteille de vodka achetée pour les fêtes de Noël, et nous passâmes le restant de la nuit à siroter et à fumer sur le sofa. Nous avions envie de causer ensemble et, si nous nous étions mieux connus ou moins bien contrôlés, nous y serions peut-être parvenus. Nous aurions pu échanger des souvenirs d'amourettes et de ruptures, rire ironiquement de la naïveté dont nous avions fait preuve et nous jurer nos grands dieux qu'on ne nous y reprendrait plus. En écoutant les murmures provenant de la chambre à coucher, j'aurais aimé interroger Ronni sur ses parents et peut-être lui parler des miens. J'aurais voulu lui poser des questions sur Melissa, lui demander quel effet cela faisait d'avoir un enfant, si cela présentait plus d'avantages que d'inconvénients, s'il lui arrivait de regretter d'être mère et lui expliquer pourquoi je n'avais jamais eu le courage d'être père. Mais nous ne nous fîmes pas de confidences.

Lorsque Lilli et Max sortirent de la chambre, ils se

tenaient par la main. Pas craintivement, pas pour se réconforter, mais simplement, familièrement, comme deux gosses qui s'apprêtent à traverser une rue un peu large. Lilli lâcha la main de Max et vint vers moi. Elle repoussa les mèches qui me tombaient sur le front et sourit. Un sourire si chaleureux que j'eus l'impression d'avoir retrouvé ma candeur, ce qui était stupide.

— Le remarquable M. Fitzgerald, dit-elle. Oh, le vraiment remarquable M. Fitzgerald.

Elle me prit ma tasse à café des mains, la posa sur un guéridon et m'étreignis.

Au bout d'une longue minute, une minute durant laquelle j'éprouvai tant d'émotions contraires que mes yeux se brouillèrent de larmes, je la repoussai.

— Pas maintenant, dis-je. (Par-dessus sa tête, je regardai Weill.) Max, à quoi vous engage votre collaboration avec Kleinman ?

Il haussa les épaules.

— Il y a bien des années de ça, il avait dit que, à condition de ne pas me mettre au service de ses « concurrents », j'étais libre de m'en aller quand je voulais.

— Quelle est votre situation vis-à-vis de l'Immigration ?

— Je n'existe pas, dit-il. Pas officiellement.

— Qu'est-ce que vous voulez faire ?

Il jeta un coup d'œil sur Lilli, puis la serra contre lui.

— Je ne sais pas, répondit-il d'une voix hésitante. Je suis... (Les yeux baissés, il demanda à Lilli :) Tu me détestes ?

Elle me surprit en éclatant de rire.

— Oh, Max, s'exclama-t-elle, ce que tu peux être bête ! J'ai soixante-neuf ans. Tu crois vraiment que j'ai le temps de te détester ? (Elle recommença à rire.) Je suis au courant de toutes tes turpitudes... je l'ai toujours été. Les faiblesses, c'est jamais un secret. Ma faiblesse, c'est toi. Comment je pourrais détester ma propre faiblesse ?

Elle posa la tête sur l'épaule de son mari.

— Je crois..., me dit Max, je crois qu'il serait préférable que je parle à Kleinman. C'est un homme avec lequel on peut discuter.

— Attendons qu'il fasse le premier pas, dis-je. Nous serons en meilleure position pour marchander.

— Vous pensez qu'il se mettra en rapport avec nous ? demanda Weill.

— C'est aussi sûr que deux et deux font quatre, fis-je.

— Demain, nous irons faire des courses, dit Lilli. Nous irons chez Macy et...

— Il ne peut pas habiter chez vous, déclarai-je. (Le regard qu'elle me lança aurait brisé le cœur d'une statue.) Ils vont vous surveiller.

— Chez vous, alors ? demanda Max.

— Le problème est le même, dis-je, et je me tournai vers Ronni.

Elle ne comprit pas tout de suite.

— Merde, alors, finit-elle par bougonner. Vous, au moins, on peut dire que vous vous y entendez pour encaisser vos créances, pas vrai, Fitzgerald ?

— Exact, mais je paye aussi mes dettes, rétorquai-je, vexé.

Ronni Gibson se tourna vers Weill.

— J'espère que vous supportez les enfants, dit-elle.

Weill s'inclina cérémonieusement.

— C'est à moi d'espérer que votre fille me supportera.

Lilli lâcha Weill et essaya d'embrasser Ronni, qui se raidit et la repoussa.

— Arrière, femme, dit-elle à Lilli. C'est pour lui que je fais ça, pour le remarquable M. Fitzgerald.

Lilli battit en retraite.

— Vous avez raison. Embrasser, c'est pas un remerciement suffisant. Un jour, je vous remercie comme il faut.

Après m'être passé un peu d'eau sur la figure et m'être recoiffé, je pris congé de Weill et de Ronni et m'en allai avec Lilli pour la mettre dans un taxi. Lorsque je l'eus renvoyée chez elle, je longeai Broadway en quête d'un second taxi pour moi-même.

J'avais la migraine et la bouche pâteuse, mes vêtements me collaient à la peau, et j'étais tellement fatigué que je voyais à peine clair. Je me sentais vidé de toute ma substance comme si on m'avait branché sur une pompe aspirante. Le soleil était aveuglant et, quand il se réfléchissait dans les taches d'huile de la chaussée, il donnait naissance à des reflets bizarres, à des fantômes dansants qui flottaient au-dessus de l'asphalte noir. A un moment, je crus voir s'élever d'une flaque une tête vert et bleu. C'était un faciès horrible, aux joues labourées de profondes balafres et aux yeux écarquillés. Je secouai la tête, et le visage se contorsionna, tordant et distendant sa bouche qui finit par ressembler à la plaie que les équarrisseurs ouvrent dans la gorge des bœufs.

Pour ne plus voir ce visage, je marchai rapidement jusqu'au carrefour populeux de la Cent seizième Rue. En attendant un taxi, je jetai un coup d'œil derrière moi : la tête avait disparu. Mais son image restait imprimée sur ma rétine, et je ne compris pourquoi qu'une fois assis dans le taxi, en m'adossant à la banquette et en fermant les yeux : ce visage avait exactement l'expression que je m'attendais à voir sur celui de Richard Kleinman lorsque je lui apprendrais que Max Weill préférait la liberté à la volupté.

J'ouvris les yeux et m'ébrouai énergiquement. Le visage disparut. Mais, cinq cents mètres plus loin, il réapparut. Cette fois, il était accompagné d'un deuxième visage, et tous deux semblaient planer au-dessus de la tombe de Sacha Cherkhov.

37

J'allai prendre une douche et me raser à la Gare centrale, m'assurai que tout se passait bien chez Ronni, me rendis à pied à mon bureau, tapai une nouvelle série de notes et la postai, ressortis passer un nouveau coup de fil à Ronni, m'assis dans mon fauteuil à pivot et regardai, par la fenêtre, les voitures défiler sur la Sixième Avenue.

Dans mon métier, on passe soixante pour cent de son temps à se tourner les pouces et j'aurais dû y être habitué, mais, ce matin-là, l'attente me mettait les nerfs en pelote. Je n'arrivais pas à comprendre pourquoi ils tardaient tellement à se manifester, alors que je n'aurais pas été autrement surpris de les trouver campant sur mon paillasson. Cela me turlupinait, parce que j'avais l'impression d'avoir la situation bien en main : ils avaient les mains vides alors que je détenais Max, et ils ne disposaient d'aucun moyen de pression pour m'obliger à le leur restituer.

Le téléphone finit par sonner à midi moins dix. Je tirai le poste près de moi, m'adossai confortablement à mon fauteuil, posai mes pieds sur le dessus du bureau et décrochai à la quatrième sonnerie. Le combiné me parut humide et lourd.

— Kev ?

— Fiona Shaw.

— Ecoute, Fiona, je te rappellerai, dis-je. J'attends une communication importante.

— Tu as été en rapport avec Lilli, ce matin ?

— Je l'ai été hier soir, dis-je en reposant mes pieds par terre. Pourquoi ?

— Elle n'est ni chez elle ni au restaurant.

— Elle comptait faire des courses chez Macy.

— Elle allait bien, quand tu lui as parlé ?

— Très bien. Il y a longtemps que tu essayes de la joindre ?

— Cinq minutes. Au restaurant, on m'a dit qu'elle n'avait pas téléphoné pour signaler qu'elle était souffrante... elle n'est pas venue, simplement.

— Ce sont des choses qui peuvent arriver à tout le monde, dis-je sans trop y croire.

— Cela ne lui ressemble pas, Kev. De s'absenter sans prévenir. Ce n'est pas le genre de Lilli.

— C'est peut-être son jour de repos.

— Elle a congé pendant le week-end.

— Je vais me renseigner, dis-je sans m'affoler. Elle a dû aller chez Macy. Aussitôt que j'apprends quelque chose, je te préviens.

J'appelai le restaurant : Lilli n'était pas là, elle n'avait pas téléphoné, ce n'était pas son jour de repos. J'appelai chez elle : pas de réponse. J'appellai son concierge : elle était rentrée à sept heures et quart et ressortie à huit heures et quart, l'heure à laquelle elle partait habituellement travailler ; elle était rentrée seule et repartie seule. J'appelai Ronni : elle n'avait pas entendu parler de Lilli.

En téléphonant, je ne cessais de me répéter que je me mettais martel en tête pour trois fois rien, que Lilli Weill était une femme de soixante-neuf ans qui venait d'essuyer une véritable tornade morale, et qu'elle avait dû se réfugier quelque part pour mettre un peu d'ordre dans ses idées, peut-être à Central Park, peut-être en plein milieu de Broadway, sur l'un de ces bancs où un tas de vieilles femmes viennent s'asseoir et papoter, peut-être chez Macy, pour acheter à Max un peignoir de bain ou des pantoufles, peut-être chez Sloane, pour commander un lit à deux places. Il y avait des centaines de possibilités.

Je me mis en garde contre toute réaction irréfléchie ou prématurée, telle que bondir de mon fauteuil, glisser le Beretta dans ma ceinture et foncer ventre à terre au carrefour de Broadway et de la Quatre-vingt-unième Rue. Je me répétai tout cela en éteignant les lumières et en bouclant la porte séparant mon bureau de la salle d'attente.

Je repoussai légèrement le Beretta pour qu'il se loge douillettement au creux de mes reins et ouvris la porte donnant sur le palier.

Holt posa sa main sur ma poitrine et me repoussa à l'intérieur de la pièce. Kleinman nous y suivit et referma la porte.

38

Holt avait ses lunettes noires et Kleinman son sempiternel sourire. La main de Holt étant glissée sous son veston, je levai légèrement les miennes, paumes en avant, et m'immobilisai.

— Bonjour, monsieur Fitzgerald, dit Kleinman. On peut entrer ?

Je sortis ma clef, ouvris la porte de communication et allai m'asseoir dans mon fauteuil. Kleinman prit celui destiné aux visiteurs. Holt referma la porte et s'y adossa. Sa main n'avait pas bougé de sous son veston.

Kleinman croisa les jambes, remonta son pantalon et renifla délicatement.

— On ne pourrait pas ouvrir la fenêtre, monsieur Fitzgerald ? (Je fis pivoter mon siège et ouvris la fenêtre.) Merci. (Il se pencha en avant et tapota le dessus du bureau.) Je préférerais que vous n'enregistriez pas cette conversation. Légalement, j'obtiendrais évidemment la mise sous séquestre de tout enregistrement de ce genre, mais j'aimerais autant éviter ce genre de tracas... (J'acquiesçai.) Bien. (Il se radossa à son fauteuil.) D'autre part, je pense que nous sommes d'accord pour considérer que nous sommes tous les deux des hommes sensés, des adultes, pas des enfants, et qu'il est préférable de régler les questions délicates entre adultes. Vous êtes de mon avis, naturellement ?

— Naturellement.

— J'en étais sûr. (Il secoua la tête avec un soupir de regret.) J'avoue que je me sens responsable de la situation... disons fâcheuse dans laquelle nous nous trouvons actuellement. Je n'ai pas insisté suffisamment auprès de vous sur l'importance de ma proposition. Je m'en excuse. Mais ce qui est fait est fait. Dieu merci, nous n'avons pas dépassé le point de non retour, et je suis certain que cette affaire peut se régler à la satisfaction générale. Ce n'est pas votre avis ?

— Je l'espère.

— Dans ces conditions, je pense qu'il serait de notre intérêt à tous les deux de négocier une sorte d'échange. Exact ?

Je ne répondis pas, je ne bougeai pas la tête, je ne battis pas des paupières.

De la porte, Holt lança :

— Il vous a posé une question.

— Andrew, s'il vous plaît..., dit Kleinman du ton du père qui réprimande son fils parce que celui-ci l'a réveillé alors qu'il faisait la sieste. Monsieur Fitzgerald ?

Je fis basculer mon fauteuil en arrière, posai mes pieds sur le bureau et essayai de me dire que j'étais en position de force pour discuter. J'avais mes notes, j'avais mes enregistrements, et j'avais Max Weill. J'essayai de me dire qu'il s'agissait d'une simple transaction commerciale, que mon rôle se limitait à obtenir les conditions les plus avantageuses possibles, et que personne n'y laisserait trop de plumes. J'essayai de me dire que Kleinman ne disposait d'aucun moyen de pression et que son unique atout était une serveuse de soixante-neuf ans sans utilité pour qui que ce soit, ni pour lui, ni pour le mari, ni pour moi.

— Vous avez parlé d'un échange ? dis-je. Echanger quoi contre quoi ?

— Ne faites pas l'innocent, monsieur Fitzgerald, dit

Kleinman avec affabilité. Echanger Lilli Weill contre Max Weill.

— Je ne vous suis pas, dis-je. Auriez-vous kidnappé Mme Weill ?

Kleinman me menaça du doigt.

— Mme Weill a accepté d'être notre hôte.

— Qu'est-ce qui me le prouve ?

Holt ricana, et j'étais tellement tendu que je bondis de mon siège. Je me trouvai nez à nez avec son browning.

— Allez-y, tirez, dis-je. Il y a huit locataires, à cet étage.

— Andrew, dit Kleinman, s'il vous plaît. Je sais que nous sommes tous un peu énervés, mais je vous en prie.

Holt fit disparaître son browning. Je me rassis.

— Monsieur Fitzgerald, je vous certifie que Mme Weill se trouve actuellement chez nous. (Il sourit gaiement.) En parfaite santé.

— Et si je n'avais pas la possibilité de vous livrer Max Weill ? demandai-je.

Kleinman fronça les sourcils et polit l'ongle de son pouce sur la manche de son veston. Lorsqu'il lui parut suffisamment brillant, il leva les yeux vers moi.

— Dois-je comprendre que vous l'avez remis à... quelqu'un d'autre, monsieur Fitzgerald ?

— Je n'ai pas dit cela. Voilà ce que je vous propose : toutes mes notes et toutes mes cassettes en échange de Lilli Weill.

— Il est évident que nous serions contents d'avoir ces documents, monsieur Fitzgerald, mais ils sont secondaires. Non, je regrette, ce que je veux, c'est Max Weill.

— Et si Max Weill ne veut pas de vous ?

— Ah, dit-il avec un petit soupir. Oui, il y a toujours eu cette éventualité. Je pense que c'est une question que je devrai régler directement avec lui.

— Il m'a donné tout pouvoir pour le représenter, dis-je. J'ai carte blanche.

Kleinman secoua la tête.

— Inacceptable. Une fois l'échange fait, je pourrais envisager de vous laisser participer à mes négociations avec M. Weill.

Nous nous adossâmes à nos fauteuils respectifs.

— Je ne vois pas comment nous pourrions nous entendre, dis-je.

Holt fit un pas en avant.

— Oubliez pas que c'est une vieille dame, connard. Les vieux... quoi, merde, il peut leur arriver un tas de trucs.

— Comme à Cherkhov, vous voulez dire ?

— M. Cherkhov s'est suicidé, intervint vivement Kleinman. C'est officiel.

Par-dessus sa tête, je m'adressai à Holt.

— Qu'est-ce qui s'est passé ? Je ne peux pas croire qu'il vous ait envoyé là-bas pour le supprimer. Non. Je crois plutôt qu'il vous a chargé de voir ce que savait Sacha, et que vous n'avez pas voulu admettre qu'il ne savait absolument rien. Alors, vous vous êtes énervé, et vous avez lâché quelque chose que vous n'auriez pas dû dire. (La main de Holt se crispa sous son veston.) Comment rattraper votre gaffe ? En lui collant votre pétard dans l'oreille et en l'obligeant à avaler ses comprimés ? Génial. (Je me tournai vers Kleinman.) A votre place, je le flanquerais à la porte. Il fait de grosses boulettes.

Kleinman lança un regard féroce à Holt et déclara :

— M. Holt n'a jamais rencontré M. Cherkhov.

— Il a rencontré Cesar Concepcion, dis-je. J'ai assisté à l'entrevue. (Kleinman eut l'air perplexe.) Au 126, Hester Street. Le gosse qui élevait des pigeons.

Kleinman soupira.

— Ce garçon s'est tué accidentellement en faisant une chute malencontreuse. Une fois de plus, c'est officiel.

— Ce ne sera peut-être pas l'opinion de la brigade criminelle, dis-je. Et même si elle n'y trouve rien à redire, cela ne vous simplifiera pas l'existence.

Kleinman lissa son pantalon et en pinça le pli.

— Monsieur Fitzgerald, j'ai l'impression que vous parlez pour ne rien dire. Nous sommes venus vous trouver en toute bonne foi, pour gagner du temps et éviter des complications. Nous préférerions ne pas nous embarquer dans de longues recherches, mais, s'il le faut, nous sommes prêts à les effectuer.

— Ha-ha !

Il fit la sourde oreille.

— Pendant que nous nous livrerions à ces recherches, Mme Weill demeurerait notre hôte. (Il se retourna pour sourire paternellement à Holt.) Elle serait sous la responsabilité personnelle de M. Holt, en qui nous avons toute confiance. Evidemment, il n'a jamais eu l'occasion de s'occuper d'une femme âgée, fragile... n'est-ce pas, Andrew ?

— Si elle travaille dans un restaurant, elle ne doit pas être si fragile que ça. Serveuse, c'est dur, comme boulot. Je parie qu'elle tiendra le coup.

Je sentis l'étau se resserrer sur mes burnes sans avoir la moindre idée de ce que je pouvais y faire. La plupart des négociations ne présentent pas de difficultés, parce qu'il est toujours possible de réduire ses prétentions. On élague un peu en haut, on rogne un peu en bas, la partie adverse en fait autant, et on finit par tomber d'accord. Moi, je n'avais pas cette possibilité. J'aurais pu faire traîner les choses en longueur, mais la conclusion serait restée la même.

— Ce soir ? proposai-je.

Kleinman poussa un soupir de satisfaction.

— D'accord.

— C'est moi qui choisis l'heure et l'endroit ?

— Bien entendu, monsieur Fitzgerald. Quand et où ?

— Je vous le ferai savoir à dix heures, dis-je. Quand vous me téléphonerez chez moi.

— A dix heures, dit-il. Chez vous.

— Vous ferez venir Lilli Weill à l'appareil, pour que je vérifie que vous ne lui avez fait aucun mal. (Je regardai

Holt.) Si ce n'est pas le cas, je vous retrouverai. (Il rit, et cela me donna envie de lui crever les yeux.) Quand j'aurai acquis la certitude qu'elle va bien, nous fixerons l'heure et le lieu.

— Cela paraît acceptable, dit Kleinman.

Il se leva et secoua les faux plis de son pantalon. Holt retira enfin sa main de sous son veston. Kleinman le rejoignit près de la porte.

— A dix heures, dis-je.

Kleinman hocha la tête, puis dit posément :

— Monsieur Fitzgerald, j'espère que vous ne serez pas tenté de... demander de l'aide. A qui que ce soit. Considérons ceci comme un simple échange entre les principaux intéressés. L'intervention de tiers ne ferait que compliquer les choses. (Il me salua familièrement de la main.) Nous avons hâte de vous retrouver ce soir. Pas vrai, Andrew ?

— Et comment, dit Holt.

Il ouvrit la porte, attendit que Kleinman l'ait franchie, me fit un bras d'honneur et suivit son patron.

39

A neuf heures du soir, tous les muscles de mon corps étaient tellement contractés que je ne pouvais plus faire un pas sans souffrir de vingt endroits différents. J'avais passé le restant de la journée à échafauder des projets irréalisables, à imaginer des miracles invraisemblables et, d'une façon générale, à me conduire comme un lapin rongeant sa propre mâchoire, ce qui est le comportement habituel des lapins quand ils n'ont rien de consistant à se mettre sous la dent.

Je téléphonai à Fiona Shaw.

— Je te rappelle, dit-elle, je suis occupée sur une autre ligne.

— Tu ne peux pas me joindre à l'endroit où je me trouve actuellement.

— Merde. Bon, ne quitte pas, je me débarrasse de mon correspondant. (Elle me mit en attente et quand elle revint en ligne, me demanda aussitôt :) Tu as des nouvelles de Lilli ?

— Je ne sais pas où elle est, mais je sais comment la récupérer.

— Qu'est-ce que ça veut dire ?

— J'ai retrouvé Max Weill, et...

— Où est-il ?

— En sûreté, mais...

— Où ça ?

— Nom de Dieu, Fiona, tu vas la boucler, oui ? explosai-je. Il est chez des amis à moi. L'ennui, c'est que les gens qui le détenaient se sont emparés de Lilli.

— Oh, non, dit-elle. Oh, mon Dieu, non.

— Oh, si, dis-je. Je vais être forcé de leur remettre Max pour qu'ils nous rendent Lilli. Nous...

— Tu ne peux pas faire ça, dit-elle.

— Je n'ai pas le choix.

— Kev, il doit y avoir un moyen...

— Crois-moi, Fiona, c'est la seule solution, bordel de merde !

Elle garda le silence pendant trente secondes.

— Quand comptes-tu faire l'échange ?

— Cette nuit.

— A quelle heure ?

— Vers deux heures du matin, probablement.

— Où ça ?

— Je ne suis pas encore décidé, dis-je. Il me faut un endroit sûr.

— Tu veux faire ça chez moi ? Je peux te faire parvenir un jeu de clefs. (Rire moqueur.) Tu aurais mieux fait de les prendre quand je te les ai proposées.

Je ne relevai pas.

— Il faut que ça se passe en plein air. Dans une ruelle ou dans un parking. J'en connais un, dans la Ville basse, qui pourrait faire l'affaire.

— De quel côté ?

— Dans la Troisième Avenue.

— Un parking à ciel ouvert ? Ça te paraît prudent, Kev ? Je ne voudrais pas qu'il arrive quoi que ce soit à Lilli. Un parking en plein air, ça ne m'inspire pas confiance.

— Il n'est pas clôturé, ce qui fait qu'on peut en sortir par la Troisième Avenue, par la Neuvième Rue, par la Dixième Rue ou par Stuyvesant Street.

— Tu veux que je te serve de chauffeur ?

— Non, répondis-je, bien que sa proposition m'ait touché. Je tiens à limiter les risques.

— Tu me téléphoneras tout de suite après, pour me dire comment ça se sera passé ?

— Tu penses toujours à ton article, hein ? Tu veux que je prenne des notes ?

— Tu es vraiment un salaud, tu sais.

— Excuse-moi, dis-je. La force de l'habitude.

— J'attendrai ton coup de fil.

La communication suivante fut la plus pénible. Je composai le numéro de Ronni Gibson et demandai à parler à Weill. Lorsqu'il prit l'appareil, je n'essayai pas de lui dorer la pilule.

— Ils ont enlevé Lilli, et ils proposent de l'échanger contre vous.

Il rit tout bas.

— Ce n'est pas une surprise, n'est-ce pas, monsieur Fitzgerald ?

— Qu'est-ce que vous en pensez ?

— Cela change quelque chose, ce que j'en pense ? demanda-t-il. Si je vous dis que je refuse de retourner avec eux, cela changera quelque chose ?

Je ne trouvai rien à répondre.

— Pour récupérer Lilli, vous n'hésiterez pas à me remettre entre leurs mains... n'est-ce pas, monsieur Fitzgerald ? Vous ne les laisseriez pas faire du mal à Lilli dans le seul but de me protéger... n'est-ce pas ? (Il eut encore un petit rire.) Mais vous avez raison, c'est la meilleure solution. Ils ne me feront pas de mal.

— Kleinman a déclaré qu'il était disposé à discuter avec vous les conditions de votre libération, dis-je en espérant paraître sincère.

— Alors, nous discuterons, fit-il. A quelle heure viendrez-vous me chercher, monsieur Fitzgerald ?

— Vers minuit.

— Venez donc un peu plus tôt, monsieur Fitzgerald.

Mme Gibson nous fera du café, nous boirons un verre de schnaps et nous bavarderons tous les trois. Venez un peu plus tôt.

Je fermai le bureau à clef, sortis la voiture du garage, gagnai la Ville haute et trouvai un parcmètre vacant à deux pas de chez moi. En bouclant ma portière, je remarquai une vieille femme sous le porche d'un magasin d'antiquités. Assise sur une pile de journaux, elle vidait méthodiquement un grand sac à provisions blanc, portant l'inscription *Dry Dock Savings Bank.* Coiffée d'un torchon kaki sale, noué aux quatre coins, et vêtue d'une robe imprimée en lambeaux, retenue par une large ceinture de plastique rouge, elle avait drapé autour de ses épaules une vieille capote militaire dont l'une des manches était décousue et dont le devant était maculé de taches de sang et de vomi qui en disait long sur son système digestif.

Des orteils répugnants, verdâtres, émergeaient des trous de ses savates bleues. Elle déballa avec le plus grand soin une tranche de pain de seigle et, avec un couteau de plastique, en retira la croûte, qu'elle remballa et rangea dans le sac à provisions. Au moment où elle s'apprêtait à mordre dans la tranche de pain, elle s'aperçut que je l'observais. Aussitôt, elle fit disparaître le pain sous sa robe, appuya ses deux mains sur sa poitrine et ouvrit la bouche toute grande. Convaincu qu'elle allait hurler, je reculai.

Mais elle ne hurla pas, elle n'émit aucun son. On aurait dit qu'elle mimait une personne en train de crier. Que faire ? Lui offrir de l'argent ? Lui demander si elle avait besoin d'aide ? Appeler Police-Secours pour qu'on la transporte dans l'hôpital le plus proche ? Je m'approchai du porche. La bouche toujours distendue par son hurlement silencieux, la femme se hissa péniblement sur ses pieds gangreneux, empoigna son sac à provisions et, mi-claudicant, mi-courant, s'enfuit le long de l'avenue.

Je pensais encore à elle sur le coup de dix heures, lorsque le téléphone sonna.

40

Lilli paraissait en pleine forme.

— Je joue au rami avec M. Holt, me dit-elle. Il est mauvais joueur. Quand il perd, il fait la gueule et tape sur la table. Il me doit déjà trente et un dollars et quatre-vingts *cents*.

— Ils ne vous ont pas fait de mal ? demandai-je.

— Qu'est-ce qu'ils peuvent me faire ? Je suis une vieille femme, je suis pas quelqu'un de dangereux. (Elle baissa la voix.) Une fois, M. Holt m'injurie — un mot horrible —, mais c'est parce qu'il défausse un deux et que moi je lui prends son deux de cœur et j'annonce rami. Il me traite aussi de vieille merde sénile, comment une merde peut être sénile, vous pouvez me dire ?

— Ils vous ont expliqué ce qui se passe ? demandai-je.

— Pourquoi expliquer ? répondit-elle. Ils me prennent parce qu'ils veulent Max. C'est pas compliqué.

— C'est ça, dis-je en essayant de trouver quelque chose à ajouter.

— Allô ? Allô ? Vous êtes toujours là, monsieur Fitzgerald ?

— Je suis là.

— Que dit Max ?

— Il dit que c'est d'accord.

Elle garda le silence un instant.

— Ils vont lui faire du mal ? demanda-t-elle enfin.

— Non. S'il lui faisait du mal, il ne leur serait plus d'aucune utilité.

— C'est juste, dit-elle. J'avais pas pensé. (Un silence.) Monsieur Fitzgerald...

— Je vous écoute.

— Je le reverrai ?

Je croyais m'être préparé à cette question, mais il est probable que je ne l'étais pas, car, avant que je n'aie pu lui répondre, elle me demanda une seconde fois :

— Je le reverrai ?

— Je ne sais pas.

— J'aimerais le revoir.

— Oui, je comprends. Ils se feront tirer l'oreille.

— Mais c'est possible ?

— Je ferai de mon mieux.

— Ça, je suis sûre, monsieur Fitzgerald. Mais c'est possible ?

— Je ne sais pas, Lilli.

Sa voix baissa jusqu'au murmure.

— Je l'aime, dit-elle. Vous croyez qu'il m'aime ?

— Oui, répondis-je. Certainement.

— Certainement ?

— Certainement.

— Et vous ferez de votre mieux ?

— Vous le savez bien. Passez-moi Kleinman. (Kleinman prit l'appareil.) Deux conditions, lui dis-je. Au moment de l'échange, vous les laissez s'embrasser.

— Aucune objection, dit-il.

— Et, dans les vingt-quatre heures qui suivent, nous nous réunissons, vous, Weill et moi, pour voir ce qu'il veut faire... s'il désire continuer à travailler pour vous.

— Pas de problème, dit-il. Et vos documents, monsieur Fitzgerald ?

— Je vous les remettrai au cours de notre conversation sur l'avenir de Weill.

— Je préférerais les avoir ce soir, déclara-t-il avec désinvolture.

— Ne dites pas de bêtises, ripostai-je. Vous avez un crayon ?

— Je vous écoute, dit-il.

— Il y a un parking à ciel ouvert sur le côté est de la Troisième Avenue, entre la Neuvième et la Dixième Rue. C'est là que j'amènerai Weill et que vous amènerez Lilli. N'arrivez pas là-bas avant deux heures du matin. J'y serai avant vous. Quand je verrai une voiture entrer dans le parking, je ferai clignoter mes phares. Lorsque vous verrez clignoter des phares, roulez jusqu'au fond du parking, tout au fond, votre pare-chocs contre le mur, et coupez le contact. Quand votre moteur s'arrêtera, je ferai à nouveau clignoter mes phares. Vous me suivez, jusqu'ici ?

— Je vous suis.

— Comptez jusqu'à vingt et descendez tous les trois, Holt, Lilli et vous. Je ne veux personne d'autre dans la voiture, ni sur la banquette arrière, ni dans le coffre. Ni aucun véhicule de couverture. Descendez tous les trois côté passager. Vous restez près de la voiture, les mains posées à plat sur le coffre, et vous envoyez Holt vers moi avec Lilli. Je viendrai à sa rencontre avec Weill.

« Lilli doit marcher toute seule... il ne faut pas que Holt la touche, et je veux pouvoir m'assurer qu'il a les mains vides. S'il la touche, ou si ses mains ne sont pas visibles, ou s'il tient quoi que ce soit, même une simple tablette de chocolat, je fais demi-tour avec Weill et je remonte dans ma voiture. Compris ?

— Compris.

— Quand nous sommes réunis tous les quatre, Holt examine Weill et j'examine Lilli. C'est à ce moment-là qu'ils s'embrassent, tous les deux.

« Ensuite, Holt, Weill et moi attendons que Lilli gagne

ma voiture. Une fois qu'elle y est montée et qu'elle s'est allongée sur le plancher, je vais la rejoindre et je mets mon moteur en marche. Quand le moteur tourne, et pas avant, Holt conduit Weill à votre véhicule.

« Lorsque je suis sorti du parking et que j'ai regagné la rue, et pas avant, vous montez tous les trois dans votre voiture. C'est clair ?

— Oui, j'ai pigé, dit-il.

— Si vous ne faites pas exactement ce que je viens de vous dire, ou si Lilli a été maltraitée, je vous descends tous les deux.

— On se retrouve à deux heures, monsieur Fitzgerald.

41

Dans la voiture, l'atmosphère était confinée et, chaque fois que j'allumais une nouvelle cigarette, Max Weill abaissait un peu plus sa vitre. Je m'étais garé en biais à l'extrémité sud du parking, pour pouvoir démarrer dans n'importe quelle direction. Nous étions là depuis minuit et demi, et, en quarante minutes, j'avais fumé cinq cigarettes et Weill avait porté cinq fois à ses lèvres la bouteille de cognac qui était posée entre nous sur la banquette.

Nous passions le temps en observant le manège des tapineuses qui arpentaient la Troisième Avenue. Weill gloussait quand il en apercevait une qu'il estimait âgée de moins de seize ans et crachait par la portière chaque fois qu'il repérait des épaules larges et une mâchoire carrée.

— Encore un travesti, murmura-t-il au passage d'une grande bringue en minijupe. Une fois, je suis saoul et je m'y laisse prendre. Petite et très jolie. Une bouche si douce qu'on avait l'impression de se faire sucer par un ange. Un ventre satiné. (Il éclata de rire.) Et une paire de couilles grosses comme des pamplemousses.

De temps en temps, une tapineuse parvenait à racoler un automobiliste. Elle montait dans sa voiture, qui allait se garer dans un coin sombre du parking. La plupart des filles étaient des Noires, mais les clients étaient tous des Blancs, et leurs plaques minéralogiques indiquaient qu'ils venaient des faubourgs ou du New Jersey.

Aucune autre voiture ne pénétra dans le parking, et aucun véhicule ne s'arrêta devant l'un des parcmètres qui jalonnaient l'avenue.

Weill but encore une lampée de cognac et regarda une minuscule tapineuse en short qui faisait les cent pas sous un lampadaire.

— A Auschwitz, dit-il, il y a beaucoup de putains. Les officiers S.S. apprécient les filles juives. Les putains me disent que leur travail n'est pas trop dur. Pas aussi agréable que celui de l'orchestre, mais pas trop dur. Souvent, on les autorise à se rendre au Canada... Le Canada, c'est l'endroit du camp où nous achetons des choses, c'est notre marché noir. Moi aussi, je vais souvent au Canada.

Un autobus s'arrêta au coin de la Neuvième Rue, et il en descendit un homme entre deux âges. Weill se tut pendant que l'homme examinait la tapineuse. L'homme s'éloigna.

— Un jour, Sacha Cherkhov a besoin d'un suspensoir — il souffre d'une hernie —, et je lui trouve un suspensoir. Ce soir-là, il joue comme un dieu. Vous voyez, la musique vient des bourses. (Il fredonna quelques mesures d'une mélodie.) C'est un bon violoniste, Sacha. Quand Mengele vient nous écouter, Sacha joue le concerto de Brahms. Splendide. La plus belle interprétation de Brahms que j'aie jamais entendue.

L'homme entre deux âges était revenu se poster au carrefour. La petite tapineuse l'aperçut et lui fonça dessus.

— Au début, j'ai plus de chance que Sacha. Tous ceux qui peuvent porter leur instrument escortent les prisonniers jusqu'aux chambres à gaz. Comment porter un piano? Mais les S.S. n'aiment pas les exceptions. Un jour, ils m'apportent un accordéon, et moi aussi je dois accompagner les prisonniers. (Il but une nouvelle lampée.) Les musiciens et les *capos*.

Le passager et la tapineuse marchandaient ferme.

— Nous donnons un concert chaque soir et plusieurs le dimanche, deux, trois concerts. Les S.S. nous écoutent en battant la mesure, boum, boum, boum. S'ils sont bien disposés, s'ils se sentent d'humeur culturelle, ils permettent à une centaine de prisonniers d'assister au concert et ils les encouragent à battre la mesure, eux aussi : boum, boum, boum.

« Un dimanche, nous jouons la Troisième de Beethoven, et le second violon, qui a un ulcère et de la dysenterie, déraille. Il déraille pas mal. On nous arrête. « Qui fait cela ? » me demande l'officier S.S. Ce jour-là, c'est moi qui dirige, le chef d'orchestre est en train de mourir du typhus. « Je n'ai pas vu », je réponds.

« Mais un flûtiste, un Allemand qui est fier de jouer pour d'autres Allemands, si fier qu'il grandit d'une tête quand les S.S. entrent dans la salle, il pointe sa flûte sur le second violon et il dit : « C'est lui qui a fait cela. » Ce soir-là, le second violon part au block Onze.

La petite tapineuse avait pris le passager de l'autobus par la taille et l'entraînait vers le nord, en direction d'un groupe d'hôtels de passe de la Douzième Rue.

— Un jour, j'escorte les prisonniers en jouant de l'accordéon et, dans la colonne, je reconnais un camarade de classe, Fritz. Le meilleur raconteur d'histoires de Vienne. Un type qui ferait rire un croque-mort. Il me fait un petit signe de la main, comme ça, on dirait un enfant saluant un oiseau qui passe dans le ciel, et il entre dans la chambre à gaz.

« Son dos est très maigre, et je me demande : Est-ce que mon dos à moi est aussi maigre ? Est-ce que quelqu'un regardera mon dos, quand j'entrerai dans cette chambre ? Est-ce que quelqu'un regarde mon dos en ce moment ?

Le dos du passager de l'autobus paraissait grassouillet sous son veston de popeline, mais celui de la tapineuse, à peu près nu car elle portait un bustier, était osseux, et, même à la lueur diffuse des réverbères, on distinguait ses cicatrices.

— Un dimanche, il se produit un drame. Un violoncelliste devient fou furieux et étrangle un interprète... parce qu'ils n'étaient pas d'accord sur le sens d'un mot, vous vous rendez compte ? Les interprètes sont des prisonniers, mais, comme les *capos,* ils sont en très bons termes avec les S.S.

« A titre de sanction, les S.S. exigent dix musiciens. (Il rit ironiquement.) Si on avait étranglé l'un des leurs, ils auraient réclamé tout l'orchestre. « Dix, ce n'est pas beaucoup », ils me disent. « Quels dix ? », je demande. « Choisissez-les vous-même, Max », ils me répondent.

Il porta une fois de plus la bouteille de cognac à sa bouche et regarda les feux de croisement passer quatre fois du vert au rouge.

— Alors, je choisis, reprit-il.

Il attendit que je dise quelque chose, mais je gardai bouche cousue et face de bois.

— Je commence par choisir des musiciens que je n'aime pas, des musiciens qui jouent mal. Ensuite, je choisis des *gens* que je n'aime pas, les Allemands de l'orchestre, un Polonais, un Belge qui est menteur. Ensuite, je choisis ceux qui plaisantent avec les S.S. Ensuite, je choisis ceux qui sont gras : ce sont sûrement des traîtres, sinon comment pourraient-ils engraisser ? Ensuite, ceux qui sont maigres : de toute façon, ils n'en ont plus pour longtemps, après tout. Ensuite, ceux qui sont vieux, puis ceux qui sont malades, puis ceux qui ne se consolent pas d'avoir perdu leur famille.

« Je passe toute la nuit à choisir. Au matin, j'ai dix noms. (Il leva les deux mains et écarta largement les dix doigts.) Dix. Un homme courageux leur remettrait une feuille blanche. J'y songe. Mais je me dis : Max, si tu ne choisis pas, un autre le fera, et son choix sera encore plus mauvais. (Il secoua la tête avec dérision.) Pas très original, comme excuse.

La tapineuse tenait le passager de l'autobus par la taille et elle avait posé la tête sur son épaule. De loin, on les aurait pris pour un couple d'amoureux pas très bien assortis.

— Je barre le dixième nom et, à la place, j'inscris : Max Weill. Mais ce n'est pas du courage. C'est de la fanfaronnade. Les S.S. n'aiment pas les volontaires, ils n'admettront pas que je me choisisse moi-même, et je le sais. C'est un geste, le geste d'un faux brave. Je leur donne ma liste.

« La nuit suivante, ils viennent dans le baraquement et ils m'emmènent. Ils me transfèrent à Bergen-Belsen, et c'est là que, plus tard, je suis libéré par les Alliés.

— Et les neuf autres ? demandai-je. Qu'est-ce qu'ils sont devenus ?

— Je ne sais pas, répondit-il. Ils ont probablement été gazés. Une fois, après la guerre, je commence à les rechercher. Je n'ai pas le cran de continuer. Je ne sais pas.

— Sacha figurait sur cette liste ?

— Sacha ? dit-il l'air incrédule. Non, pas Sacha. Comment aurait-il pu figurer sur une telle liste ? Il est à New York.

— Et Leo Hirsch ? Il était sur la liste ?

Il hésita.

— Au début. (Il fredonna encore quelques mesures de mélodie.) Vous avez des enfants, monsieur Fitzgerald ?

— Non.

— Moi non plus, je n'ai pas d'enfants. Lilli en voulait, mais je suis un homme ambitieux. Leo avait des enfants, des petits, trop jeunes pour être employés à un travail quelconque. Ces enfants-là, les nazis les conduisaient à l'infirmerie et méthodiquement, expérimentalement, ils leur brisaient les os. Beaucoup, beaucoup de fois. Pour vérifier diverses théories médicales sur les os. Et sur la souffrance. Après, ils les portaient aux fours crématoires et ils les y jetaient. Je parle de ceux qui ne pouvaient plus marcher. Mais certains pouvaient encore marcher... ou plutôt boitiller. Le fils de Leo pouvait boitiller, alors ils l'ont mis dans la colonne qui se rendait aux chambres à gaz. Il donnait la main à une inconnue. Nous, bien entendu, dans l'exercice de nos fonctions, nous escortions cette colonne en jouant de la musique. Leo jouait de la clarinette. Lorsque l'inconnue et le fils de Leo sont arrivés à la porte de la chambre à gaz, le gamin s'est retourné, il a regardé son père, le joueur de clarinette, et il a dit : « Papa, c'est noir... c'est tout noir, et j'ai été bien sage. » Et Leo a continué à jouer.

« Lorsque j'ai dû établir la liste, je me suis souvenu de cette scène et j'ai inscrit le nom de Leo.

— Et puis ? dis-je.

— Et puis je me suis rappelé qu'une fois, il m'avait sauvé la vie.

Après un silence, je demandai :

— Comment en êtes-vous venu à travailler pour Kleinman ?

— A la fin de la guerre, je suis interrogé par l'O.S.S. Des messieurs très polis. Ils ressemblent à des Allemands, mais ce sont des Américains. Ils me questionnent sur les amis que j'avais dans le camp. Après plusieurs semaines d'interrogatoire, ils m'annoncent que Lilli est morte, qu'ils savent que ma carrière est *kaput,* et qu'ils aimeraient explorer — c'est le terme qu'ils emploient, « explorer » — mon don exceptionnel pour l'amitié. Pendant quelques semaines, nous « explorons ». Ils m'offrent du travail. Je réfléchis, et je finis par accepter.

— Je ne comprends pas, dis-je. Pourquoi ne pas reprendre simplement votre carrière de pianiste au point où vous l'aviez laissée ?

Il tendit la main vers la bouteille de Courvoisier et renversa un peu de cognac sur son pantalon. Je ne m'étais pas rendu compte à quel point il était ivre.

— Ma carrière était *kaput.*

— Vous aviez peur de ne plus trouver d'engagements parce que vous aviez joué pour les S.S. ?

— Non, répondit-il sèchement.

— Alors, je ne vois pas...

— Monsieur Fitzgerald, vous êtes un imbécile. A Bergen-Belsen, je cause avec un Français et je lui explique dans quelles conditions j'ai quitté Auschwitz. Il m'écoute avec beaucoup de sympathie. De grosses larmes coulent sur ses joues, et je suis ému de voir qu'un être humain est capable de comprendre aussi bien les faiblesses d'un autre être humain. Nous nous embrassons et nous pleurons.

« La nuit, il vient me trouver avec quatre autres prisonniers. Trois d'entre eux m'immobilisent pendant que le Français et un Hongrois me cassent d'abord les bras, puis les poignets, et enfin, un par un, articulation par articulation, tous les os de la main. Au moment où ils s'apprêtent à me tuer pour me punir d'avoir « collaboré », je suis sauvé par la ronde de nuit des gardiens. (Il posa le bout de ses doigts sur le tableau de bord.) Vous devez vous douter que Bergen-Belsen n'est pas l'endroit rêvé pour la chirurgie orthopédique.

— D'accord, dis-je. Vous ne pouviez plus jouer. C'est entendu. Mais pourquoi...

Il frappa le tableau de bord du tranchant de la main.

— Monsieur Fitzgerald, en ce monde, il y a des gens très courageux et très philosophes. Il y a des peintres qui deviennent aveugles et ne peuvent plus peindre, des danseurs qui sont estropiés et ne peuvent plus danser. Ils continuent à vivre, ils acceptent leur sort, ils se créent une nouvelle existence. Je ne suis pas aussi courageux ni aussi philosophe. On m'a arraché une partie de moi-même, et elle laisse un grand vide. Et comme j'ai l'impression que rien ne pourra jamais combler ce vide, je ne tente pas de le combler. Essayez de comprendre que Max Weill, c'est un homme qui joue du piano. Je ne peux plus jouer de piano, alors je ne suis plus Max Weill. Comment pourrais-je revenir en arrière ? Il n'y a pas de retour possible. Tous ceux qui m'aimaient, tous ceux qui m'admiraient aimaient et admiraient le pianiste Max Weill. Qui est mort.

« J'accepte la proposition de l'O.S.S. (Il sourit.) S.S., O.S.S., il y a seulement une lettre de différence. Plus tard, l'O.S.S. devient la C.I.A., et je suis adopté par Richard Kleinman. D'ascendance allemande.

« Kleinman n'est pas trop mal. Il aime la musique, il mange proprement. Holt ressemble à un caporal des S.S. Entre Kleinman et moi, l'accord est simple : je l'aiderai ; il me donnera ce que je désire. Le travail n'est pas compliqué. Nous allons ici, nous allons là, et je parle avec mes anciens amis. La plupart du temps, la conversation est sans intérêt. Par la suite, elle devient plus valable... lorsque mes vieux amis acquièrent des situations et du prestige. Et, finalement, la conversation devient tout à fait rentable, particulièrement avec mon vieil ami Leo Hirsch.

— Rentable à quel point de vue ?

— Dans toute l'Amérique, en Californie comme au Massachusetts, il y a des industriels. Ces industriels fabriquent des instruments merveilleux... des ordinateurs et autres gadgets. Les pays de l'Est désirent acquérir ces gadgets, alors ils trouvent des intermédiaires — des négociants suisses, des courtiers du Liechtenstein, des financiers monégasques —, et ces intermédiaires achètent les gadgets en question. Aucune loi américaine n'interdit de vendre une merveilleuse machine à un homme d'affaires suisse. Et l'homme d'affaires suisse la revend ensuite à l'Est. Seulement, c'est une opération compliquée, qui emprunte des itinéraires compliqués et nécessite des paperasses compliquées. Et l'Est ne veut pas courir le risque d'acheter la même merveilleuse machine à un Suisse, à un Monégasque et à un Belge. Alors, il faut qu'il existe un endroit, une personne qui s'assure qu'il n'y a pas de double emploi en contrôlant tous les documents et toutes les transactions.

— Leo Hirsch, dis-je.

— Leo Hirsch, confirma Weill. Tout passe par les mains du discret et sympathique attaché commercial. Résultat : Leo sait très exactement quelles merveilleuses machines l'Est achète aux industriels patriotes de la Californie et du Massachusetts. Et si Leo me le dit — ce qu'il fait — et que je le répète à Kleinman — ce que je fais —, les Etats-Unis peuvent contrôler ces ventes. Vous comprenez, monsieur Fitzgerald, ce qu'une personne achète n'indique pas seulement ce qui lui manque, cela révèle aussi ce qu'elle possède.

— Très astucieux, dis-je et je le pensais. Je n'aurais pas cru ça de Leo.

Weill contempla longuement la rue.

— Vous n'êtes sûrement pas un ange, monsieur Fitzgerald, mais il vous reste un petit fond de moralité. Vous croyez encore au bien, au mal, à ce qui se fait et à ce qui ne se fait pas. Vous croyez à ce genre de chose, hein ?

— Quelquefois.

Il leva ses deux index et les accrocha l'un à l'autre.

— Pendant la guerre, Leo et moi, nous sommes comme ça. Regardez : si je bouge un doigt, l'autre doit bouger aussi. Je sais tout de lui, qui il aime, qui il déteste, qui il trahit ; ce qui le fait rire, ce qui le fait pleurer, ce qui le fait s'épanouir de fierté, ce qui le fait rougir de honte. Il me fait confiance. Comme un enfant.

— Ou comme un auditoire.

— Très subtil, monsieur Fitzgerald, vraiment très subtil. Oui, comme un auditoire. Avant de jouer, je me dis à moi-même : j'aime cet auditoire, j'adore cet auditoire, je vais faire plaisir à cet auditoire, et s'il me résiste, je le prendrai comme ceci ou comme cela, jusqu'à ce qu'il entende ce que je veux lui faire entendre. Leo n'est pas un compliqué. Comme moi, il ne s'embarrasse plus de principes. Il n'est pas difficile de le convaincre que je suis toujours son ami et que rien de ce que nous pouvons faire, rien de ce que nous pouvons dire n'a plus d'importance que notre amitié. Ça compte, quelques bouts de papier ? Ça compte, l'Est et l'Ouest ? Ça compte, le capitalisme et le communisme ? S'il me renseigne, il me fera plaisir et je lui ferai plaisir — de l'argent sur un compte dans une banque suisse, un passage sans problème à l'Ouest pour les derniers membres de sa famille, une nouvelle identité si jamais il le désire —, et, pour des amis, il n'existe rien de plus important que de se faire mutuellement plaisir.

— Et il a avalé ça ?

Weill sourit.

— Petit à petit. Monsieur Fitzgerald, j'offre à Leo l'affection et la fortune... comment pourrait-il refuser ! Après tout, lui et moi, nous ne croyons à rien d'autre.

— Il n'a jamais tenté de faire machine arrière ?

— Si, bien sûr. Il a peur. Mais je le rassure. Ces derniers temps...

— Ces derniers temps ?

— Ces derniers temps, il est terrifié. Je ne sais pas pourquoi. Peut-être y a-t-il une purge en cours à Berlin ; peut-être m'aime-t-il moins. Si cela continue, il finira par laisser tomber. (Il ricana.) Et ce sera la fin de ma seconde carrière.

— Vous vous rencontrez toujours au concert ?

— Non, non. Au début nous nous voyons comme des gens ordinaires, nous déjeunons au restaurant, nous prenons un verre ensemble, nous allons au jardin zoologique — Leo adore les pandas —, nous nous efforçons de comprendre les subtilités du base-ball. (Il sourit à ses souvenirs.) Leo est très allemand : une fois qu'il a saisi les règles du jeu, il ne s'intéresse plus qu'aux Yankees, l'équipe traditionnelle. Nous sommes des amis... frauduleux, mais réels. Vous pouvez comprendre cela ? Pourquoi le comprendriez-vous ? Moi, je ne comprends pas. Mais ensuite, à l'instigation de Kleinman, nous nous rencontrons seulement au concert, jamais ailleurs. Moi, cela me convient parfaitement. Holt est furieux. Leo s'incline.

— Je croyais qu'il aimait la musique, dis-je.

— Oh, il l'aime. Mais c'est surtout moi qu'il aime, et il prétend que je l'abandonne, que je déprécie notre amitié, que je la rabaisse au niveau d'un sordide accord commercial. Allons nous promener à Central Park, allons dîner ensemble. De vrais amis ne se retrouvent pas, comme des conspirateurs, dans une salle de concert dépourvue de toute intimité. Naturellement, Kleinman ne veut rien entendre, et Leo est de plus en plus mécontent. . et de plus en plus terrifié.

— Kleinman sait que Leo est terrifié ?

— Bien sûr que non. Ce serait ma fin. Kleinman ne se tracasse pas pour Leo. Il se fait seulement des soucis pour moi. Où suis-je allé faire un tour ? Est-ce que j'ai rencontré quelqu'un de connaissance ? Personne ne s'est arrêté pour me dévisager ? Est-ce que j'ai téléphoné ? Est-ce que j'ai posté une lettre ? Il m'interroge, il interroge Holt. C'est pour ça qu'il ne m'autorise plus à donner des leçons. Il a peur que je passe à l'ennemi. L'ennemi, c'est ses concurrents : les autres services de renseignements, ou même une branche différente de la C.I.A. Il ne me le dit pas... il prétend qu'il a peur que je me fasse assassiner. Je le découvre par Leo : tous ces services seraient enchantés d'apprendre mon existence et de m'utiliser.

— Vous n'avez jamais eu envie d'arrêter !

— Richard Kleinman est un homme très persuasif. Il aurait fait fortune dans l'immobilier. Il promet des tas de choses, il fait miroiter de séduisantes perspectives. J'habiterai un appartement de grand luxe, j'aurai les meilleurs chirurgiens, je posséderai deux pianos, et je serai libre de faire tout ce que je voudrai... sauf de me faire connaître. Et quel besoin aurai-je de me faire connaître ? Je serai tellement libre, je deviendrai un citoyen américain. Et je le crois. On croit toujours ce qu'on a envie de croire.

« Je le crois tellement que, certains jours, je traîne Andrew au tribunal de Foley Square, et nous nous asseyons au dernier rang, quand le juge fait prêter serment à de nouveaux citoyens. « Je jure de servir le drapeau... » C'est ridicule, hein ?

Il regarda, par la portière, un grand immeuble résidentiel, de l'autre côté de la rue. Quelques fenêtres seulement étaient éclairées, mais leur disposition, pour un cerveau embrumé par l'alcool, pouvait, à la rigueur, évoquer un drapeau.

— Pour moi, dit-il, l'Amérique, c'est le paradis. Pas pour vous, parce que vous y êtes né. Pour vous, c'est seulement un pays riche. Vous ne voyez pas le paradis. Mais moi, je le vois. Je suis triste que Kleinman ne tienne pas sa promesse.

— Vous auriez pu le quitter, fis-je remarquer, si vous y attachiez une telle importance.

— Je vais vous raconter une histoire... écoutez bien. Voilà Max Weill qui se met à pérorer comme un vieux juif à la Brasserie du Square, tout en bas de Broadway. (Il rumina une seconde.) Un vieux juif qui a trop bu. Il y avait une fois un village appelé Chelm. Ce n'est pas un vrai village, c'est un endroit imaginaire, un village d'Orient qui incarne tous les autres villages. Un jour, les anciens de Chelm décident d'embaucher un homme pour s'asseoir à l'entrée du village et attendre la venue du Messie.

« Cet homme attend, il attend, il attend, et il finit par en avoir marre. Alors il va trouver les anciens et il leur dit : « Je m'assois et j'attends, je m'assois et j'attends. Personne ne vient, et la paye est très basse. » Et les anciens lui répondent : « Tu as raison, la paye est basse. Mais tu as un avantage : c'est une place stable. »

La petite tapineuse et le passager entre deux âges de l'autobus avaient disparu dans l'un des hôtels.

Weill tendit le bras et me tapota la main. A ce moment-là, une grosse limousine noire fit demi-tour dans la Troisième Avenue et monta sur le trottoir en face du parking. Je repoussai la tête de Weill sous le tableau de bord, cherchai le commodo à tâtons et fis clignoter mes phares. La limousine répondit en faisant clignoter les siens et s'engagea silencieusement sur l'allée gravillonnée du parking, qu'elle suivit jusqu'à ce que son capot ne soit plus qu'à quelques centimètres du mur du fond.

42

Le conducteur de la grosse limousine noire arrêta son moteur.

J'armai le Beretta, le remis dans son étui, fis clignoter mes phares et commençai à compter. Je comptai comme je le faisais quand j'étais gamin : un, cinq cent mille, deux, cinq cent mille, trois, cinq cent mille...

A dix-sept, je déverrouillai la portière de Weill. A dix-neuf, je baissai la tête et ouvris ma propre portière.

— Ne bougez pas avant que je ne vienne vous chercher, chuchotai-je.

A vingt, je me faufilai hors de la voiture et, en me déplaçant latéralement, comme un crabe, je contournai la malle arrière et longeai le côté droit de l'auto jusqu'à la portière avant, que j'entrouvris sans bruit.

— Attendez, murmurai-je.

Kleinman était descendu de la limousine noire. Légèrement penché en avant, il s'appuyait des deux mains, largement espacées en V, sur le coffre.

La portière avant droite s'ouvrit, et je vis Holt s'en extraire. Il tenait ses mains à la hauteur de sa poitrine, bien écartées du corps. On aurait dit un orateur de fin de banquet essayant de calmer les applaudissements des convives. Tournant le dos à la limousine, il fit trois pas de côté pour atteindre la portière arrière.

Il leva la main gauche au-dessus de sa tête et, de la main

droite, ouvrit la portière. Lorsque celle-ci fut grande ouverte, il fit lentement trois pas en avant. Au troisième pas, Lilli Weill posa les pieds par terre et, en se cramponnant à la poignée de la portière, s'extirpa de la voiture.

— Maintenant, dis-je à Weill en m'écartant. Restez accroupi jusqu'à ce que je vous dise de vous relever. (Respirant péniblement, il se laissa glisser sur le sol.) Tenez-vous derrière moi.

Je levai les mains pour montrer à Holt que je n'avais pas d'arme et me redressai. Derrière mon dos, j'entendis Weill prendre son souffle et se relever. Pour leur faire savoir que j'allais me mettre en route, je frappai le sol du pied à deux reprises. Holt hocha la tête pour indiquer qu'il avait compris le signal.

A petits pas réguliers, je me mis en marche vers un espace libre, au centre du parking. Weill me suivit comme mon ombre. Tous les deux ou trois pas, il tendait la main pour me toucher le dos, à quelques centimètres de la crosse du Beretta.

Aussitôt que Kleinman eut compris où nous allions, il frappa sur le coffre. Lilli partit vers l'emplacement dégagé, et Holt lui emboîta le pas à une soixantaine de centimètres de distance. Voyant qu'elle avançait tout doucement, je ralentis, et Weill vint buter contre mon dos.

— Excusez-moi, dit-il.

A cette distance, Lilli semblait en assez bonne condition, mais je n'aurais pas pu l'affirmer, car l'éclairage verdâtre du parking était si trompeur que son visage paraissait par moments gris, par moments jaune, et par moments presque noir.

Soudain, une voiture pie de la police, gyrophare tournant, dévala la Neuvième Rue en direction de l'ouest, freina pile au carrefour et vira dans la Troisième Avenue en chassant de l'arrière.

Je m'immobilisai un pied en l'air et le reposai sur le sol aussi prudemment que si je marchais sur une vitre très mince. Lilli s'arrêta également, et Holt lui posa la main sur l'épaule.

La voiture de police remonta la Troisième Avenue à fond de train. A la hauteur de la Onzième Rue, elle déclencha sa sirène. Aucun d'entre nous ne fit un geste avant de l'avoir vue tourner vers l'est dans la Quatorzième Rue.

Nous nous remîmes en marche, et, à ce moment-là, j'entendis pour la première fois le bruit de leurs pas : ceux de Lilli vifs et courts, la serveuse s'affairant de table en table : ceux de Holt pesants et réguliers, le bourreau montant les marches de l'échafaud.

Lorsque nous ne fûmes plus qu'à deux mètres les uns des autres, nous fîmes halte. Je tendis la main derrière mon dos pour inviter Weill à venir à côté de moi. Il prit ma main, me rejoignit et ne la lâcha pas après s'être placé à mon niveau.

Lilli Weill l'aperçut et lui envoya un baiser.

Holt et moi échangeâmes un signe de tête.

— Ne bougez pas, dis-je à Weill, et je m'avançai vers Lilli.

En même temps, Holt se dirigea vers Weill.

Nous fîmes deux pas chacun. Ce fut à ce moment-là que le bruit retentit.

On aurait cru entendre l'explosion d'une ampoule électrique, mais sans le tintement de verre brisé. Un timide petit plop.

Le bas du visage de Holt se volatilisa. Un morceau de sa mâchoire rebondit sur une camionnette, un autre décrivit une trajectoire et disparut sous une voiture. Son sang gicla en jets séparés, dont l'un arrosa les cheveux et les épaules de Lilli. Holt parut indigné, outragé. Il ne pouvait pas concevoir qu'une chose pareille puisse lui arriver à lui, qu'on puisse lui tirer dessus, le blesser et l'envoyer rejoindre ses nombreuses victimes.

Le deuxième plop retentit pendant que je plaquais Weill au sol. Je poussai le vieux pianiste du pied pour qu'il s'éloigne, roulai sur moi-même, dégainai le Beretta et me remis sur le dos.

Holt s'était laissé tomber sur un genou et braquait son browning droit devant lui. Son sang jaillissait de sa moitié de visage sur la manche de son veston. Il fit décrire au browning un languissant arc de cercle de cent degrés.

On entendit un troisième plop, et je roulai une fois de plus sur moi-même en me coinçant la jambe sous la roue arrière d'une voiture. Je voulus la dégager trop vite, et il fallut que je me morde la lèvre pour ne pas hurler en sentant un ligament céder.

Lilli était toujours debout.

— Couchez-vous ! gueulai-je. Lilli ! Couchez-vous !

Mais elle était bien trop pétrifiée pour m'entendre ou pour faire un mouvement. Je commençai à me traîner dans sa direction, mais je n'avais pas fait un mètre que Weill se relevait d'un bond et courait vers elle.

— Max ! hurlai-je.

Pas assez vite. Un nouveau plop retentit, et il piqua du nez comme s'il s'était pris le pied dans une corde tendue. Je le vis empoigner sa cheville à deux mains. Il n'émit aucun son.

Je repartis en rampant vers Lilli.

Deux pinceaux lumineux me clouèrent au sol. Un moteur rugit, et une voiture, venue de l'autre côté de la Troisième Avenue, fonça vers le parking.

Holt ouvrit le feu sur l'auto comme s'il s'entraînait au stand de tir. La première balle de son browning éteignit le phare gauche, et la voiture fit une embardée. Le deuxième projectile éteignit le phare droit, et elle fit une nouvelle embardée. La troisième balle fracassa le pare-brise, et le véhicule fit une troisième embardée, monta sur le trottoir et évita de justesse la baraque préfabriquée située à l'entrée du parking.

A ce moment-là, je tirais aussi, et la voiture changea une fois de plus de direction. Son aile gauche, avec son phare en miettes, heurta de plein fouet Lilli Weill, qui se plia en deux comme une poupée de son, virevolta sur le côté, puis en arrière, et finalement bascula en avant et s'écroula face contre terre.

Avant que la voiture ne soit arrêté, un grand Noir ouvrit la portière à la volée, en sortit d'un bond et courut vers Weill. Il avait un fusil à canon scié dans la main. J'appuyai mes deux coudes sur le sol et pointai le Beretta sur sa poitrine. Avant que je n'aie pu appuyer sur la détente, Holt tira deux fois.

Le Noir trébucha, fit encore un pas, lâcha son fusil et plaqua ses deux mains sur son ventre. Il y croisa les doigts, comme un convive repu savourant un bon dîner, mais il eut beau comprimer son abdomen, le sang commença à filtrer autour de ses paumes. Il retira ses mains et les regarda, mais il ressentit une douleur atroce et étreignit de nouveau son ventre. Un spasme le secoua, et il regarda son pantalon avec stupeur. La puanteur de ses excréments était suffocante, mais il n'arrivait pas à comprendre pourquoi il était en train de chier. Il ne savait pas qu'une balle dans les tripes fait ouvrir le sphincter aussi brutalement que la trappe sous les pieds du pendu. Il tendit la main vers son fond de culotte, mais Holt lui logea une balle dans l'œil droit avant qu'il n'ait pu le toucher.

Holt se tourna alors vers moi et fit pivoter son browning. Je pointai le canon du Beretta sur lui et raidis mon index. Holt bascula en avant, et son front rebondit deux fois sur le sol avant de s'immobiliser.

Je me retournai pour rejoindre Lilli. Weill était déjà en mouvement, rampant dans le sang en traînant sa cheville brisée derrière lui. Je me redressai pour jeter un coup d'œil à l'intérieur de la voiture, et, à cet instant précis, le conducteur fit marche arrière, vira sur place et fonça vers le côté du parking donnant sur la Neuvième Rue.

Weill avait presque atteint Lilli lorsque la voiture pila des quatre roues et que le conducteur braqua quelque chose par la portière.

— Non ! hurlai-je. Non ! Non !

Je criai mon troisième « non » tellement fort que j'entendis à peine le petit plop discret.

La voiture — la voiture marron — repartit en dérapant, traversa le parking, tourna dans la Neuvième Rue et disparut en direction de l'ouest.

Quand je rejoignis les Weill, Max s'était effondré sur le dos de Lilli.

Sur le côté droit du cou, il avait un trou rond gros comme une petite pièce de monnaie. Du côté gauche, le trou avait la taille d'un demi-dollar. Du sang en coulait.

Je glissai mes bras sous lui et palpai le dos de Lilli jusqu'à ce que je trouve son cou, sur lequel je cherchai à tâtons la veine jugulaire. Je fermai les yeux et retins ma respiration. Pendant les dix premières secondes, je ne sus à quoi m'en tenir, mais après les dix secondes suivantes, je relâchai mon souffle et criai :

— Kleinman, appelez une ambulance !

Il ne répondit pas.

— Kleinman ! hurlai-je.

Je me retournai. Ils étaient partis tous les deux, lui et la grosse limousine noire.

Je lâchai Lilli, me dressai sur ma bonne jambe et sautillai jusqu'à ma voiture. J'amenai l'auto tout contre les Weill, en descendis tant bien que mal et repoussai Max pour dégager Lilli.

— Excusez-moi, dis-je.

J'abaissai ensuite le dossier du siège avant droit en couchette, soulevai Lilli et l'y étendis, les pieds vers l'arrière.

Après avoir vérifié une dernière fois que Max était bien mort, je sortis du parking par Stuyvesant Street et tournai à gauche dans la Première Avenue, en direction de l'hôpital Bellevue.

Tous les cent mètres, je jetais un coup d'œil sur Lilli. Elle ne bougeait pas. A la hauteur de la Vingt et unième Rue, je remarquai que sa tête avait roulé sur le côté, et je tendis la main pour la redresser. Un filet de sang s'écoulait du coin de sa bouche vers son menton. J'enfonçai l'accélérateur et commençai à klaxonner à tout va. Les rares voitures qui circulaient sur l'avenue s'empressèrent de me céder le passage, et j'eus la travée de droite pour moi tout seul jusqu'à l'hôpital.

Lorsque j'appuyai sur la pédale de frein pour virer dans l'allée de Bellevue, une douleur fulgurante me traversa la jambe. La souffrance fut tellement violente qu'elle parvint presque à m'empêcher de me creuser la tête pour essayer de deviner qui m'avait doublé.

43

Ils avaient entendu mon klaxon et, lorsque je pénétrai dans l'entrée des ambulances, ils m'attendaient. Sans me laisser le temps de baisser ma vitre pour leur expliquer quoi que ce soit, trois d'entre eux déposèrent Lilli sur une civière, l'emportèrent au petit trot, lui firent franchir les portes battantes, traversèrent le service des urgences, section adultes, et la conduisirent directement dans la salle de réanimation.

J'allai garer ma voiture et revint à cloche-pied. Un gardien s'avança pour m'arrêter, mais, à la vue du sang dont mes vêtements étaient couverts, il battit en retraite et me fit signe de passer.

Une demi-douzaine de personnes s'affairaient autour du chariot sur lequel était étendue Lilli. D'autres apportaient divers instruments, un électrocardiographe, un masque à oxygène, des appareils à perfusion. Quelqu'un découpait ses vêtements, un autre lui posait une sonde.

Une grande infirmière brune parlait avec animation dans un téléphone mural.

— Je ne sais pas encore, mais ce que je sais, c'est que j'ai besoin d'une équipe de traumatologie. (Elle m'aperçut.) Qu'est-ce que vous faites là ? Vous vous êtes fait inscrire au bureau ?

— C'est moi qui l'ai amenée, dis-je.

Une petite femme au visage rond et aux yeux fureteurs

arriva en courant. Son badge en plastique indiquait qu'elle était interne en neurologie.

— Qu'est-ce qui lui est arrivé ? me demanda-t-elle.

— Elle a été renversée par une voiture roulant à une cinquantaine de kilomètres à l'heure, répondis-je. La voiture l'a atteinte ici. (Je plaçai ma main droite au-dessus de mes reins et la gauche à mi-cuisse.) Il n'y a eu qu'un seul choc, et elle est tombée, la figure en avant, sur du gravillon très tassé.

L'interne en neurologie nota ce que je lui disais.

— Sa tête a heurté le gravillon ? (J'acquiesçai.) Vous savez qui elle est ?

— Lilli Weill. Soixante-neuf ans.

L'interne fronça les sourcils.

— Température : 35,7 °C, cria quelqu'un.

— Tension : 5-8, cria un autre.

L'interne tapota son bloc avec son stylo.

— A-t-elle eu précédemment une attaque ou tout autre accident neurologique ? Une crise cardiaque ?

— Je l'ignore.

— Est-elle allergique aux antibiotiques ?

— Je l'ignore.

L'interne pinça les lèvres et me regarda comme si je faisais pipi sur son parquet.

— Est-elle diabétique ?

— Je l'ignore.

— Souffre-t-elle d'une affection chronique quelconque...

— Ecoutez, dis-je assez fort pour que deux des personnes qui entouraient Lilli se retournent, j'ignore tout de son passé médical, je ne connais pas son médecin traitant, je ne sais pas son numéro de sécurité sociale, ni celui de sa garantie hospitalière, ni celui de sa mutuelle syndicale.

« Tout ce que je sais, c'est qu'elle s'appelle Lilli Weill, qu'elle habite 221, Quatre-vingt-unième Rue Ouest, qu'elle a soixante-neuf ans et qu'elle a passé la guerre à

Maïdanek. C'était un camp de concentration situé en Pologne. J'ignore ce qu'on a pu lui faire subir là-bas, et je ne sais pas quelles maladies elle a eues. La dysenterie. Elle a eu la dysenterie.

L'interne avait reculé d'un pas. Posément, comme si elle s'adressait à un hystérique, elle me demanda :

— A-t-elle repris conscience depuis le choc ?

— Pas que je sache.

Elle recommença à écrire.

— Le pouls baisse, annonça quelqu'un.

— Il y a du sang dans les urines, annonça quelqu'un d'autre.

— Merde, répondit une voix. Sucre, acide urique du sang, temps de saignement et dose léthale d'hydrogène.

— On fait aussi une pyélographie ?

— Bien sûr.

— Bon Dieu, dit un petit Indien, je ne peux pas distinguer les plaies des caillots. Nettoyez-moi tout ce sang.

— Par ici, la peau est déchirée, constata une infirmière. Attendez. On dirait des traces de peinture.

— Elle a été renversée par une voiture, fis-je.

— Antitétanique et anatoxine, dit l'Indien.

— Le sang qui est dans ses cheveux ne lui appartient pas, expliquai-je à l'Indien.

Il me dévisagea.

— Le sang qu'elle a dans les cheveux n'est pas le sien.

Il leva les yeux au ciel et soupira, me faisant clairement comprendre qu'il avait largement de quoi s'occuper sans que je vienne en rajouter.

L'interne en neurologie se pencha par-dessus Lilli et demanda à l'Indien :

— Je peux faire quelques tests, avant que vous ne l'anesthésiez ?

— Je l'opère immédiatement, répondit-il.

— Mais ce n'est pas...

— Je l'opère immédiatement, répéta-t-il d'un ton définitif. Emmenez-la.

— Elle n'est pas vraiment stable, objecta quelqu'un.

— Elle est assez stable pour moi, rétorqua l'Indien. Je n'ai pas envie de la perdre. Emmenez-la.

Ils l'emmenèrent, et je suivis le chariot jusqu'à ce qu'une infirmière me barre le passage.

Lilli gisait, immobile comme une morte, les yeux clos, la bouche béante. Comme ils ne s'étaient pas donné la peine de la recouvrir pour gagner la salle d'opération, elle était nue, avec des tubes de perfusion fixés à elle comme des tentacules ; la sonde se balançant entre ses jambes.

Un gros homme chauve, portant un badge d'infirmier-chef, s'approcha de moi.

— Vous vous êtes fait inscrire ? me demanda-t-il gentiment.

— Non, répondis-je. Ils vont commencer tout de suite ?

Il jeta un coup d'œil sur la porte par laquelle avait disparu Lilli.

— Oh, oui. La nuit, ils opèrent le plus souvent à chaud. (Il me passa un bras autour de la taille.) Venez, on va vous inscrire.

Il me soutint jusqu'au service des urgences, mais je l'arrêtai avant qu'il ne m'ait amené au bureau.

— Ce n'est pas la peine, dis-je. Un simple ligament déchiré. (Il regarda le sang dont j'étais couvert.) Ce n'est pas le mien, expliquai-je. C'est celui de Lilli. Ou celui de Max.

— On peut vous bander la jambe, dit-il. (Je secouai la tête.) Comme vous voudrez, mais ne vous appuyez pas dessus.

Il allait partir, mais je le retins.

— Dites, il n'y a pas un endroit où je pourrais attendre ?

— Ils risquent d'en avoir pour toute la nuit, expliqua-t-il. Chez les accidentés, on ne sait jamais ce qu'on va trouver.

— Peu importe. (Je regardai la salle pleine de malades et de blessés.) Il n'y aurait pas un coin plus tranquille ? demandai-je en tirant de ma poche un billet de vingt dollars.

Il refusa mon billet d'un mouvement de tête, réfléchit une seconde et m'aida à gagner une salle d'examen vacante. Après son départ, je m'assis sur une chaise de métal blanc. La tête me tournait et je me sentais désemparé. J'avais toujours devant les yeux le spectacle du parking éclairé par les phares venant de l'autre côté de l'avenue et du sang giclant du visage de Holt sur les cheveux de Lilli. Le bruit du browning de Holt me résonnait dans les oreilles, tout comme celui du pistolet à silencieux qui avait abattu Max Weill. Le seul bruit manquant au tableau était un cri : Holt n'avait pas crié, pas plus que Max quand la balle lui avait traversé le cou, ni que Lilli quand la voiture marron l'avait jetée en l'air.

La porte de la salle d'examen s'ouvrit, et l'infirmier-chef y passa la tête.

— On vous demande au bureau.

— Qui ça ? La police ?

— Non, une femme.

Je regardai ma montre. Je l'avais brisée en tombant et elle était arrêtée.

— Quelle heure est-il ? demandai-je.

— Cinq heures moins vingt.

L'interne en neurologie apparut sur le pas de la porte.

— Elle est sortie de la salle d'opération ? demandai-je. (Elle secoua la tête.) Qu'est-ce qu'ils ont trouvé ?

— Fracture du bassin, cinq côtes cassées, nuque brisée — en retombant, probablement — et quelques organes endommagés.

— Lesquels ?

— Un rein. La rate. Une hémorragie interne.

— Et la tête ? demandai-je.

— Là, répondit-elle prudemment, le diagnostic est plus

délicat. (Je la fixai jusqu'à ce qu'elle détourne les yeux.) Commotion cérébrale. Fracture du crâne.

— Elle est dans le coma ?

— Vous savez, « coma » est un terme technique, dit l'interne, et il m'est difficile...

— Quand pensez-vous qu'elle se réveillera ?

— Elle est encore sous anesthésie... ils n'ont pas terminé leurs travaux de couture.

Elle essaya de sourire, mais se coinça à mi-chemin.

— Quand pensez-vous qu'elle se réveillera ?

Elle avala sa salive.

— Nous ne pouvons pas le prévoir avec précision.

— Dans une journée, une semaine, un mois, un an ? Quand ?

Involontairement, elle recula d'un pas.

— Comme je viens de vous le dire, il est impossible, dans l'état actuel des choses, de faire une prédiction valable.

Je m'attendais à ce qu'elle détourne les yeux, mais je l'avais sous-estimée. Agée d'une trentaine d'années, elle devait mesurer autour d'un mètre soixante-cinq, mais paraissait plus petite parce qu'elle était basse sur pattes. Ses cheveux, bruns et soyeux, étaient coupés court et sans fantaisie, ce qui lui donnait un faux air de petit jeune homme, et de larges cernes noirs soulignaient ses yeux. Elle avait des sourcils très fournis qui se rejoignaient à la naissance du nez, et ses yeux, qu'elle avait du mal à garder immobiles, étaient ronds et gris clair comme ceux d'un rapace nocturne.

Brusquement, elle tendit la main et me tapota gauchement l'épaule.

— Elle ne pourrait pas être mieux soignée, assura-t-elle.

— Richie est un as, dit l'infirmier-chef.

— Jeff aussi, fit l'interne. Et Ko également.

Ne trouvant rien à dire, je pris la main qu'elle avait posée sur mon épaule et la serrai. Je remarquai qu'elle portait une alliance. Je lui souris et, quand elle me retourna mon sourire, ses yeux étaient plus grands, plus bleus et pas rapaces du tout.

Ils m'aidèrent tous les deux à sortir de la salle d'examen. Ronni Gibson m'attendait devant le bureau des admissions. Quand elle m'aperçut, elle courut vers moi et me prit les mains. La peau de son visage était tellement tendue qu'on aurait cru qu'elle l'avait mouillée et étirée avant de se la coller sur le crâne.

Lorsque l'interne et l'infirmier furent partis, Ronni me dit :

— J'ai appris ça par la radio. Une fusillade dans un parking.

— Comment avez-vous su que cela me concernait ? demandai-je d'un ton neutre.

— Max m'avait dit où vous alliez... (Elle se tut et regarda autour d'elle.) Où est-il ?

— Mort.

Ses ongles me transpercèrent les paumes et je retirai vivement mes mains.

— Et Lilli ?

— On est en train de l'opérer.

— Mais elle est vivante.

— A peine. (Je m'adossai une seconde au mur.) On peut s'en aller ?

Elle hocha la tête et m'aida à sortir de l'hôpital. Sur le trottoir, je l'empoignai par le coude, là où les nerfs se rejoignent, et je serrai fort.

— Kev, qu'est-ce qui...

— Vous avez dit à quelqu'un où j'allais ? Vous l'avez dit ?

— Vous êtes dingue ? Lâchez-moi, vous me faites mal

— Vous l'avez dit ? (Je serrai plus fort.)

— Foutez-moi la paix ! cria-t-elle en essayant de se libérer. Bon Dieu, Kevin, lâchez-moi le bras, merde !

— Vous l'avez dit à quelqu'un ?

— Non, à personne, bon sang de bois ! (Je la lâchai et elle s'écarta.) Bon Dieu, mais enfin, qu'est-ce qui vous prend, mec ?

Je faillis le lui dire, mais à quoi bon ? Comme Sacha Cherkhov, comme Cesar Concepcion, Ronni n'était pas dans le coup, seulement une tierce personne que le hasard avait fait tomber dans ma fosse à purin, et j'étais mal placé pour lui reprocher de sentir la merde.

Ma voiture était toujours là où je l'avais laissée, avec un papillon sur le pare-brise pour m'informer que je n'aurais pas dû la garer là.

— Vous avez l'intention de conduire ? me demanda Ronni d'un ton sarcastique.

— Il faut que je rentre me changer à la maison et que j'aille faire une visite.

— Une visite ? dit-elle avec stupeur. Il est plus de cinq heures du matin.

— J'ai promis à une dame que je lui ferais savoir comment cela s'était passé. Elle ne se couchera pas avant d'avoir de mes nouvelles.

Pendant une longue minute, Ronni m'observa en silence. Puis calmement, d'un ton accusateur, elle me dit :

— Vous avez une petite amie qui reste debout à vous attendre jusqu'à cinq heures du matin... c'est ça ?

— C'est ça.

— Eh ben, merde, alors ! Montez dans cette putain de bagnole, dit-elle. Je vais vous conduire chez vous. Vous pourrez...

— Personne ne vous a demandé...

— Montez dans cette putain de bagnole !

Au feu de la Trente-quatrième Rue, elle prit la direction de mon immeuble et me demanda :

— Comment se fait-il que votre amie ne soit pas venue à Bellevue ?

— Je ne sais pas, répondis-je. Peut-être qu'elle n'a pas écouté la radio.

— C'est une sacrée veine pour vous que moi, je l'aie écoutée. Sinon, qui est-ce qui vous conduirait chez vous pour que vous puissiez vous faire beau avant d'aller la voir ?

— Ce n'est pas si simple que ça, dis-je.

Mais son visage s'était buté, et elle conduisait comme si elle livrait un objet pollué au service de décontamination. Ce qui était peut-être le cas.

44

Soixante et quelques minutes plus tard, à six heures et quart, je sonnai chez Fiona. Au bout d'un temps relativement long, sa voix retentit dans l'interphone :

— Qu'est-ce que c'est ?

— Kev.

— Oh, mon Dieu.

Elle m'ouvrit sans rien ajouter d'autre.

Quand je sortis de l'ascenseur, elle m'attendait devant sa porte. Elle était vêtue d'une robe d'intérieur rose qui lui tombait jusqu'aux pieds, et un ruban rouge vif retenait ses cheveux en arrière. Elle ne portait aucun maquillage, et la fatigue lui cernait les yeux de bistre.

— J'attendais ton coup de fil, me dit-elle lorsque je l'eus rejointe. Tout s'est bien passé ?

— Je te dirai ça à l'intérieur.

Elle hocha la tête, m'embrassa sur la joue et me fit entrer. Je m'assis sur le divan pendant qu'elle allait chercher de la glace à la cuisine pour me préparer un whisky. J'étais venu chez elle bien des fois, mais, ce soir-là, tout me paraissait nouveau. Les murs étaient décorés de premières pages de journaux encadrées : chaque fois qu'un de ses articles paraissait à la une, elle l'exposait. D'autres cadres contenaient des diplômes décernés par le syndicat de la Presse, par la police, par diverses universités. Au-dessus de la fausse cheminée était accrochée une affiche représentant un reporter des temps héroïques, le feutre sur la tête et la carte de presse glissée sous le ruban, disant dans un téléphone à l'ancienne mode : « Allô, mon chou, passe-moi un rédacteur. »

La table basse sur laquelle j'avais posé ma jambe portait un assortiment de photographies : Fiona toute seule, Fiona avec son frère et sa sœur, Fiona avec son père et sa mère, et une photo de son père seul, clignant des yeux en plein soleil, sur une plage. Il paraissait avoir la gueule de bois et hâte de rentrer chez lui.

Elle me tendit un verre et s'assit à côté de moi.

— Qu'est-ce qui t'est arrivé ?

— L'imprévisible, dis-je.

— Mais tu n'es pas blessé ?

— Je suis crevé, dis-je. J'ai l'impression d'avoir servi de litière au chat pendant une semaine.

Elle me caressa doucement le genou.

— Pauvre chéri. Tu veux t'allonger ? Je te mettrai un coussin sous la jambe.

— Je préférerais me mettre au lit.

Elle fit la grimace.

— Au lit ?

— Oh, uniquement pour dormir. Dormir pendant des heures, avec une femme tendre et aimante contre moi.

— Cela me plairait bien, mais il faut que je m'habille et que j'aille travailler.

— Quand ? demandai-je.

— Bientôt. Dans une heure, une heure et demie.

— Eh bien, couchons-nous pour une heure, dis-je.

Elle porta les mains à sa tête et resserra son ruban rouge.

— En ce moment, je n'ai pas vraiment sommeil, Kev.

Je me mis péniblement debout et me tournai vers la chambre à coucher.

— En ce moment, rien au monde ne me tente davantage qu'un lit. (Je souris.) Même si j'y suis seul.

— Attends, dit-elle.

Je la regardai.

— Tu as changé d'avis ? Tu m'accompagnes ?

— La chambre est dans un désordre épouvantable, Kev.

— Aucune importance.

— Attends.

— Qu'est-ce qui se passe, Fiona ?

— Cela m'étonne de toi, Kev... Tu sais à quel point je déteste le désordre, et la chambre est un véritable capharnaüm. J'aurais honte que tu la voies dans cet état... Tu ne veux pas me faire rougir de confusion, je suppose ?

— Je fermerai les yeux, promis-je, et je trouverai le lit à tâtons.

— Non, Kev.

Je fis un pas en direction de la chambre et Fiona bondit du divan.

— Kev !

— Compris, dis-je. Pas de repos cette nuit pour les exténués.

Elle se détendit et voulut me prendre la main. Avant qu'elle n'ait pu la toucher, je lui demandai :

— Fiona, pourquoi ne pries-tu pas la personne qui est dans cette pièce de se joindre à nous ? Ce serait plus agréable pour tout le monde.

Elle eut un mouvement de recul. La porte de la chambre s'ouvrit, et Jeff Rydell entra dans le living. Il portait un autre complet de cotonnade, sa chemise était boutonnée, son nœud de cravate en place.

— Salut, dis-je. Je croyais que, depuis un bout de temps, vous étiez seulement copains, tous les deux.

Il regarda l'extrémité de ses chaussures et toussota.

— Oh là, dis-je, vous bilez pas, ça ne me regarde en rien. Mais quand on ne veut pas se faire moucher, il ne faut pas mentir. Relaxe, Fiona, tout va bien. (Personne ne bougea.) On pourrait s'asseoir, non ? Ma jambe me fait un mal de chien.

Je retournai sur le divan. Ils se regardèrent et prirent

chacun une chaise. Je bus une gorgée de whisky et dis à Fiona :

— Tu ne m'as pas demandé de nouvelles des Weill.

— Oh, mon Dieu, dit-elle. J'étais si inquiète pour toi que je les ai complètement oubliés. Raconte-moi.

— Eh bien, c'est un peu confus, mais je suis en train de tirer ça au clair.

— Mais tu as fait l'échange ?

— En quelque sorte, dis-je. Je ne peux pas t'en dire plus... j'attends des nouvelles. Je peux avoir un autre whisky ?

Comme elle semblait ne pas m'avoir entendu, j'allai en clopinant remplir mon gobelet moi-même. Lorsque je me rassis, elle me demanda :

— Quand sauras-tu à quoi t'en tenir ?

Je consultai ma montre.

— Bientôt. (Je bâillai bruyamment.) Dis donc, Fiona, comment ton père s'est-il suicidé ?

Elle cessa de fixer Rydell pour tourner les yeux vers moi.

— Quoi ?

— Au gaz, hein ? Ce n'est pas une mort rapide. Tu sais le temps que ça prend ?

— Quoi ?

— Le temps que ton père a mis à mourir, dis-je.

— Kev, je t'en prie.

— Alors, tu le sais ou pas ?

— Arrête, Kev.

— Je ne peux pas, dis-je. Il est tard. A cette heure-ci, je deviens morbide. Qu'est-ce qu'il faisait, déjà ? Ton père, je veux dire.

— Je te l'ai dit, Kev. Il écrivait pour la télévision.

— C'est ça, c'est ça. Il écrivait des sketches comiques, hein ?

— Oui, dit-elle.

— Pourquoi s'est-il suicidé ?

— Où veux-tu en venir, Kev ?

— Pourquoi s'est-il suicidé ?
— Parce qu'il était malheureux.
— Pourquoi était-il malheureux ? demandai-je.
— Monsieur Fitzgerald, dit Rydell, le moment est mal...
— Pourquoi était-il malheureux ?
— Il avait des soucis professionnels.
— Tu veux dire qu'il n'arrivait plus à écrire des blagues, ou bien qu'il ne trouvait plus de travail comme gagman ?
— Monsieur Fitzgerald...
— Lequel des deux ?
— Quelle importance, Kev ? Il est mort.
— Oui, c'est juste. Il est mort. Comme Sacha Chekhov. La tête dans le four de la cuisinière. Mort et enterré. Dis-moi une chose, Fiona : il était sur la liste noire ?
— Kev, c'est si vieux et si...
— Il était sur la liste noire ?
— Qu'est-ce que ça change, bon sang, si...
J'élevai la voix pour couvrir la sienne.
— Quand t'ont-ils contactée, Fiona ?
— Quoi ?
— Quand t'ont-ils contactée ?
— De qui parles-tu, Kev ?
Je ne regardai pas Rydell.
— Je parle d'*eux*, quels qu'ils soient. Quand t'ont-ils contactée ?
— Kev...
Je me levai brusquement, et la douleur qui me traversa la jambe étouffa ma fureur.
— « Pour qui travaillez-vous ? » m'a demandé Kleinman, et moi, le remarquable monsieur Fitzgerald, je lui ai répondu : « Pour Lilli Weill. » Mais, en fait, c'est toujours pour toi que j'ai travaillé, n'est-ce pas, Fiona ?
— Kev...
— Et toi, pour qui travaillais-tu ?
— Kev...
Je me penchai sur elle, l'obligeant à se tasser davantage

sur son siège, criant sur sa nuque baissée. Rydell fit mine de se lever. « Assis ! » aboyai-je, et il se laissa retomber.

— Qu'est-ce qu'il t'a dit, Fiona ? Que tu ne trouverais plus jamais de travail ? Non, je ne pense pas qu'il t'ait montré le gourdin... je crois plutôt qu'il t'a présenté la carotte : la fourniture illimitée de tuyaux intéressants et de renseignements de première main, article après article, reportage après reportage, jusqu'à... eh bien, comment savoir jusqu'où ça peut mener ? Pour quelqu'un comme toi.

Elle releva la tête. Il faut croire qu'elle avait quand même un léger maquillage que je n'avais pas remarqué, car deux ruisselets de khôl serpentaient sur ses joues.

— Tu ne comprends pas, Kev.

— Mais si, je comprends, ripostai-je. Ce n'est pas si compliqué. (Je m'accroupis à côté d'elle.) Tu travaillais sans arrêt, tu progressais, tu te faisais un nom, tout allait de mieux en mieux. (Je montrai les articles qui ornaient les murs.) Augmentations, promotions, récompenses. Et un jour, par hasard, tu as fait la connaissance d'un homme charmant. Intelligent, amusant, séduisant... et une mine de bons tuyaux. Une source intarissable de plaisirs sexuels et de précieux renseignements.

« Il s'intéressait tellement à ce que tu faisais ! Il adorait positivement t'écouter parler de ton métier. Et un beau jour, ou une belle nuit, tu as raconté à cet homme charmant, rencontré par hasard, que tu avais une vieille amie, une délicieuse vieille juive qui avait une étrange obsession au sujet de son défunt mari, Max Weill.

« Et ton charmant ami a souri et t'a négligemment suggéré de donner un coup de main à cette vieille dame. Ce serait une bonne action, un geste filial... et il y avait peut-être là-dedans la matière d'un article passionnant. Et tu as répondu : d'accord, je vais aider la petite Lilli Weill à se débarrasser de son étrange obsession.

« Alors, tu as fait appel à moi. « Kev, m'as-tu dit un

soir au lit, serais-tu disposé à me faire bénéficier de tes services ? »

— Arrête, Kev, dit-elle sans chercher à dissimuler son angoisse.

— Et, bien entendu, tu as tenu ton ami au courant, au jour le jour, de tous mes faits et gestes... Après tout, il était si sympathique et si gentiment curieux. Pas inquisiteur, non ; jamais inquisiteur. Quand il t'a proposé son aide, cela t'a paru tentant... n'est-ce pas ? Qu'est-ce qu'il t'a offert ? De donner quelques coups de téléphone à ses correspondants d'Europe ?

Elle n'avait pas l'intention d'acquiescer et son hochement de tête fut imperceptible, mais il suffit pour que Rydell bondisse de son siège. Je me retournai pour lui faire face, et il se rassit.

— Dites-moi, Rydell, qu'est-ce que vous faisiez, avant de vous lancer dans cette histoire de bulletin d'information ? (Fiona le regarda fixement.) Vous apparteniez à la C.I.A ? Aux services de renseignements de l'Armée ? A ceux de la Marine ?

Ignorant le regard éperdu de Fiona, il ne me quittait pas des yeux. Son visage restait de marbre.

— Jeff... ? dit-elle.

Il ne lui répondit pas, et la détresse déforma lentement la bouche de Fiona.

— Salaud, lui lança-t-elle. Salaud.

— Tu vois ? dis-je. Note bien que je te comprends. Tu rendais service à une petite vieille — tout en te procurant un merveilleux sujet d'article — et qu'est-ce que cela te coûtait ? Pratiquement rien : quelques pieux mensonges à la drôle de petite vieille, quelques scrupules de conscience au cours de tes insomnies, et une petite partie de jambes en l'air avec un détective sur le retour.

— C'est faux, Kev.

— Tu as raison. Pas une petite partie de jambes en l'air, une grande partie de jambes en l'air.

— Kev, tu sais ce que j'éprouve pour toi.
— Vraiment ? m'étonnai-je.
Elle me regarda dans les yeux.
— Tu connais mes sentiments.
— Non, dis-je calmement, je ne connais pas tes sentiments.
Elle jeta un coup d'œil à Rydell, baissa les yeux, puis me regarda franchement en face.
— Je t'aime, Kev.
Je respirai à fond avant de demander :
— Tu es amoureuse de moi ?
— Oui, je suis amoureuse de toi. Tu ne veux pas entendre parler d'amour, mais je t'aime. Tu le sais parfaitement.
— Comment le saurais-je ?
Une fois de plus, elle tourna les yeux vers Rydell.
— Kev... Kev, tu étais très proche de moi, l'autre nuit. Nous étions très proches l'un de l'autre. Tu sais à quoi t'en tenir. Tu le sais.
Elle prit ma main entre les siennes.
— Non, je ne le sais pas, dis-je, et cela me fit mal.
— Tu mens, Kev. Nous étions d'accord. N'aggrave pas les choses. La situation est déjà assez pénible, ne l'aggrave pas.
— Je sais que tu as agi sous la contrainte. (Elle hocha la tête avec gratitude.) Je sais que tu t'es acquittée d'une dette.
— Oui, c'est vrai.
Elle se tourna vers Rydell, mais j'empoignai la fille par le menton et l'obligeai à me regarder.
— Quand l'as-tu renseigné, au sujet du parking ? (Elle essaya de se dégager, mais je la maintins fermement.) Quand l'as-tu prévenu ?
— Kev, je te jure...
Sans lâcher son menton, je la frappai en travers du nez avec le tranchant de l'autre main. Rydell bondit de sa

chaise, et je laissai ma main poursuivre sa trajectoire. Atteint en plein larynx, il s'assit par terre, complètement suffoqué.

— Quand l'as-tu prévenu ? (Elle saignait du nez, et son sang maculait sa bouche et ma main.) C'est ton visage, Fiona. Si tu n'y tiens pas suffisamment pour le préserver, c'est ton affaire. (Je levai la main.)

— Aussitôt après ton coup de téléphone. Dix minutes plus tard.

Je la lâchai et reculai. Rydell se remit debout. Il graillonnait comme s'il avait une arête de poisson fichée dans le gosier.

— Monsieur Fitz...

— Lilli Weill est à Bellevue. Elle peut mourir cette nuit, ou demain, ou la semaine prochaine. Elle peut aussi survivre à l'état de légume.

Ils se tenaient tous les deux penchés en avant comme des coureurs attendant le coup de pistolet du starter.

— Max Weill est mort. (Fiona laissa échapper un petit cri d'oiseau blessé.) Ainsi qu'un certain Andrew Holt. Et qu'un grand balaise noir dont j'ignore le nom.

Lorsque Fiona eut assimilé la nouvelle, elle demanda d'une voix blanche :

— Qu'est-ce qui s'est passé ?

— Je viens de te le dire, répondis-je.

— Vous êtes certain que Max Weill est mort ? s'enquit Rydell.

— Absolument certain, dis-je. Il a été abattu à bout portant, d'une voiture. La balle a pénétré ici. (Je posai le doigt sur mon cou, et cela me donna le frisson.) L'arme était munie d'un silencieux, alors... plop, comme une bouteille qu'on débouche. Très rapide. Sans douleur. (Avant que Fiona n'ait eu le temps de fondre en larmes, je lançai :) De quelle couleur est votre voiture, Rydell ?

Sa bouche se figea, il porta la main à sa ceinture, et sa main se figea également.

— Vous ne l'avez pas apporté, dis-je. Qu'auriez-vous fait d'un pistolet ici ?

Sa main retomba à son côté.

— C'est une voiture marron, hein ? repris-je. Avec de la boue sur la plaque minéralogique. Et deux phares cassés, un pare-brise en miettes, et le sang de Lilli Weill sur l'aile gauche.

Fiona se cacha les yeux derrière sa main, Rydell se tourna vivement vers elle, mais ne la toucha pas.

— Il avait oublié de te parler de cela, Fiona ? demandai-je. Il faut croire que les hommes charmants eux-mêmes ont leurs petits secrets. C'était lui qui conduisait la voiture. C'était lui qui tenait le pistolet muni d'un silencieux. Lilli et Max. Coup double.

— Jeff... dit-elle d'une voix étranglée. Jeff... c'est vrai ?

Sans me quitter des yeux, il lui répondit :

— Ce n'est pas le moment, Fiona.

— C'est vrai ? cria-t-elle.

Il ne répondit pas et, au bout d'une minute, je rompis le silence qui devenait pénible.

— C'est lui qui conduisait la voiture, et c'est lui qui a tiré. Parce qu'il était payé pour. Il était embauché pour tuer Max Weill.

La tête de Fiona retomba sur sa poitrine.

— Embauché par Leo Hirsch. Ce pauvre Leo. Le pauvre Leo était terrifié par la perspective d'être démasqué, et comme il savait que Max pouvait le brûler, il s'est mis en quête d'un tueur. Et quel meilleur tueur pourrait-on trouver qu'un ancien agent secret ?

Avec un effort, elle leva la tête pour regarder Rydell.

— Désolé, Fiona, fis-je sur le ton d'un invité qui vient de faire tomber de la cendre de cigarette sur le tapis du salon. Qu'est-ce qu'il t'a dit ?

— Il m'a dit... (Elle haletait.) Il m'a dit que ce ne serait pas prudent que je me rende là-bas, qu'il irait à ma place et qu'il prendrait des notes pour moi. (Elle fit une pause pour observer le visage fermé de Rydell.) Il m'a dit qu'il se faisait du souci pour moi. Il m'a dit qu'il avait eu l'impression que tu l'avais repéré, peut-être reconnu, et qu'il avait préféré s'en aller avant qu'on n'amène Lilli.

— Et tu l'as cru ?

— Oui, je l'ai cru... Je t'ai cru, salaud !

— C'était vraiment gentil de sa part de venir en personne te mettre au courant. Un homme plein d'égards. Je parie qu'il t'a téléphoné et qu'il t'a dit : « Ecoute, Fiona, je sais que tu as beaucoup d'affection pour Lilli, et si tu dois passer toute la nuit à te ronger les sangs, laisse-moi au moins rester à tes côtés. » Quelque chose dans ce goût-là, hein ? (Elle acquiesça.) Et ça aussi, tu l'as cru. Il a donné des coups de téléphone, après être arrivé ici ?

Elle regarda Rydell avec perplexité.

— Quelques-uns.

— Evidemment. A la police, aux hôpitaux, peut-être à la morgue. Mais personne n'a pu le renseigner, parce que Max Weill n'existe pas. Si Rydell voulait savoir à quoi s'en tenir sur le compte de Max Weill, il n'avait qu'un seul moyen : attendre que je te mette au courant... et que tu le lui répètes. Bienvenue au club des gogos.

Sans avertissement, elle se jeta sur lui. Il leva le bras et lui enfonça son coude dans le ventre. Elle s'effondra, le souffle coupé. J'allai l'aider à se rasseoir avant de venir me planter devant Rydell.

— Si Lilli Weill meurt, je vous retrouverai et je vous tuerai.

Il haussa les épaules, et j'eus envie de le tuer tout de suite.

Fiona récupéra suffisamment de souffle pour bredouiller :

— Kev, si Lilli meurt, tu ne vas pas... (Elle était terrorisée.)

— Non, dis-je, je ne te tuerai pas. Tu n'étais qu'un instrument, comme un piano. (Elle soupira bruyamment.)

Mais si Lilli survit, je lui raconterai ce que tu as fait. (Elle hocha la tête avec résignation.) Et je vais prévenir l'Associated Press.

Elle se redressa brusquement.

— Comment ?

— Je vais prévenir l'Associated Press.

— Qu'est-ce que tu comptes lui dire ?

— Que tu as été assez poire pour laisser une ancienne barbouze te manipuler pour organiser un meurtre.

— Tu ne peux pas le prouver, lança-t-elle.

— Ne sois pas stupide, dis-je. Je n'ai pas à prouver quoique ce soit à l'Associated Press. Il me suffira de lui fournir un canevas. Elle se chargera de remplir les vides.

Fiona se tourna vers Rydell, qui ne lui apporta aucun réconfort.

— Ce serait ma fin, Kev.

— Mais non, dis-je. Tu trouveras un autre boulot. Tu pourrais remplacer Lilli... tu sais servir à table ?

Son visage passa par une série d'expressions variées : doute, incrédulité, stupéfaction, horreur. Elle se leva et s'approcha de moi.

— Personne n'en tirera aucun profit, Kev. Pas nous, en tout cas. (Je ricanai ; elle posa sa main sur la mienne.) Je t'aime, Kev. Pourquoi refuses-tu de le croire ? Tu as dit que je n'avais été qu'un instrument. Je n'ai rien fait de répréhensible. Absolument rien, Kev. Tout ce que je voulais, c'était...

— Un article à sensation.

— Il n'y a pas de mal à ça, bon sang ! s'exclama-t-elle.

— Jusqu'à quel point m'aimes-tu, Fiona ?

— Plus que je n'ai jamais aimé personne.

— Tant que ça ?

— Oui, tant que ça.

— Tu continueras à m'aimer, quand tu auras trouvé un autre métier ?

Elle sursauta comme si je l'avais giflée, puis s'approcha encore plus près.

— Je ne suis pas une mauvaise femme, Kev. Donne-nous une chance, je t'en prie.

— Tu m'aimeras encore, quand...

Elle m'étreignit les poignets.

— Ne nous détruis pas, Kev.

Je haussai les épaules et me libérai. Lorsque je m'éloignai, elle tendit les mains. Le bout de ses doigts était tout blanc, et, pendant une seconde, j'eus envie de les masser pour rétablir la circulation. Mais je continuai à marcher vers la porte.

— Kev...

Au moment où j'ouvrais la porte, j'entendis Fiona marmonner, puis un bruit de verre cassé. Je voulus bondir sur le palier et claquer la porte derrière moi, mais j'atterris sur ma mauvaise jambe et tombai à quatre pattes.

Rydell se rua sur moi en brandissant le gobelet brisé. Arrivé à portée de main, il essaya de me crever les yeux. Je baissai la tête et lui décochai un furieux coup de boule dans les parties. Il poussa un cri strident et s'effondra sur mon dos.

Je le repoussai de toutes mes forces, et il roula deux fois sur lui-même en portant automatiquement la main à son bas-ventre. Une dernière culbute l'amena en haut des marches, et il dégringola dans l'escalier. Je rampai vers lui : il était immobilisé à mi-étage.

Lorsque je m'approchai de lui, il me lança un coup de gobelet qui fendit ma chemise juste au-dessus de la ceinture. J'essayai d'esquiver en me jetant de côté, mais il n'y avait pas assez de place et le coup suivant lacéra mon pantalon et m'entama la cuisse. Je tentai de saisir son bras au moment où il faisait un nouveau moulinet, le manquai et sautai deux marches pour retomber sur son pied. Il bascula en avant et je lui empoignai la tête à deux mains. Les pointes de verre acérées se dirigeaient vers mon ventre. Je respirai à fond et lui tordis le cou, brutalement et rapidement, jusqu'à ce que les vertèbres cèdent.

Quand je le lâchai, il s'affaissa. On aurait pu le prendre pour un poivrot fatigué si sa tête n'avait pas fait un angle bizarre sur ses épaules, comme celle d'une marionnette quand le marionnettiste a retiré sa main de la gaine.

En haut de l'escalier, Fiona pressait ses deux mains sur sa bouche souillée de sang.

— Si tu fais disparaître le verre cassé, lui dis-je, tu pourras leur raconter qu'il est tombé dans l'escalier. Sinon, ils croiront que tu l'as poussé.

Vive comme un écureuil, elle descendit les marches quatre à quatre, ramassa le gobelet brisé et remonta à toute vitesse.

— N'oublie pas de nettoyer le vestibule, lui dis-je.

Aussitôt, elle se mit à quatre pattes et commença à chercher les morceaux de verre.

J'enjambai Rydell et trouvai un éclat de verre. Je le lançai en direction de Fiona et l'entendis tomber sur le palier, mais je ne vis pas Fiona le ramasser, car, à ce moment-là, j'avais atteint le pied de l'escalier et je m'en allais.

45

Quatre heures plus tard, j'étais assis dans une brasserie, en face de l'hôpital Bellevue, et je lisais le *Times* et le *News* pour éviter de penser à l'expression sincère, désespérée qu'avait Fiona en me déclarant qu'elle m'aimait.

Le *Times*, qui ne sait jamais très bien quoi faire des crimes en série, avait relégué l'affaire dans la rubrique des faits divers locaux : TRIPLE MEURTRE DANS LE LOWER EAST SIDE, un titre qui faisait tout de suite comprendre au lecteur que les victimes n'étaient pas des gens importants, ni même respectables, et que leur décès ne risquait pas d'influer sur les cours de la Bourse ni de perturber le moindre vernissage au musée Whitney.

Le *News*, grand spécialiste des crimes en série, titrait à la une : LA GUERRE DES GANGS FAIT TROIS MORTS, une manchette promettant au lecteur de croustillantes révélations sur les caïds de la pègre. Le lecteur n'était pas volé. Le journal reconnaissait que les corps n'avaient pas encore été identifiés, mais « une source bien informée, proche de l'enquête, a déclaré que ces meurtres étaient manifestement l'œuvre de tueurs professionnels ». Toujours selon la source bien informée, la drogue était à la base de toute l'affaire : une vendetta des membres de la « famille » Genovese contre ceux du clan Costello.

Le *News* publiait en première page une photo des trois cadavres recouverts de draps. J'étais en train de tourner le journal pour essayer de déterminer qui était qui lorsqu'une ombre tomba sur la feuille.

— Vous permettez que je m'asseye? me demanda Richard Kleinman.

Il portait un complet de lin impeccable, un panama et des lunettes à verres teintés. Pour une fois, il ne souriait pas. Il se glissa en face de moi sur la banquette et commanda un déca. Lorsque la serveuse le lui eut apporté, il jeta un coup d'œil sur la manchette du *News* et dit :

— Je suis désolé pour Mme Weill. Est-ce qu'elle s'en remettra?

— Je ne sais pas, dis-je. J'y vais en sortant d'ici. Vous voulez m'accompagner?

Il retira ses lunettes et les tint à bout de bras.

— Je n'aime pas ces verres, dit-il. Trop foncés. (Il remit ses lunettes.) Je pense que nous pourrons lui obtenir une pension... qui pourrait lui être servie par votre intermédiaire, si vous le désirez.

Je ne lui répondis pas. Nous bûmes nos cafés en silence.

— Une matinée bien pénible, reprit-il. Je viens de là-bas. (Il montra, par la vitrine, l'institut médico-légal, qui est situé juste à côté de l'hôpital Bellevue.) Ils voulaient que j'identifie M. Holt.

— Ils ne vous ont pas demandé d'identifier Max Weill?

— Si, ils me l'ont demandé. J'ai répondu que je ne le connaissais pas. On est parfois forcé de mentir pour des motifs contestables.

J'allumai une cigarette et soufflai la fumée par-dessus son épaule.

— Maintenant qu'il est mort, dis-je, quelqu'un devrait lui rendre son nom.

Il retrouva son sourire.

— Envisageriez-vous d'être ce quelqu'un, monsieur Fitzgerald?

— Qui sait?

Il préféra ne pas insister.

— Monsieur Fitzgerald, vous vous souvenez de notre conversation au sujet des documents que vous détenez sur cette affaire ?

— Hon-hon.

Il se pencha vers moi.

— Je me suis dit que nous devrions pouvoir trouver un terrain d'entente... Le montant de vos honoraires serait évidemment très substantiel... disons qu'il comporterait cinq gros chiffres. Indépendamment de la pension de Mme Weill.

— Si elle survit.

— Dans le cas contraire, dit-il avec componction, cette pension vous serait rétrocédée... A ma connaissance, elle n'a aucun héritier. Le montant de la pension comporterait également cinq gros chiffres.

— Hon-hon.

— Oh, à propos, je vous dois des excuses, monsieur Fitzgerald : vous travailliez effectivement pour Mme Weill. Tout au moins, c'était ce que vous croyiez.

— C'était ce que je croyais.

Il s'empara de ma pochette d'allumettes et s'absorba dans l'étude d'une publicité pour un lot de cent timbres-poste de pays étrangers. Lorsqu'il eut approfondi tous les avantages de cette offre exceptionnelle, il me demanda :

— Qu'est-ce que vous pensez de ma proposition ?

— J'y réfléchirai.

— Jusqu'à quand, monsieur Fitzgerald ?

— Qui sait ?

Il se pencha davantage.

— Je n'ai pas besoin de vous dire que le fait de conserver par devers vous des documents concernant une affaire aussi délicate... eh bien, cela comporte certains risques.

— Pas pour moi, dis-je.

Il comprit vite.

— J'en déduis que vous avez pris vos précautions. (Il

soupira.) Oui, bien sûr j'aurais dû le prévoir. Et, bien entendu, la somme va augmenter d'autant, n'est-ce pas ?

— Les deux sommes.

— Aïe, aïe, aïe, dit-il d'un air pincé. J'espère quand même que cela n'excédera pas nos possibilités. (Une ambulance passa dans la rue, et il attendit qu'elle soit entrée dans l'hôpital.) Vous pensez que ça risque de rendre toute transaction impossible, monsieur Fitzgerald ?

— Rien n'est impossible.

— Répondez-moi franchement, fit-il. Croyez-vous, oui ou non, que nous pourrons arriver à un arrangement satisfaisant au sujet de vos documents ?

— Certainement, dis-je.

— Certainement ?

Il essaya de dissimuler sa satisfaction, mais il ressemblait à un homme qui s'est penché pour débarrasser sa chaussure d'une crotte de chien et qui a trouvé un billet de cent dollars collé sous sa semelle. Je lui fis un grand sourire.

— Que diable, Kleinman, c'est terminé, tout ça. On peut s'entendre. (Je lui tapotai le bras.) Allons discuter dehors.

Nous nous arrêtâmes sur le trottoir, nos deux têtes inclinées l'une vers l'autre comme deux grues. Un mince filet de sueur perlait sur son cou.

— Alors, monsieur Fitzgerald, quelles seraient vos exigences ?

Je plissai le front et remuai les lèvres comme un élève de sixième calculant la valeur de ses images des Yankees.

— Eh bien...

— N'oubliez pas, dit-il vivement, que tout cela est net d'impôt.

— Oui, c'est juste, net d'impôt. (Je comptai sur mes doigts.) Sacha Cherkhov, Cesar Concepcion... et Max Weill.

— Ah, si nous pouvions les ramener à la vie ! dit-il.

Sincèrement, qu'est-ce que vous voudriez, matériellement parlant ?

— Ah, matériellement parlant, dis-je. Très bien. Sacha Cherkhov, Cesar Concepcion... et Max Weill.

Il essaya un nouveau sourire ; celui-là était plein d'ironie.

— Tout-puissant que je sois, monsieur Fitzgerald, je n'ai pas le pouvoir de ressusciter les morts.

— Tant pis, dis-je. Ce sont mes conditions.

Au bout d'un bon moment, une petite tache blanche, de la taille d'une pièce de monnaie, apparut sur chacune de ses joues. Il ouvrit la bouche pour dire quelque chose, la referma, la rouvrit, se mordit la lèvre, pivota sur ses talons et remonta la Cinquième Avenue en direction du nord.

Je suivis des yeux son dos raide de colère jusqu'à ce qu'il tourne le coin, puis je traversai la chaussée en courant pour entrer à Bellevue.

46

Cinq semaines plus tard, Lilli Weill sortit de l'hôpital et rentra chez elle.

Neuf semaines après son retour, elle m'invita à dîner. Elle me servit du foie haché, du bouillon de poulet avec des boulettes de pain azyme, du canard rôti avec des pâtes bouillies, de la salade de pomme de terre chaude, des haricots verts froids, et deux bouteilles de champagne Veuve Cliquot.

Je lui avais apporté un cadeau : un lecteur de cassettes et une copie de l'enregistrement de Max Weill que possédait Sacha Cherkhov (Caruso et Davis avaient tenu parole). Après le dîner, nous nous assîmes sur le sofa, bûmes du champagne et écoutâmes inlassablement la cassette. De temps en temps, Lilli serrait ma main ; de temps en temps, je serrais la sienne.

Deux jours après, par un bel après-midi doré et venteux d'octobre, Lilli Weill alla se promener à Central Park, choisit un coin d'ombre sous un arbre proche de la Soixante-dix-septième Rue, s'étendit sur le sol et mourut.

Fiona Shaw assista à l'enterrement, mais nous ne nous adressâmes pas la parole, et nos regards ne se croisèrent pas.

SÉRIE NOIRE

Dernières parutions :

2085. — LA FÉE CARABINE .... *Daniel Pennac*
2086. — UN COUP AU CŒUR .... *Hansjörg Martin*
2087. — LE PORTRAIT DE L'ARTISTE EN TUEUR .. *Barbara Paul*
2088. — VOUS PARLEZ D'UNE RIGOLADE ...... *Earl W. Emerson*
2089. — JOUJOUX SUR LE CAILLOU .... *A.D.G.*
2090. — LE JONGLEUR .... *Ian Kennedy Martin*
2091. — CONEY ISLAND CASINO .... *Robert B. Gillespie*
2092. — LA CHAIR ET LE POGNON .... *Robert B. Parker*
2093. — LE ROI, SA FEMME ET LE PETIT PRINCE .. *Marc Villard*
2094. — LES TRUANDS DU TEMPLE .... *Julius A. Lion*
2095. — MASSACRES THAÏLANDAIS .... *Tony Kenrick*
2096. — FAITES VOS JEUX ! .... *Loren D. Estleman*
2097. — QUEL SAC D'EMBROUILLES ! .... *Marvin Albert*
2098. — L'HOMME À L'OREILLE CROQUÉE ..... *Jean-Bernard Pouy*
2099. — FAUT PAS POUSSER ! .... *Bill Pronzini*
2100. — VOUS PARLEZ D'UN MÉTIER ! .... *Jonathan Valin*
2101. — JAZZ BELLE .... *Marie & Joseph*
2102. — TRAQUE À LA MEXICAINE .... *Richard Harper*
2103. — LES PIEDS SUR TERRE .... *Marvin Albert*
2104. — LA CAMÉRA VOIT ROUGE .... *George Kennedy*
2105. — LES LAMENTATIONS DE JEREMIAH ..... *Teri White*
2106. — LE BLUES DES ALCOOLOS .... *Lawrence Block*
2107. — CIRCULEZ ! .... *Eric Kristy*
2108. — LA CHASSE AUX NYMPHETTES .... *J. A. Jance*
2109. — LUMIÈRE NOIRE .... *Didier Daeninckx*
2110. — LA POLKA DES POLLUANTS .... *Max Allan Collins*
2111. — FAUX CRACKS ET VRAIS TOCARDS ..... *Michael Geller*
2112. — L'HOMME QUI AIMAIT LES ZOOS ...... *Malcolm Bosse*
2113. — MAIS OÙ SONT LES TRÉSORS D'ANTAN ? .. *Marcia Muller & Bill Pronzini*
2114. — DE QUOI IL SE MÊLE ? .... *Robert B. Parker*
2115. — TOUCHE PAS À MA CIBLE .... *Frederic Fossaert*
2116. — LA CITÉ DES PLUIES DE SANG .... *Fredrick D. Huebner*
2117. — DESCENDS À BABYLONE .... *Marvin Albert*
2118. — LA FOIRE AUX POUPONS .... *Lee Martin*
2119. — BARJOT .... *Oppel*
2120. — LE CIEL T'AIDERA .... *Donald E. Westlake*
2121. — LISTE NOIRE .... *Timothy Downey*
2122. — ÇA SENT LE BRÛLÉ .... *John Lutz*

2123. — LA CASE DE L'ONCLE ATOME .... *Stuart M. Kaminsky*
2124. — LES BILLETS NICKELÉS .... *A.D.G.*
2125. — PRENEZ GARDE AUX PETITES FILLES ... *Michaël Allegretto*
2126. — COUPS DE POMPES .... *J. A. Jance*
2127. — ÇA SENT LA ROUSSE .... *Max Allan Collins*
2128. — DÉCOUPE SOMBRE .... *Jean-Paul Demure*
2129. — ON PICOLE SEC .... *J. A. Jance*
2130. — LE PETIT ROI DE CHIMÉRIE .... *Marie & Joseph*
2131. — L'ASSASSINAT DES CANARIES .... *David Serafín*
2132. — ON TRAVAILLE DANS LE GÉNIE .... *Peter Schmidt*
2133. — EDDIE BLACK .... *Walter F. Shapiro*
2134. — C'EST LE BAGNE ! .... *A.D.G.*
2135. — LA DAME BLANCHE .... *Eugène Izzi*
2136. — LES DENTS LONGUES .... *Marvin Albert*
2137. — LE SPECTRE DE LA ROSE .... *Thomas Hauser*
2138. — LE FOU AU FLINGUE .... *Michael Collins*
2139. — UN MOUROIR DE POCHE .... *Jimmy Sangster*
2140. — FAIS PAS DE CINÉMA ! .... *Les Roberts*
2141. — LE LAC DE FEU .... *Jonathan Valin*
2142. — UN CANDIDAT DE CHOC .... *Max Allan Collins*
2143. — LE TOMBEAU DU DERNIER SOURIRE .... *Marvin Albert*
2144. — OVERDRIVE .... *Gérard Lecas*
2145. — DES VICTIMES À LA PELLE .... *Ralph McInerny*
2146. — UN CERCUEIL EN FLAMMES .... *Jimmy Sangster*
2147. — OÙ VA-T-ELLE CHERCHER TOUT ÇA ? ... *Dick Belsky*
2148. — TOUS DES TRICHEURS .... *Loren D. Estleman*
2149. — SOLO DE POLO .... *Jerry Kennealy*
2150. — PRÊCHEUR EN EAU TROUBLE .... *Yves Ellena*
2151. — LA JOYEUSE KIDNAPPÉE .... *Elmore Leonard*
2152. — REDIS-MOI TES MENSONGES .... *Don Flynn*
2153. — LE CRIME DE LA RUE DU CIEL .... *Marie & Joseph*
2154. — LA MORT À GRANDES GUIDES .... *John Douglas*
2155. — N° 5 PAYSAGE .... *Julius A. Lion*
2156. — QUAND FAUT Y ALLER .... *Teri White*
2157. — LE TROMBLON DÉCRÉPIT .... *Michaël Jahn*
2158. — UN FICHU MOIS D'AOÛT .... *Daniel Hearn*
2159. — PRENDS GARDE AU TORÉADOR ...... *Robert Crais*
2160. — LA RANÇON DU PLUS FORT .... *Gerald Petievich*
2161. — LA CLEF DES MENSONGES .... *Jean-Bernard Pouy*
2162. — LE GANG DES ÉCLOPÉS .... *E. Richard Johnson*
2163. — ROSE SANG .... *Robert B. Parker*
2164. — LE GRAND SACCAGE .... *Max Allan Collins*
2165. — LA BRIGADE DU DIABLE .... *Ted Wood*
2166. — PRENDS-EN POUR TON GRADE .... *Joseph D. McNamara*
2167. — LA MALDONNE DES SLEEPINGS .... *Tonino Benacquista*

Impression Bussière à Saint-Amand (Cher),
le 30 août 1989.
Dépôt légal : août 1989.
1er dépôt légal dans la collection : mai 1986.
Numéro d'imprimeur : 8909.
ISBN 2-07-049055-6. / Imprimé en France.

46966